Tu n'avais peur de rien

Stéphanie Fugain
avec Claude Mendibil

Tu n'avais peur de rien

Flammarion

ISBN : 978-2-0812-7099-2

Elle s'appelle Jeanne.

Ce que l'on voit en premier, c'est son sourire. Un sourire à tomber.

Elle a de grands yeux bruns, une chevelure noire, abondante, toujours en mouvement.

Des mains qui s'agitent quand elle parle.

La demoiselle est dynamique, c'est le moins que l'on puisse dire…

Une vraie baroudeuse, curieuse de tout.

Elle s'appelle Jeanne, c'est une jeune fille d'aujourd'hui, libre et fantasque.

Plutôt rebelle, comme beaucoup le sont à son âge.

Je la connais depuis toujours.

Dès sa naissance, notre première rencontre, j'ai eu un sacré coup de cœur pour elle !

Là, elle est dans sa chambre mais plus pour longtemps.

Elle va partir et ne s'attardera pas en au revoir.

Elle part, c'est tout.

Et moi, je me glisserais bien dans son sac à dos…

J'ai la gueule trop pâle
Qui rêve de lune et d'étoiles
Cette fois-ci je mets les voiles
Je dis : « Bon vent ! »

Nicolas Peyrac, *Je pars*.

Il y a des jours où l'envie de voyager, de s'évader, d'oublier est plus forte que tout ce qui a fait notre vie jusque-là. Alors voilà.

Aujourd'hui, jeudi 12 juillet 2001, j'ai décidé de partir. Je pourrais ajouter « faire le tour du monde » mais je n'en sais rien. Je pars, c'est tout. La seule chose qui compte, là, au moment où j'écris ces mots sur mon journal, c'est PARTIR !

J'ai 21 ans, bientôt 22. Tout est possible, tout est permis, le monde est à portée de ma main si je veux. Et je le veux ! Il suffit de le décider, d'avoir la force de rompre avec tout ce qui m'attache ici, ma famille, la chaleur, la sécurité... Trop doux, trop bon tout ça. Limite dangereux.

Les yeux fermés, je me suis concentrée sur la carte du monde ainsi que je le faisais, petite fille, quand je pointais au hasard le pays où j'irais « quand je serai grande ». Grande... Je l'attendais « la vraie vie », elle n'arrivait pas assez vite. Grande, est-ce que je le suis assez aujourd'hui pour mettre les voiles, offrir à mes yeux de nouveaux paysages, croiser d'autres visages, d'autres vies, brasser des couleurs et des parfums inconnus ? Je ne sais pas et je m'en fiche. J'ai envie qu'on me raconte d'autres histoires. Alors je pars.

Puisqu'il paraît que l'été est la saison de la jeunesse et que les voyages la forment, alors, en route ! Ici, le spectacle est devenu triste : une société froide et cruelle dans laquelle je n'ai plus de repères, avec des adultes et des jeunes qui doutent de tout.

Je laisse derrière moi une jolie maison en lisière de forêt, où même les biches s'aventurent, confiantes. Maison des jeux et des rires, maison des attentes, des rêves. Maison-tremplin sur laquelle je me hisse pour faire le grand saut. J'emporte avec moi le bruit de la rivière qui traverse la prairie, celui du vent qui fait chanter les peupliers, la lune qui redessine, la nuit, les contours des paysages familiers.

Ces éblouissements, je les embarque avec moi...

*

Jeanne ne relut pas. Elle verrouilla son cahier et le jeta, comme à son habitude, sur le haut de l'armoire. Hors de vue. Son bagage était prêt, un petit sac à dos rempli en cinq minutes, sans réfléchir. Deux pantalons, un short, trois tee-shirts, un gros pull, son K-way, sa brosse à dents, jetés à la hâte. En vrac, même pas choisi les couleurs. Tout de même, au dernier moment, un foulard de soie mauve, glissé en boule. Une touche d'élégance. Il fallait partir. Vite. Non pas qu'elle eût peur de changer d'idée. S'arracher plutôt, dans le mouvement. Elle descendit l'escalier.

Au rez-de-chaussée, dans la cuisine, des bruits de tasse et de cuillère se faisaient entendre. Assise à la grande table en bois, Julie, sa sœur aînée, jouait avec une mèche de cheveux, les yeux perdus dans son bol de chocolat. Alex, le petit dernier, surveillait le grille-pain en sifflotant. La porte était ouverte sur le jardin où les arbres bruissaient, au loin, d'un son très doux, comme une caresse matinale. Tout s'éveillait avec délicatesse. Le journaliste météo d'Europe 1 annonçait une belle journée. Un matin d'été comme les autres, en somme. Mais pour Jeanne, pas tout à fait.

Les parents étaient partis faire les courses au village voisin. Elle avait entendu les roues de la voiture crisser dans l'allée une demi-heure plus tôt. La voie était libre. Jeanne n'avait même pas calculé son coup. Quand elle entra dans la pièce, son frère et sa sœur tournèrent leur visage vers elle. La première chose qu'ils virent, ce fut le sac à dos :

« Où tu vas ? demanda Julie.

— Je pars.

— Tu pars ? Où ça ?

— Je m'en vais, Julie. »

La voix de son père retentit dans sa tête. La fin d'une conversation pénible qu'ils avaient eue quelques jours plus tôt :

« Tu vas faire quoi de ta vie, Jeanne, tu y as réfléchi au moins ?

— Je ne sais pas, pas encore… »

Julie venait de comprendre. Ses traits se figèrent :

« Papa sera fou de rage. Il ne veut pas...

— Ben, tant pis. Tu oublies sœurette, qu'à 21 ans, il ne peut pas m'en empêcher...

— Et maman, tu imagines la panique ?

— Oh, Moum's, je suis sûre qu'elle comprendra... »

Alex la fixait avec un petit sourire complice. Lui, il savait. Disons qu'il se doutait de quelque chose. Ces deux-là, il suffisait qu'ils se regardent pour lire dans leurs pensées :

« Tu vas me manquer... Tu reviens quand ?

— J'en sais rien ! Arrête... je ne suis même pas partie, c'est quoi ces questions ?

— Jeanne, attends... dit Julie en se levant.

— Non, je crois que mon taxi est arrivé. Venez là, vous deux. »

Elle les serra dans ses bras, l'un après l'autre, très fort, bouche dans les cheveux, lèvres dans le cou pour fixer le baiser. Puis elle ramassa son sac et sortit de la maison presque en courant. Le frère et la sœur s'arrêtèrent sur le pas de la porte. Jeanne marchait vers l'immense portail de bois situé au bout de la propriété, foulant la terre et les graviers à grandes enjambées. Un taxi l'attendait de l'autre côté de la route. Le regard de Julie et d'Alex lui brûlait les épaules. Alors, au dernier moment, elle se retourna pour leur envoyer de grands baisers « avec les bras », comme elle faisait enfant : « Tout ira bien ! cria-t-elle. À bientôt ! »

Avant que la porte du taxi ne se referme, elle posa encore une fois les yeux sur la maison. Elle la regarda, intensément, comme une vieille personne que l'on a beaucoup aimée et que l'on quitte. Quiconque aurait observé Jeanne aurait juré qu'elle s'imprégnait de l'endroit où elle avait grandi, comme si elle ne devait plus jamais y revenir. Ses yeux se posaient tendrement sur les pierres, elle aspirait chaque détail de l'immense bâtisse, les murs ocre, le toit aux tuiles brunes, la cour pavée, creusée au fil des siècles par les sabots des chevaux, la petite fenêtre de sa chambre sous les combles… Elle apprenait le paysage pour le faire resurgir, un jour peut-être. La maison de son enfance. Sa maison, son enfance, elle quittait l'une et l'autre. D'une pierre, deux coups au cœur.

La porte du taxi claqua. Direction l'aéroport.

Partir ! Enfin ! Elle était plus émue qu'elle ne l'avait imaginé. Elle dit au revoir à tout ce qui avait fait sa vie jusque-là, avec le sentiment qu'elle s'éloignait définitivement d'une certaine innocence. Son père ne cessait de lui dire qu'à 20 ans, elle ne pouvait plus faire « n'importe quoi ». Pourtant, dès qu'elle voulait agir comme une adulte, il la traitait comme une enfant. Fallait savoir…

Alors que les villes de banlieue défilaient derrière les vitres du taxi, les images du bonheur familial surgissaient dans sa tête, pêle-mêle. Elles étaient toutes teintées des couleurs des saisons : vert, le carré d'herbe où elle s'était levée pour faire son premier pas ; jaune, le soleil qui embrasait l'étang et la faisait cligner des yeux ; brun, les feuilles mortes qu'elle émiettait entre ses doigts ; blanc, la neige qui la fit pleurer d'émerveillement quand elle la découvrit, un petit matin en se réveillant. Ces images, chaque année les mêmes, avec un an de plus. Ce temps était passé, il y en aurait d'autres, d'autres lieux, une autre Jeanne.

Ce matin-là, elle dit adieu à son enfance. Adieu les parfums gourmands de la cuisine de maman, blanquette de veau et pot-au-feu si rassurants, et les notes de musique du piano sur lequel son père composait ses mélodies, qui raisonnaient dans le salon entre les poutres. Adieu les chamailleries avec Alex, le petit frère qu'elle aimait « à le bouffer », les fous rires, les papotages avec Julie, lumières éteintes puis rallumées quand les parents étaient couchés. Adieu la tendresse de son grand-père qui venait la chercher à l'école avec sa vieille 4 L, les bottes pleines de boue, et qui lui « foutait la honte » devant ses copines même si elle l'adorait. Adieu les heures passées sur le bord de la fenêtre à contempler la pluie qui tombait en rafales, les grandes tempêtes de l'automne. Tandis que sa mère courait dans toute la maison pour fermer les volets qui claquaient, debout dans sa chambre devant la fenêtre grande ouverte, Jeanne regardait la pluie trouer le sol, décaper les pierres de la terrasse, raviner les parterres de fleurs. Elle frissonnait et se délectait des craquements du tonnerre : « J'adore, j'adore... murmurait-elle en fermant les yeux, qu'est-ce que ça sent bon... »

Dans cette maison qui vivait « à donf », comme disait Julie, conçue pour accueillir la famille, les amis en quantité avec une table pour vingt personnes, des canapés gigantesques, des lits dans tous les coins, dans cette maison où tout était vécu intensément, Jeanne avait été heureuse.

Bébé brugnon, petite fille imprévisible, adolescente insoumise, on avait du mal à la suivre. Du jour au lendemain, elle avait troqué ses pantalons baggy et ses rangers, pour des robes moulantes et des décolletés coquins. Sa poitrine quasi inexistante s'était réveillée tout d'un coup, sans qu'elle s'en aperçoive. Elle ne s'était pas sentie devenir femme et se retrouvait, à présent, en plein apprentissage sentimental. Ses quenottes, elle les aiguisait sur des jeunes hommes, amis de lycée ou rencontres de soirées. Elle pouvait être très peste, les faire devenir chèvres. Eux rampaient, littéralement. Elle embrassait, se laissait embrasser, c'était bon, c'était drôle, c'était tout.

Ses copines multipliaient les conquêtes, couchant tout de suite avec à peu près n'importe qui. Jeanne, qui n'aimait pas qu'on lui résiste, trouva dans ces premiers flirts en rafales presque trop de facilité : elle se lassa des jeux amoureux et décida de ne « passer le cap » que pour « un mec qui en vaudrait vraiment la peine ». Un qui tiendrait à elle et cheminerait à ses côtés un bon bout de temps. C'était tout le paradoxe du personnage : séductrice, tombeuse, romantique et romanesque, rêvant d'un premier amant qui serait le dernier, le grand amour d'une vie.

Elle avait 21 ans, elle était profonde et grave... Un peu trop, peut-être. Vivante et rebelle.

Ce premier grand amour, elle s'y préparait, l'imaginait. Et ce qui devait arriver arriva : ayant tout misé sur le même cheval et lui ayant fait porter la charge de ses espérances, Jeanne, pourtant excellente cavalière, s'écroula avec sa monture. Elle fut séduite par un homme d'une trentaine d'années qui la regarda comme une femme. Flattée d'avoir été remarquée et choisie, elle le submergea de sa tendresse, de ses attentions, de sa présence. Résultat : ce bébé-amour trop entier l'effraya. Il s'enfuit. Jeanne resta sonnée pendant quelques mois et se confia à sa mère, contrairement à son habitude. Jusque-là, elle menait sa vie *allegro presto*. « Je gère », aimait-elle dire. Ensuite, il y eut des soirées câlins, mère et fille serrées l'une contre l'autre sur le grand canapé, regardant un film ou écoutant de la musique. Jeanne, le regard flou, amoureuse blessée, comme en convalescence, venait poser sa tête sur les genoux de maman. « Tu sais, ma princesse, en amour il n'y a pas de recettes. C'est souvent quand on ne le cherche pas qu'il vous tombe dessus. Il faut y croire, l'espérer. Il viendra sans que tu t'y attendes… » lui avait dit sa mère un soir où elle réclamait des réponses à ses questions.

« Il était temps de couper le cordon ! » se dit Jeanne en se secouant. L'aéroport n'était plus très loin. C'était trop doux cette famille, papa-anxieux, maman-glue, ces bisous, ces crapouilles à tout bout de champ – qu'elle réclamait et prodiguait autant, sinon plus, que les autres, mais à cet instant, elle l'oubliait –, trop « collé-serré » leur petit clan : « J'aurais pu m'endormir dans cette vie-là ! » pensa-t-elle. Marre d'être « la poupée jolie » de la maison. Était-ce pour partir sans regrets qu'elle devenait critique ? Car après la famille, ce fut le tour des copains. « Eux aussi, ils me gonflent avec leurs soirées où ils se bourrent le pif au bout de cinq minutes ! Et ces mecs qui me draguent et qui en font autant avec mes copines ! T'es trop romantique, qu'ils disent. Et alors ? À notre époque, c'est plutôt bien, non ? Ben oui, je suis GRAVE romantique. »

Arrivée dans le hall principal de Roissy, Jeanne chercha les panneaux d'affichage des départs. Les clapets des destinations tournaient à toute allure, comme des petites ailes, et elle voyait défiler devant ses yeux toutes les villes du monde comme, sur son globe lumineux, les continents, bleu pour l'Europe, rouge pour l'Amérique, jaune pour l'Afrique, vert pour l'Australie. Les clapets s'immobilisèrent. Elle lut les noms des différentes villes. C'est sur les États-Unis qu'était tombé le doigt du destin, et Jeanne avait choisi comme première étape New York pour sa folie et l'énergie, disait-on, que la ville insufflait à ses habitants et ses visiteurs. Le vol sur lequel elle avait réservé une place s'afficha. Elle nota mentalement le numéro de la salle d'embarquement et ses yeux parcoururent la liste des autres vols en partance. « Madrid… Porto… Bucarest, ouh là, beurk… Berlin, Bristol… ouais, ça fait pas rêver tout ça… Non, non… Rio de Janeiro. Eh, pas mal, Rio ! Le Brésil, ça doit être super ! »

Devant les panneaux, à côté d'elle, une femme la fixait d'un air inquiet, animée de tics nerveux. Jeanne détourna la tête mais l'autre lui colla la main sur le bras :

« Vous allez en Afrique, vous aussi, mademoiselle ? »

Jeanne la regarda, étonnée :

« Non, à New York... Mais j'irai en Afrique après, c'est certain.

— Moi, je vais traverser le Sahara en voiture avec un groupe. C'est la première fois, j'ai un peu peur. On m'a mise en garde.

— Ah bon ? Mais à quel sujet ? Ma mère m'a dit que c'était génial...

— Ben... Il paraît qu'il faut faire attention à son argent, ses bijoux, on risque de se faire attaquer dans le désert...

— Oui, et il paraît qu'il y a aussi beaucoup de Noirs. Normal, ils sont chez eux... » répondit Jeanne qui commençait à s'impatienter.

Les yeux exorbités, la femme continua sa litanie tel un automate et sa main se crispait comme des serres sur le poignet de Jeanne. Celle-ci se dégagea, attrapa son sac qu'elle avait posé à terre, le remit sur l'épaule :

« Eh oh ! Mais vous êtes une grande malade, vous ! Pourquoi vous y allez dans ce pays si ça craint à ce point ?

— Non, mais je dis ça pour vous, si vous comptiez vous y rendre... Il faut être prudente de nos jours et...

— Ben non, justement, si je pars, c'est pour qu'on arrête de me materner. Alors au revoir, madame, et bonnes vacances en enfer ! »

Là-dessus, elle s'éloigna ct sc dirigea à toute allure vers sa salle d'embarquement.

« Incroyable... elle foutrait la trouille à un régiment, celle-là... »

Son téléphone portable vibra dans sa poche. Le mot « Moum's » s'afficha sur le petit écran. Maman. Les parents étaient donc revenus à la maison le temps qu'elle arrive à Roissy. Elle reconnut immédiatement la voix de son père. Celle des mauvais jours.

« Ça fait longtemps que tu projetais ce départ ? Tu nous prends un peu de court, là, Jeanne...

— Longtemps, non, je me suis réveillée il y a quelques jours avec cette phrase en tête : "Ma vie prend la poussière." Depuis, j'arrête pas d'y penser. Alors je pars, voilà.

— Ben voyons... Je ne te donne pas une semaine pour regretter ta décision. Et je te préviens, Jeanne : ne m'appelle pas du fin fond de l'Amérique du Sud pour que je vienne te chercher parce qu'on t'aura piqué ton portefeuille ou ton sac ! Ok ? »

Jeanne s'attendait à cette réaction mais elle se tut. Son envie de partir la rendait un peu distante et froide, elle s'en rendait compte. Pourquoi discuter ? Les dés étaient jetés.

« Sais-tu seulement où tu pars ? reprit son père.

— À l'aventure. C'est tout. Fais-moi confiance, un peu... J'ai pris de l'aspirine, des sparadraps, de la Nivaquine et des capotes. Tu vois, j'ai tout prévu.

— Pff... Tu te trouves drôle ? »

C'était de la provocation pure, de l'humour « à la Jeanne » aurait dit Alex qui était très « client ». Elle imagina l'air consterné de son père. Lorsqu'elle dit qu'elle allait raccrocher, il donna le téléphone à Julie pour une dernière recommandation :

« Eh, p'tite sœur, un mail tous les deux jours, ok ?

— T'as raison, et si je ne trouve pas d'Internet, tu vas paniquer comme une folle. Non, Julie. Je t'écris quand je peux. S'il te plaît, prends soin des parents. Et arrêtez de baliser, vous me gâchez le plaisir, là ! Passe-moi maman… »

Depuis le début de la conversation, sa mère se pinçait les lèvres pour ne rien exprimer qui aurait trahi son anxiété. Voyager seule, partir à l'aventure, elle en avait rêvé plus jeune, mais elle n'avait pas eu le temps de le faire. L'occasion s'était présentée mais d'autres priorités s'étaient imposées et le projet avait été différé. D'ajournements en remises, les années étaient passées. Avec Jeanne, elles avaient souvent parlé de voyages. Et aujourd'hui, c'est elle qui partait.

« Moum's, je te JURE de revenir entière, lui dit Jeanne d'une voix douce. Tu peux me croire. Est-ce que je t'ai déjà menti ? »

Surprise, sa mère partit d'un grand rire :

« Ben oui, un milliard de fois, je suppose, comme tous les ados… Mais bon, là, je te crois. Bon voyage, ma chérie. Amuse-toi. Et grandis. »

Avant de raccrocher, elle lui murmura :

« Prends soin de toi, ma princesse. »

Jeanne coupa la communication. Inutile de prolonger les adieux. Tout était dit.

Après avoir raccroché, elle eut envie de chantonner cet air qu'elle fredonnait souvent ces derniers temps. *Je pars… Le vol de nuit s'en va… Destination Java…* L'avion pour New York ne partait qu'une heure plus tard. Elle avait encore du temps avant l'enregistrement. La salle autour d'elle commençait à se remplir. Elle s'assit par terre le long d'une baie vitrée qui donnait sur la piste d'envol. Bien calée contre son sac à dos, son blouson en guise de coussin, elle mangea une pomme en pensant au taxi jaune de Robert de Niro dans le film de Scorsese. Elle avait déjà sur la langue le goût des bagels et des cheese-cakes ! Les yeux mi-clos, elle plongea dans les avenues de Manhattan, se prélassa sur la prairie verte de Central Park, descendit Broadway avenue, le nez pointé vers les théâtres et les comédies musicales sur lesquelles elle avait tant dansé avec Julie. Un jour, elles seraient danseuses, chanteuses, comédiennes. On écrirait des pièces pour elles. Un jour… Brusquement, une sonnerie retentit. Elle sursauta, ouvrit les yeux et regarda autour d'elle.

La salle d'attente des voyageurs à destination de New York s'était vidée. Jeanne fut debout en deux secondes :

« Putain, c'est pas vrai, ils sont où ?

— Si c'est de l'avion pour New York dont vous parlez, il vient de décoller ! lui dit un employé de l'aéroport d'un air distrait. Ils ont dû appeler votre nom. Vous n'avez pas entendu ? »

« À ton avis ? » eut-elle envie de répondre. Inutile de passer ses nerfs sur lui. Il n'y était pour rien. Elle se frotta les yeux puis réunit ses affaires, jeta son sac sur son dos et fonça vers les guichets des compagnies aériennes.

« Ben dis donc, je commence très fort ! Si maman me voyait, comment elle se foutrait de ma gueule ! Bon, le prochain vol, c'est pour où ? »

Il restait encore quelques places sur le vol Paris-Bamako. Une fois le premier moment de stupeur passé, elle y avait songé spontanément. L'Afrique... Jeanne et sa mère en avaient souvent parlé, celle-ci ayant, des années plus tôt, passé six mois dans une organisation d'aide aux enfants burkinabés. À la fin de sa mission, elle aurait dû rentrer à Paris mais l'appel du désert l'avait emporté. Elle avait traversé le Ténéré à dos de chameau avec un guide. Le choc qu'elle avait éprouvé, cette émotion intense, elle s'en souvenait encore : « C'est difficile à expliquer, tu es là, avec l'immensité autour de toi, tu n'as rien et, pour la première fois de ta vie, tu te sens comblée. Le désert, quand tu y as goûté, tu rêves toujours d'y revenir », disait-elle, en lui montrant dans de grands livres de photographies les dunes à perte de vue, les caravanes de chameaux, les Touaregs, maîtres des lieux aux allures de princes. Le désert mais aussi les villages, les petites maisons de terre séchée, la brousse, les hommes aux silhouettes longilignes, les femmes aux cheveux nattés, aux robes bariolées. Jeanne était fascinée. Dans leur dénuement, leur simplicité, elles irradiaient de beauté. « Quelle splendeur ces visages. Et toutes ces couleurs ! » Elle avait été touchée par la dignité, la détermination qui émanaient de leurs regards. « Les Africains, ils n'ont rien et ils sont joyeux, généreux, il faut vraiment que tu y ailles un jour », disait sa mère en refermant les livres.

L'échange des billets fut vite négocié, grâce à quelques sourires. Elle se félicita d'avoir enchaîné, depuis un an, les petits boulots pour économiser l'argent de ce voyage dont elle rêvait.

Elle était la dernière à enregistrer. Un steward agita la main pour qu'elle presse le mouvement et il ferma le *check in* derrière elle.

L'avion était bondé de touristes qui semblaient s'être tous donné le mot pour choisir la même tenue ridicule. Tandis qu'elle rejoignait son siège situé au fond de l'appareil, elle croisa le regard de l'hystérique parano qui l'avait abordée deux heures plus tôt. L'autre ne l'eut pas sitôt aperçue qu'elle se leva et se mit à s'agiter, pensant s'être trompée d'avion. L'hôtesse la rassura : « Mais oui, madame, asseyez-vous, vous êtes bien dans le vol pour Bamako. » Jeanne fila à sa place sans s'arrêter. « Complètement flippée, cette nana ! »

En descendant le fleuve Niger

Les passagers de l'avion avaient tous la tête plongée dans leur livre, leur magazine ou leur guide de voyage. De guide, Jeanne n'en avait pas. Elle en avait feuilleté un, vite fait, dans la librairie de l'aéroport puis l'avait reposé. Elle préférait confier son périple au hasard, aux rencontres, à l'intuition, au pif.

Dans l'appareil qui l'emmenait de Paris à Bamako puis au petit aéroport de Mopti-Sévaré, Jeanne imaginait ce qu'elle ressentirait en posant le pied sur la terre africaine. Ce ne fut pas elle qui vint à l'Afrique mais l'Afrique qui l'enveloppa dès qu'elle sortit de l'aéroport et qu'elle se retrouva en plein soleil. « La température au sol est de 38 °C », avait averti le commandant de bord juste avant d'arriver. La chaleur lui tomba dessus, coup de massue vertical et horizontal, qui la stoppa dans sa marche et lui fit poser son sac à terre. Le brasier lui attrapa les tripes, elle se contracta pour s'en défendre puis, peu à peu, se détendit en regardant autour d'elle les hommes et les femmes pressés de sortir de l'aéroport, riant et se jetant dans les bras de parents ou d'amis. Tous semblaient s'en accommoder. « Je vais m'y faire moi aussi. Je vais m'y faire. » Il y avait comme une odeur de brûlé dans l'air. Elle but une grande rasade d'eau, mouilla ses cheveux et attrapa son sac. La première chose à faire était d'aller repérer l'arrêt de bus pour Mopti-Centre.

Depuis qu'elle s'était envolée de Paris, l'enveloppe confiée par Martha n'avait pas quitté la pochette de tissu que Jeanne portait sur son cœur avec ses papiers d'identité. Martha était sa professeur de danse africaine. Après qu'un accident de voiture eut broyé sa jambe et interrompu sa carrière, elle avait ouvert un cours avec Brenda, une danseuse malienne de vingt ans sa cadette, devenue sa collaboratrice et son « prolongement » physique. Quand Martha imaginait un pas ou une chorégraphie, c'est Brenda qui dansait et sublimait la vision artistique de son aînée. Jeanne avait été bouleversée lorsqu'elle avait vu Martha la première fois, son corps fin et musclé s'appuyant sur une canne de bois noir. Malgré sa légèreté, elle boitait à chaque pas. Toujours souriante, Martha refusait de s'apitoyer. Quand elle flanchait, c'est le regard de ses élèves qui la relevait, leur écoute magnifique, et la certitude que l'apprentissage de la danse pouvait embellir leur vie. Elle n'aurait pas pu continuer si elle n'avait pas eu cette foi-là : « Au début, c'était dur, mais maintenant, tout va bien et j'adore l'enseignement », avait-elle confié à Jeanne. La veille du départ pour son grand voyage, Martha lui avait tendu un pli : « Si tu passes par le Mali, fais un détour à Mopti et va saluer mon oncle et ma tante pour moi. Tiens, tu leur donneras ça de ma part. Surtout, cache ton émotion. Ils sont vieux et fragiles. S'ils te voient émue, ils pleureront. Je ne voudrais pas. Dis-leur surtout que je vais bien. » Martha n'était pas retournée en Afrique depuis plus de trente ans. La surprise que Jeanne allait leur faire !

Elle se fit indiquer la station d'autobus par un jeune Malien. Déjà, une foule de gens s'y pressaient, encombrés de bagages, d'enfants. Parfois, d'un sac éventré surgissait la tête d'une poule qui essayait de s'enfuir par l'ouverture. Une jeune femme en boubou rouge, entourée de quatre enfants, s'éventait avec un prospectus. Elle leva la main vers un taxi collectif déjà occupé par deux personnes et y enfourna toute sa couvée. Jeanne repéra l'arrêt « Mopti-Centre » et s'assit sur une borne de terre séchée. Le bus n'arrivant pas avant trois quarts d'heure, elle décida de chercher un cybercafé.

En l'embrassant sur le pas de la porte, Julie lui avait soufflé dans l'oreille : « Essaie juste de m'écrire où tu dors ce soir. Je t'imaginerai. Je serai un peu avec toi... » Six ans séparaient les deux sœurs. Pendant des années, Julie s'était comportée en aînée protectrice, mais aujourd'hui l'âge ne les différenciait plus vraiment. Elles étaient devenues femmes et complices. Malgré tout, Julie continuait à jouer l'ange gardien. Savoir Jeanne loin, livrée à elle-même, l'inquiétait. Elle aurait voulu être près d'elle pour la défendre contre d'éventuels dangers même si elle savait que sa sœur cadette était partie pour les affronter seule et tester ses limites.

Soudain, dans la foule, Jeanne aperçut une silhouette immense, une ondulation majestueuse. C'était un Touareg. Elle ne vit que ses yeux mais fut happée par la force du regard qu'elle n'osa pas soutenir tant il l'intimida. C'était la première fois de sa vie qu'elle croisait le regard d'un « homme bleu ». Bousculée par les enfants qui couraient dans ses jambes, elle le perdit de vue et le chercha à nouveau. L'homme avait disparu au détour d'une ruelle. Troublée, elle regarda de tous côtés mais des hommes en boubous et en chèches, il en passait à droite, à gauche, grands, élégants, mystérieux. « Si les mecs à Paris avaient autant de classe... » pensa-t-elle avec regret. Une maison de terre carrée apparut un peu plus loin portant le logo « @ ». Elle entra.

Le cybercafé – dix ordinateurs de l'ère tertiaire, des tables et des chaises à moitié déglinguées – était presque vide. Elle s'assit devant un appareil dont elle connaissait le fonctionnement et ouvrit sa boîte de messages. Trois mails de Julie qui, en substance, disaient tous la même chose : « *Qu'est-ce que tu fous ! Tu veux notre mort, ou quoi ? Ici, on attaque nos troisièmes phalanges ! Écris d'urgence !* » Jeanne sourit. Sacrée Julie, son humour la sauverait de tout. Elle répondit illico : « *Cher rongeur de mon cœur. Arrivée au Mali à l'instant. Tout va bien. Je suis heureuse et pense à vous. Julie, ne t'inquiète pas : ton bébé assure grave !* » Elle relut le mail. Parfait. L'aventure pouvait commencer.

Elle surfa quelques secondes sur un site de lieux touristiques maliens puis éteignit l'ordinateur : que le vent et les hommes soient ses guides de voyage, elle irait où le hasard la porterait. Quand elle se leva pour payer, elle jeta un œil sur les autres internautes et reconnut le Touareg aux yeux brillants. C'était bien le dernier endroit où elle aurait imaginé le retrouver ! Il semblait avoir quelques difficultés à obtenir sa connexion. Spontanément, elle s'approcha de lui :

« Voulez-vous que je vous aide ? Je connais cet ordi.

— Oui, je veux bien, dit-il en se levant immédiatement pour lui laisser la place. Je ne maîtrise pas encore la technique. »

Il se présenta : Mazès, Touareg et guide touristique nigérien. Une cinquantaine d'années, parlant français comme beaucoup d'Africains et l'articulant même avec une certaine élégance. Quand, après l'avoir aidé à envoyer un mail à une amie française, elle lui dit qu'elle se rendait à Mopti, Mazès proposa de l'y emmener en 4 × 4. Le trajet n'était long que d'une dizaine de kilomètres. Il devait y faire des achats. Sa voix était chaude, son sourire bienveillant, il la tutoya spontanément : Jeanne sentit qu'elle pouvait lui faire confiance. Elle jeta son sac à dos dans la voiture et monta près de lui.

La route était encombrée de charrettes tirées par des ânes, de cyclistes hésitants, de guimbardes qui klaxonnaient tous les cinq mètres pour faire dégager de jeunes bergers courant après leurs chèvres ou une vache qui errait au milieu de la chaussée. Le tout dans un joyeux bazar, une chaleur de four, sur une route poussiéreuse bordée de maisons basses en banco, un mélange de terre grise ou rouge et de paille séchée au soleil. « La brique du pauvre », lui expliqua Mazès. Jeanne regardait cette humanité bruyante, aussi effarée qu'amusée. Elle posa quelques questions à Mazès sur ses activités. Il était guide une partie de l'année, emmenait des touristes dans son 4 × 4 à travers le désert et organisait des balades en chameaux. L'autre partie du temps, il vivait avec sa famille et s'occupait de son troupeau. En son absence, ses bêtes avaient été confiées à des bergers qui se trouvaient actuellement dans un campement, près d'un puits, avec sa femme et leurs deux petits garçons. Après Mopti, il retournait à Agadès régler quelques affaires et les rejoindrait ensuite dans le désert.

« Tu verras, Mopti, tu vas adorer », lui avait dit Martha. Jeanne avait indiqué à Mazès l'adresse de l'oncle et de la tante de son amie qui habitaient sur le port, au bord du Niger. Au loin, on distinguait des pirogues de toutes les tailles amarrées le long du fleuve, certaines croulant sous leur charge de paquets et d'hommes. Le 4 × 4 arriva à proximité d'un immense marché et Mazès coupa son moteur. Impossible d'aller plus loin en voiture. Ici, la misère et la vie s'exprimaient avec le même excès, une exubérance dénuée de tristesse. À l'entrée du marché, des enfants attrapaient le bras des passants pour leur vendre des colliers, des briquets, des chapeaux de paille ; des gens s'interpellaient au milieu des chèvres et des moutons. Un gamin atteint de poliomyélite bouscula Jeanne avec sa chaise roulante « faite maison » et s'excusa en lui envoyant un baiser de la main.

Sur les étals, des kilos d'oranges, de bananes, d'oignons, de piments s'alignaient, ainsi que des poissons vivants qui sautillaient sur le sol et qu'une vieille femme faisait frire – Jeanne détourna les yeux. Il y avait des sacs béants débordants d'épices, de mil, de riz. Un monticule de plaques de sel menaçait de s'effondrer à chaque instant. Mazès et Jeanne slalomaient entre les amoncellements de calebasses, de poteries, les grosses jarres à eau, les portants couverts de cotonnades aux couleurs subtiles ou criardes, les tables où reposaient par dizaines des portefeuilles en cuir, des sacs, des coussins et, par terre, des piles branlantes de cuvettes en plastique fluo, des paniers d'osier, des nattes roulées. Mazès acheta un grand sac de thé vert, des pains de sucre, des épices et conseilla à Jeanne de troquer, dès à présent, son short et son tee-shirt contre un pantalon ample et une chemise de lin à manches longues pour se protéger du soleil et des insectes. Pour quelques pièces de monnaie, elle trouva un ravissant sarouel couleur sable et une tunique blanche. « Puis-je t'offrir une casquette de chez nous ? » demanda Mazès en levant son bras vers de longs tissus qui pendaient du ciel. Il tira à lui un chèche de couleur mauve et le lui tendit :

« Tiens, c'est pour toi... Avec ça, tu n'auras pas chaud à la tête et ça te protégera du soleil, du sable, des insectes, de tout. Enfin presque.

— Merci, Mazès ! Sympa ! Mais comment tu sais que le mauve est ma couleur préférée ? »

Sans répondre et en un tour de main, il drapa l'étoffe autour de la tête de Jeanne et finit en recouvrant son nez et sa bouche.

« J'étouffe ! Arrête ! » s'écria-t-elle en riant. Elle ôta le chèche et le posa sur ses épaules.

« Pour l'instant, tu n'en as pas vraiment besoin mais si tu m'accompagnes dans le désert, tu seras bien contente de l'avoir. »

La proposition au détour d'une phrase ne tomba pas dans l'oreille d'un sourd.

« Sans rire ? Tu m'y emmènerais ?

— Pourquoi pas ? Il suffit qu'on s'organise. Viens, je te dépose chez les parents de ton amie. »

En regagnant le 4 × 4, Mazès et Jeanne tombèrent sur une affiche annonçant le rallye auto-moto Agadès-Bilma qui avait lieu quinze jours plus tard. L'épreuve consistait à traverser le désert du Ténéré dans la journée. Le premier prix étant, si l'on en jugeait par la photo, un superbe mouton !

« Oh, t'as vu, Mazès ? Je le ferais bien ce rallye, moi ! Regarde le mouton comme il est beau. Tu sais que ma mère a fait le Paris-Dakar, il y a quelques années ? Elle adore l'Afrique. Quand on est partis en Tunisie, elle m'a montré comment manœuvrer dans le sable. J'ai même fait un stage quand j'avais 18 ans.

— Toi, traverser le Ténéré ? Tu n'y penses pas, voyons, c'est très dur !

— J'ai fait une formation, je te dis.

— Laisse tomber, Jeanne. Le désert est magnifique, mais on a beau le connaître, il reste inhospitalier, même pour nous. Tu n'y arriveras jamais. C'est pas un truc de filles, ça. Crois-moi. »

Jeanne fut tentée de répliquer mais elle se tut et eut un sourire étrange :

« C'est exactement ce qu'on avait dit à maman avant qu'elle ne fasse le Dakar. Tu vois, Mazès, cette phrase, à nous, il faut pas nous la dire ! »

Mazès écarquilla les yeux et partit d'un grand éclat de rire :

« Ouh là, je t'ai vexée ? Pardon, je ne voulais pas.

— Mon père non plus ne pensait pas ma mère capable de le faire. Et tu sais ce qu'il lui disait ?

— ...

— Il disait qu'elle ne tiendrait pas la distance parce qu'elle ne pourrait pas aller faire pipi autant qu'elle voulait ! T'imagines ? C'est vexant, non ? »

Le Touareg la considéra en silence. Drôle de gazelle, cette petite nana !

« Moi je ne t'aurais jamais dit ça. Ce rallye, même si c'est juste une journée, il est très dur, il y a environ six cents kilomètres à faire. Le Ténéré, c'est très spécial et...

— Mazès, j'aimerais vraiment essayer, coupa Jeanne d'un ton grave. Fais-moi confiance. Est-ce que tu pourrais voir si c'est encore jouable ? Si je peux y participer ? J'ai un peu d'argent, je paierai mes droits d'inscription. »

Il regarda sa montre :

« Bon, je peux me renseigner, mais c'est pas gagné, hein ! Allons-y maintenant, on m'attend. »

Mazès laissa Jeanne sur le port, devant une maison de terre rouge et lui donna son numéro de téléphone. Quand elle lui demanda s'il connaissait un hôtel pas trop cher pour le soir, il lui proposa un hébergement chez son cousin touareg qui louait des chambres d'hôtes au centre de Mopti. « Il te fera un bon prix », ajouta-t-il, sachant très bien qu'on lui offrirait le gîte et le couvert. Lui-même devait y retrouver ses deux filles Rayna et Safia, âgées de 8 et 9 ans et y passer la nuit.

« À ce soir, alors, dit-il en inscrivant l'adresse de l'hôtel sur un papier. Nous t'attendrons pour dîner.

— J'y serai. Merci pour tout, Mazès. »

Il se retourna dans une envolée de tissu indigo et remonta dans sa voiture. Jeanne le regarda s'éloigner. Décidément, il y avait quelque chose d'anachronique dans cet « attelage » Touareg/4 × 4. C'était le choc des cultures : tradition ancestrale et modernité. Jeanne se dit qu'elle avait hâte de le voir sur un chameau dominant la crête d'une dune, le regard fixé sur l'horizon de sable, comme dans les livres de photos sur l'Afrique. Un cliché, peut-être, mais quelle vision splendide ! Et les paroles de Mazès lui revinrent en mémoire : «... si tu m'accompagnes dans le désert... » Elle n'en revenait pas, tout allait si vite. Après avoir mûri dans sa tête grâce à sa mère, son rêve allait se réaliser, elle irait au désert, et...

« Vous cherchez quelqu'un, mademoiselle ?

Jeanne sursauta et leva la tête vers la voix qui l'interpellait. Une vieille femme se penchait à la fenêtre et la regardait l'air un peu inquiet.

« Ah, oui, bonjour ! Je cherche monsieur et madame Diakité.

— Diakité Assane ou Diakité Tanor ? Y'en a deux dans la même rue.

— Je ne sais pas… je viens de la part de Martha…

— MARTHA ! Notre Martha ? cria la femme joyeusement. Attendez, je descends. »

La porte de tôle s'ouvrit presque instantanément sur un vieil Africain aux cheveux de neige, légers comme du duvet. Cassé en deux sur sa canne, il regardait de côté en souriant. Ses yeux clairs qui tranchaient sur la peau noire étaient d'un vert indéfinissable, comme dilué avec des taches dorées. Il y avait dans son sourire quelque chose de doux et d'un peu las :

« J'ai cru comprendre que vous connaissiez Martha. Entrez, entrez… »

Jeanne pénétra dans une pièce sombre peinte de brun et de blanc, un mélange de chaud et de froid. Dans un coin, un vieux canapé grenat s'avachissait, rehaussé de petits coussins colorés. Le milieu de la pièce était occupé par une grande table et des chaises de bois presque noir. Sur un buffet reposaient à la verticale des plats ronds en terre décorés d'antilopes et de chameaux blancs. Le sol de terre battue disparaissait sous un grand tapis indigo. Une odeur âcre de riz cuit prenait aux narines. Dans l'arrière-cuisine, on entendait de l'eau chanter dans une bouilloire.

« Alors, comme ça, vous êtes une amie de Martha, demanda la vieille femme qui descendait marche après marche un escalier très raide. C'est ma nièce, la fille de ma sœur décédée. Martha, c'était une petite fille la dernière fois qu'elle est venue ici. Comment va-t-elle ? Vous l'avez vue ? Et vous, comment vous appelez-vous ?

— Euh, oui, oui, je l'ai vue. Oui, elle va bien. Moi je m'appelle Jeanne. »

Après cette salve de questions, la femme prit les mains de la jeune fille dans les siennes et se présenta en souriant : « Moi, c'est Mariam. » Elle lui tendit une chaise et la força à s'asseoir en posant les mains sur ses épaules.

« Racontez-nous. Elle est comment, notre Martha, maintenant ? »

Les deux vieux s'étaient assis à la table, l'un à côté de l'autre, comme deux écoliers, mains croisées pour cacher leurs tremblements, et la regardaient avec avidité, pendus à ses lèvres. Alors, Jeanne raconta. Paris, les cours de Martha, l'engouement des jeunes pour la danse et la musique africaines. Mais aussi la voix chantante, le rire de leur chère Martha. Ils voulaient tout savoir. « Est-ce qu'elle va bien ? Est-ce qu'elle est heureuse ? » répétaient-ils, inlassables. Et Jeanne parlait, parlait, s'interrompait de temps à autre pour avaler une gorgée du thé que la femme lui avait servi.

« Ah, chère Martha, on savait qu'elle réussirait ! dit la tante, émue. Et elle ne nous oublie pas, elle nous envoie une petite enveloppe de temps en temps, ça nous aide bien.

— Ah, à propos ! » s'écria Jeanne en fouillant l'intérieur de sa tunique.

Elle sortit la poche de tissu et l'enveloppe de Martha. La femme la prit entre ses doigts, la posa bien à plat sur la table et lissa les bords, lentement, avant de la retourner et de la décacheter. Elle en tira une feuille blanche pliée en quatre et trois photos. Tandis qu'elle commençait à lire en silence, le vieux regardait un cliché : « Elle est belle, notre Martha, elle ne change pas. Encore drôlement souple, hein ? » Il le tendit à Jeanne qui reconnut Brenda, la jambe tendue sur la barre de leur salle de répétition. Son visage était tourné vers le plafond et légèrement caché par son bras, ce qui expliquait que le vieux ait confondu.

« Ah, non, là, c'est Brenda, elle est magnifique, c'est vrai.

— Martha, Martha. Son prénom, c'est Martha », rectifia le vieux.

Jeanne allait répliquer lorsque la tante reposa la lettre et la fit glisser sur la table vers son mari.

« Tiens, Assane, lis. Elle pense à nous, elle nous embrasse. Elle va bien, elle ne peut pas quitter la France en ce moment car elle va partir en tournée. Elle travaille beaucoup, des contrats partout, tu te rends compte ? À 40 ans, c'est drôlement bien. »

La vieille femme regardait les photos : sur la deuxième, on distinguait Brenda en justaucorps noir, les bras levés au ciel, portée par un danseur. La scène était envahie par un brouillard artificiel qui rendait les traits des danseurs un peu flous. La troisième montrait le visage de Martha, lumineuse, un feutre noir sur la tête, attablée à un café avec des amis.

« Elle est vraiment superbe, notre Martha ! dit la tante en montrant la photo de Brenda. Et tellement mince ! La danse, ça entretient le corps, y'a pas à dire. Regardez. Mais, je suis bête, vous l'avez vue danser, non ? »

Jeanne ne répondit pas et se sentit rougir. Les mots de Martha devinrent limpides, tout d'un coup : « Ne montre pas ton émotion… Je ne voudrais pas qu'ils pleurent… Dis-leur surtout que je vais bien… » Elle venait de comprendre : l'oncle et la tante ne savaient rien de l'accident qui lui était arrivé. Martha n'avait rien dit. Depuis toutes ces années, elle leur faisait croire qu'elle menait une brillante carrière de danseuse. Cette nièce partie vivre sa passion à Paris était leur fierté et tout ce qu'il leur restait. Non, Jeanne ne les ferait pas pleurer, elle ne trahirait pas le secret de son amie.

« Bien sûr que je l'ai vue danser ! Elle est incroyable, ses élèves l'adorent. C'est une superbe danseuse, Martha, et avec un grand cœur !

— Vous resterez bien manger avec nous ? demanda le vieux, ému. Nous parlerons encore d'elle…

— J'aimerais bien mais il est tard et on m'attend pour dîner. Je voulais juste vous embrasser de la part de votre nièce, elle y tenait beaucoup. Il faut que je parte à présent. »

Jeanne termina sa troisième tasse de thé et se leva. Mariam avait les yeux brillants d'émotion et de joie : « Merci, merci d'être venue nous voir. Vous n'imaginez pas le plaisir que vous nous faites. » Elle exhalait un parfum de myrrhe et de fleur d'oranger. Assane lui serra la main, une main calleuse et sèche comme un bout d'écorce. Les deux vieux l'accompagnèrent sur le pas de la porte. Après cinq cents mètres de marche, Jeanne se retourna : ils étaient encore sur le seuil et la regardaient s'éloigner. Elle leva les deux bras vers eux. Mariam agita un tissu qu'elle avait à la main et referma la porte.

Dans le taxi déglingué qui la ramenait vers Mazès, Jeanne était songeuse. Elle imaginait Mariam et Assane poursuivant la conversation sur leur nièce chérie, s'abîmant les yeux sur les photos. Ils allaient rêver à une Martha qui n'existait plus. « Quelle importance, après tout ? Au moins, ils sont heureux. C'est un joli mensonge qui fait du bien à tout le monde. Qu'est-ce qui compte ? La réalité ou la beauté ? » La réponse, elle la connaissait déjà.

Le petit hôtel devant lequel le taxi la déposa était en terre battue, comme la plupart des maisons de Mopti, mais haut de deux étages avec un élégant balcon de fer ouvragé. Elle traversa une cour intérieure où poussaient manguiers et citronniers. Dans le patio, Mazès était assis à une table, deux petites filles juchées sur ses genoux.

« Ah, Jeanne, te voilà ! Viens que je te présente Rayna et Safia. Mes enfants, voici Jeanne qui vient de France pour nous voir, allez lui faire la bise. »

Les fillettes avancèrent, intimidées, et vinrent poser leur petite bouche sur la joue de Jeanne. En les enlaçant, elle caressa leur cou, leurs épaules : jamais elle n'avait touché de peau plus soyeuse. Leurs boubous rouge et vert, identiques, avaient dû être taillés dans le même coupon de tissu. Leurs cheveux noirs finement nattés descendaient jusqu'aux épaules. Plantées devant Jeanne, elles la regardaient, muettes, les yeux grands ouverts sans ciller. Au bout d'une minute, Jeanne eut envie de rire :

« J'ai de la peinture sur le nez, ou quoi ?

— Non, non, elles découvrent chaque détail de ton visage. Les yeux des enfants ne mentent pas. En même temps, ils t'interrogent, répondit Mazès, amusé lui aussi.

— Ok, ok, dit Jeanne, pas de problème. J'espère que j'ai réussi mon examen de passage !

— Bon, ça devrait aller comme ça, les filles… »

Soudain, elle réprima un bâillement. Ses yeux se remplirent de larmes.

« Excusez-moi, mais je tombe de sommeil. La chaleur m'a cassée. Je ne vais pas faire long feu ce soir, Mazès, excuse-moi auprès de ta famille.

— Je me doutais que tu serais fatiguée. La femme de mon cousin a préparé un couscous. Si tu veux, tu dînes rapidement et tu vas te coucher. »

Jeanne ne mangea pas grand-chose ce soir-là, même si la nourriture était excellente. Ses paupières se fermaient malgré elle. Pendant le dîner, ils reparlèrent du désert. Si elle le désirait, elle pouvait rejoindre Mazès à Agadès et, ensemble, ils retrouveraient sa famille au campement, dans les sables. « Laisse-moi te faire ce cadeau. Toute ta vie, tu t'en souviendras. C'est à moi que tu fais plaisir », dit le Touareg. Jeanne frappa des mains. Bien sûr qu'elle était d'accord !

Quand elle ouvrit les yeux le lendemain matin avec pour plafond le bleu du ciel, elle mit quelques secondes à réaliser. Et puis tout lui revint : l'Afrique ! Mopti ! Elle s'était endormie la veille dans une des chambres, au bruit monotone des pales d'un ventilateur poussif. Au milieu de la nuit, la chaleur l'avait oppressée et réveillée. Son duvet sous le bras, elle avait quitté sa chambre. Dans la maison, tout le monde dormait. Sur la pointe des pieds, elle avait grimpé le petit escalier qui menait sur le toit et était arrivée sur la terrasse, plein ciel. La nuit était noire, gigantesque et un peu inquiétante, habitée de bruits qu'elle ne connaissait pas, hormis, au loin, les aboiements des chiens, le bêlement d'une brebis. Elle s'était allongée sur un tapis posé au sol avec le duvet comme matelas, et s'était assoupie en regardant les étoiles, le visage balayé par un souffle de vent léger qui venait du fleuve.

Elle rassembla ses affaires et descendit dans la cour intérieure où Mazès prenait son petit déjeuner. Une fois son thé bu et sa toilette faite, Jeanne leva le camp sans tarder. Ils se donnèrent rendez-vous à Agadès deux semaines plus tard. Il la tiendrait au courant quant à son éventuelle participation au rallye Agadès-Bilma.

*

Quand elle se retrouva dans la rue, sac au dos, elle éprouva un grand sentiment de liberté. Même si Jeanne appréciait la compagnie, le besoin de solitude se faisait rapidement sentir. « Si j'aime tant être seule, c'est par amour des gens, pour ne jamais avoir à m'en lasser », répondait-elle quand on lui reprochait cette attitude un peu sauvage. C'est solitaire qu'on allait aux choses, aux gens, pensait-elle. Et il y avait tant à voir, à découvrir, à aimer ! Martha lui avait parlé de la mosquée de Djenné, à quelques kilomètres de là : « La plus belle du monde. Essaie d'y aller. Je ne sais pas si un non-musulman peut y pénétrer, mais avec une longue tunique et un foulard sur les cheveux, tu passeras inaperçue. Vas-y, tu ne le regretteras pas. »

Un prospectus ramassé au cybercafé précisait qu'on pouvait atteindre l'île où se trouvait la mosquée en descendant le fleuve Bani, un affluent du Niger. Sur le port, Jeanne chercha, parmi les pinasses à moteur, la prochaine en partance dans cette direction. Des touristes allemands s'y installaient en prenant leurs aises, étalant leurs sacs à dos, parlant et riant très fort. Jeanne maîtrisait suffisamment la langue pour comprendre que leurs vannes ne volaient pas haut. Elle eut presque honte devant les Africains qui les contemplaient un léger sourire aux lèvres. Un blondinet rondouillard et bruyant qui l'avait vue embarquer chercha à entamer une conversation avec elle, mais elle fit semblant de ne pas comprendre et s'enfuit à l'autre bout du bateau. « Quel lourdingue, celui-là... » Dès que la pinasse se mit en route, ni une ni deux, elle rejoignit deux enfants maliens qui s'étaient hissés sur le toit de l'embarcation. De là, elle jouirait du paysage. Et elle aurait la paix.

De son promontoire, elle dominait le fleuve gris et ses rives animées. Elle était le fleuve en mouvement, le temps qui s'écoule. Elle découvrait le vrai visage de l'Afrique en surprenant les habitants dans leurs tâches quotidiennes. Les silhouettes sombres ou colorées défilaient au ralenti. Debout dans leurs pirogues fines comme des lames de couteaux, des pêcheurs manœuvraient à l'aide de longs bâtons. Ils jetaient leurs filets qui quadrillaient le ciel un instant en se déployant et tombaient sur l'eau avec un bruit de fouet. Sur les bords du fleuve, des enfants marchaient, à peine plus grands que les vaches qu'ils menaient, des femmes pilaient le mil ou, accroupies, activaient des petits feux ; les hommes retournaient la terre. Sur la rive, des jeunes filles lavaient de grands draps blancs et les étendaient sur des piquets ou sur l'herbe. Elles levèrent le bras vers le bateau. Les touristes allemands sortirent leurs appareils photo et filmèrent la scène. Le reste du temps, ils jetaient sur le paysage un œil morne, trop occupés par leurs téléphones portables, se photographiaient entre eux ou draguaient des petites Africaines qui pouffaient et se moquaient d'eux dans leur langue en leur faisant de beaux sourires.

Jeanne s'abandonna au rythme du courant. Il faisait bon sur l'eau, un souffle d'air soulevait ses cheveux, elle somnola, bercée par le bruit du moteur et les conversations joyeuses qui arrivaient du dessous. Quand elle ouvrit les yeux, l'immense mosquée de Djenné se profilait au loin. On aurait dit un palais, un palais « du pauvre » comme sorti du sol, car lui aussi fait de terre séchée. Martha avait raison, la vision était impressionnante.

La pirogue débarqua les touristes à qui Jeanne se dépêcha de fausser compagnie. Arrivée à proximité du bâtiment, elle se dissimula derrière une dizaine d'ânes qui attendaient patiemment la sortie des pèlerins et enfila par-dessus son sarouel et sa tunique un long boubou bleu marine qu'elle avait acheté sur le marché de Mopti en prévision de cette visite. Un foulard sur les cheveux, le tour était joué. Elle cacha son sac à dos à l'intérieur d'un grand cabas en toile et marcha vers la mosquée. Haut d'une vingtaine de mètres, le bâtiment à la centaine de piliers et aux trois minarets en forme d'ogives était gigantesque. Jeanne en resta bouche bée : c'était le plus beau château de sable qu'elle ait vu de sa vie ! Agrippés aux pics de bois plantés dans les piliers comme autant d'échardes dans des jambes de terre, de jeunes Maliens contemplaient le paysage ou prenaient des photos.

Jeanne rabattit son foulard au niveau des sourcils et pénétra à l'intérieur, tête baissée. En même temps que la fraîcheur, elle ressentit une immédiate sensation de calme, de plénitude. Les musulmans venaient de finir la prière et une vingtaine d'entre eux s'attardaient autour d'un imam. Quelques femmes priaient encore dans une salle plus loin, séparées des hommes par un large rideau. Jeanne marcha vers elles, s'assit sur un banc dans un coin et se laissa envoûter par leurs chuchotements et le mouvement lancinant de leurs lèvres. Elle qui ne connaissait rien à l'islam se sentit bien dans ce lieu où – une pancarte le rappelait en français et en anglais – elle n'était pas la bienvenue.

Enfin seule ! Loin du bruit, de la foule. Loin de tout. Son téléphone portable, dont elle se demandait à Paris comment elle pourrait se passer, était au fond de son sac. Elle n'avait même pas eu envie d'écouter ses chansons préférées téléchargées sur son MP3. Ras-le-bol des caquetages, des tubes ressassés, des débats stériles ; envie de silence, de choses simples. De sérénité. Autant que de découvertes et de rencontres. Jeanne cherchait dans ce voyage un calme profond, régénérateur. Entendre sa voix intérieure qu'elle voulait la plus discrète possible pour se laisser envahir par « autre chose », un autre chose qu'elle ne définissait pas mais, pensait-elle, qu'elle avait des chances de trouver sur le continent africain, dans une nature forte et sauvage.

Combien de temps demeura-t-elle ainsi, assise sur son banc, adossée à la paroi de terre ? Des femmes voilées arrivaient, priaient, repartaient sans un regard pour Jeanne qui, le nez en l'air, laissait vagabonder ses songes. Peut-être même la prit-on pour une mendiante ou une folle... Elle pensa à ses parents, à ses frère et sœur. Elle devinait ce qu'ils étaient en train de faire, mais eux, pouvaient-ils l'imaginer, là, assise presque dans le noir, face à elle-même, dans un vêtement qui n'était pas le sien ?

« Et merde. Après tout, j'ai 21 ans ! » s'était-elle dit en quittant sa maison. Vingt et un ans, l'âge de tous les possibles, était un cap plutôt inconfortable. Comme tous les adolescents, elle vivait « le complexe du homard », selon la formule de Françoise Dolto, se défaisant peu à peu de sa carapace pour en acquérir une autre. Entre mutisme et agressivité, la mue n'avait pas été simple. Un pied dans l'enfance qu'elle ne voulait pas quitter et un autre dans le monde adulte qu'elle ne connaissait pas, elle appréhendait un peu. Elle brûlait de le découvrir mais n'en avait pas les armes. Jusque-là, les parents avaient décidé pour elle. Désormais, elle avait les rênes en main.

Depuis peu, la « princesse » de sa maman, « le petit bout » de son père, se sentait montrée du doigt. L'école, la société la sommaient de choisir une voie alors qu'elle n'y avait jamais songé avec précision. Où s'arrêtent les rêves de gosse pour devenir les ambitions d'une vie ? À quel moment s'engager et comment être sûr de ne pas faire fausse route ? Certes, les envies de devenir ballerine à l'Opéra, trapéziste ou voltigeuse dans un cirque étaient tombées d'elles-mêmes. Le temps avait passé, il était trop tard pour certaines choses et, semble-t-il, trop tôt pour d'autres. Un entre-deux embarrassant. Ses études avaient été « correctes », mais pas suffisamment excitantes pour lui indiquer un début de chemin professionnel. Alors, quoi ? Comment décider sans se tromper ? Et que faisait-elle de sa passion pour le chant, la danse, la comédie ? Dans ces domaines, elle avançait ses pions l'un après l'autre, en toute discrétion. C'est elle qui, adolescente, avait pris des contacts pour s'inscrire dans un cours de danse et de chant, elle encore qui avait décroché un petit rôle dans une série télévisée pour se les payer. Elle, toujours, qui attendait la réponse pour un nouveau rôle dans un film. Ses parents n'étaient même pas au courant. Elle n'avait rien dit de peur de faire naître chez ses proches des espoirs qu'elle risquait de décevoir. Elle se la ferait un jour sa place au soleil, mais à son rythme, et sous le ciel qu'elle se serait choisi. Danser, chanter, jouer la comédie, c'était comme une seconde peau. Petite, on l'avait initiée au piano mais elle avait été renvoyée du Conservatoire, cela ne lui correspondait pas. Trop rigide, trop classique. Sa passion du jazz lui avait fait choisir le saxophone dont elle jouait toujours en se dandinant, imitant les musiciens noirs ou le pas de *La Panthère rose*, son air préféré.

Jeanne eut un frisson. Son estomac l'informa que l'heure de déjeuner était largement passée. Elle quitta l'édifice pour aller se réchauffer à l'extérieur et se restaurer. En ce jour de marché, la ville, dont la mosquée attirait de nombreux touristes, était très animée, donnant toujours cette même impression d'improvisation : des camionnettes surgissaient dans un nuage de poussière jaune et évitaient les piétons au dernier moment, des mobylettes pétaradaient leur pollution au nez des vendeurs assis par terre, des chèvres vous frôlaient les jambes de leurs petites cornes, il y avait des enfants partout, sur le dos des femmes, dans leur ventre rond. Et toujours ces éclats de voix, ces rires énormes que Jeanne adorait. Une joie communicative : il lui arrivait de rire simplement en regardant les autres. Elle déjeuna de boulettes de viande et d'un beignet de banane et acheta sur le marché de la noix de coco séchée, une mangue, de la boisson au gingembre. Puis elle partit déambuler dans les ruelles de Djenné.

La ville était encore plus belle que Mopti avec ses maisons de terre grise ou beige aux formes très douces et aux fenêtres grillagées, hautes ou basses mais toutes aux arêtes arrondies. Dans une boutique minuscule, un boucher proposait quatre ou cinq morceaux de mouton. Accroupi sur le sol, un forgeron attisait un petit feu avec un soufflet, s'apprêtant à tordre une tige de métal chauffée à blanc. Jeanne faisait un signe de la main en passant. Ils répondaient d'un sourire, d'un mot qu'elle ne comprenait pas. Dans les rues tortueuses, des ânes se faufilaient à pas rapides, suivis en courant par des enfants pataugeant allègrement dans les égouts. Jeanne croisa une femme portant une telle charge de bois sur la tête qu'elle s'arrêta pour la regarder passer, persuadée que tout allait s'écrouler sur elle. Pas du tout. La femme s'éloigna, le dos droit à faire pâlir un top model, et disparut au coin d'une rue sans avoir perdu la moindre brindille de son fagot. Impériale.

Au cours de sa promenade, Jeanne repéra un hôtel qui lui parut parfait pour passer la nuit. À la réception, lorsqu'elle voulut sortir sa pochette de tissu où se trouvaient son argent et son passeport, elle poussa un cri : plus de pochette ! Elle vida son sac à dos, fouilla le boubou bleu qu'elle avait ôté en quittant la mosquée, elle retourna tout. En vain. Jeanne essayait de garder son calme mais dans sa tête, c'était l'affolement. « C'est pas possible… C'est pas vrai… » murmurait-elle. Elle refit de mémoire le trajet en sens inverse, se rappela avoir fait les courses avec de l'argent sorti de son sarouel. Donc, la pochette de tissu avait dû glisser de son cou lorsqu'elle était dans la mosquée. Devant le réceptionniste éberlué, Jeanne enfila son boubou, noua le foulard sous son menton, empoigna son sac et sortit de l'hôtel en courant. « Je reviens ! » cria-t-elle.

Elle dut battre un record de vitesse et arriva à la mosquée en quelques minutes. La transpiration collait sa robe dans le dos. La porte de l'entrée principale était entrebâillée, les derniers pèlerins quittaient les lieux. Jeanne se faufila et courut vers la salle réservée aux femmes. L'une d'elles, très grosse, priait sur le banc où Jeanne s'était assise. Celle-ci se plaqua contre une paroi et attendit sans la quitter des yeux. L'autre prenait son temps. Le sang de Jeanne bouillait, la sueur coulait sur son corps. Au bout de dix minutes, la femme se leva péniblement et s'éloigna d'une démarche pesante. Jeanne se rua vers le banc et palpa le sol dans le noir. Quand sa main rencontra le tissu brodé de sa pochette, elle faillit pousser un « *Yes* » de joie ! Tout était là, son passeport, l'argent, sa carte bleue, rien ne manquait. *Inch Allah* !

Effectivement, la lanière s'était cassée en deux. Elle la répara, remit la pochette autour de son cou et se dirigea vers la sortie. Autour d'elle, le silence était tombé. Jeanne accéléra le pas. Quand elle arriva à la porte principale, celle-ci était fermée à clef. Elle fit immédiatement demi-tour et partit à la recherche d'une autre sortie. « Il y en a forcément plusieurs… » se dit-elle, se souvenant avoir vu des portes sur les façades. Il faisait très sombre à l'intérieur de l'édifice que même les gardiens semblaient avoir fui. À plusieurs reprises, Jeanne s'éclaira avec l'écran lumineux de son téléphone portable. Les issues étaient toutes verrouillées. Elle traversa la grande cour à ciel ouvert bordée de plantes. Un instant, elle eut envie de crier, d'appeler, mais elle se ravisa : la mosquée étant interdite aux non-musulmans, mieux valait la jouer discrète.

Elle allait donc passer la nuit dans la mosquée.

« Dormir dans un château de sable, c'est pas banal. » Ça amuserait beaucoup Alex quand elle lui raconterait au retour. Elle retourna dans la pièce des femmes, déplia son sac de couchage sous le banc et s'allongea dans l'obscurité, un pull sous la tête en guise d'oreiller.

Le silence était impressionnant. Elle n'était pas complètement rassurée mais elle se maîtrisait. « À quoi ça ressemble un fantôme malien ? » se demandait-elle. La seconde d'après, elle se traitait de trouillarde et essayait de penser à des choses agréables, ainsi que le lui avait appris sa mère. S'évader par la pensée, ça marchait parfois, sauf que, là, elle n'arrivait pas à s'endormir.

Trois heures plus tard, elle avait toujours les yeux grands ouverts et les pieds glacés. Elle décida de rejoindre la cour intérieure. Il y ferait moins froid et le spectacle des étoiles la bercerait. La nuit était tombée. Elle prit ses affaires et traversa les couloirs jusqu'à la cour. Un renfoncement au pied d'une balustrade lui parut être le lieu idéal pour se réfugier en attendant le jour. Elle s'apprêtait à se glisser dans son duvet quand, brusquement, le bruit d'une toux résonna à quelques mètres d'elle. En une seconde, Jeanne s'accroupit et disparut dans l'ombre.

Elle ne bougeait plus, pétrifiée, la tête en feu. Elle avait l'impression que les battements de son cœur résonnaient dans tout l'édifice. Elle posa une main sur sa poitrine et calma sa respiration. L'homme qui avait toussé entra dans la cour, posa une fesse sur la balustrade et chercha quelque chose dans sa poche. L'instant d'après, Jeanne entendit le bruit caractéristique d'une allumette qu'on craquait. Recroquevillée, elle n'osait pas tendre le cou vers lui de peur de faire le moindre bruit. Dans ce silence, tout prenait une proportion extraordinaire.

Une légère odeur de tabac vint lui chatouiller les narines. « Fumer dans une mosquée, pas gêné le mec. » D'un doigt, elle remonta le col de sa robe sur son nez pour parer à toute envie de tousser. Le visiteur nocturne était assis à une dizaine de mètres de Jeanne, guettant les bruits du couloir.

De longues minutes s'écoulèrent avant que des pas ne résonnent à nouveau. L'homme qui fumait appela un prénom, l'autre lui répondit et ils se serrèrent la main. Jeanne entendait parfaitement ce qu'ils se disaient, sauf qu'elle ne comprenait pas un traître mot, les hommes conversant en bambara, la langue la plus parlée dans le pays. Elle pria le ciel qu'ils repartent, ce qui lui aurait permis de déployer sa jambe droite tétanisée par une crampe. Mais ils parlaient, parlaient… « Si ce sont les gardiens, je suis cuite, ils ne bougeront pas », pensa-t-elle. À un moment, ils s'esclaffèrent pendant plusieurs secondes, ce qui permit à Jeanne d'allonger la jambe d'un coup sec pour détendre le muscle. Elle entendit un léger craquement qui se perdit dans les rires des deux hommes. Le soulagement fut immédiat.

Ils fumèrent encore une cigarette, dissimulèrent les mégots dans des jarres posées là, puis repartirent par où ils étaient venus. L'écho de leurs pas s'atténua. Jeanne les aurait bien suivis pour voir où se trouvait la sortie mais ils l'auraient repérée. Qui étaient-ils ? Que faisaient-ils à l'intérieur de la mosquée ? Mystère. Elle préférait ne pas penser au sale quart d'heure qu'elle aurait passé s'ils l'avaient découverte. Mieux valait ne pas traîner ici. Elle se leva, agita ses jambes ankylosées et repartit silencieusement vers la salle des femmes. Là-bas, elle était tranquille, ils ne viendraient pas. Elle s'enroula dans son duvet, s'allongea sous un banc et, contrairement à ce qu'elle pensait, s'endormit immédiatement.

*

Le lendemain matin, elle guetta les premiers fidèles qui entraient, se mêla à eux et s'éloigna rapidement de la mosquée. Le cauchemar était fini. Le soleil chauffait sa peau, le ciel était bleu, sans un nuage. Brusquement, elle eut envie de rire : c'était n'importe quoi cette histoire ! « Je me suis sans doute fait un film avec ces mecs... » Le jus sucré d'une mangue avalé à l'auvent d'un petit café dissipa les fantômes de la nuit et lui redonna de l'énergie. L'aventure continuait.

À 8 heures du matin, il faisait déjà chaud. Le thermomètre allait dépasser les 40 °C, elle le sentait. Si elle devait traverser le Ténéré quelques jours plus tard avec le rallye, autant profiter de la fraîcheur du fleuve. La balade sur le Niger avait été délicieuse et Jeanne décida de rallier la ville de Gao en pirogue collective. C'était les plus rapides, mais il fallait tout de même compter une journée entière de voyage. De là, elle trouverait bien une solution, avion ou voiture, pour rejoindre Mazès à Agadès. Elle avait le temps.

La pinasse sur laquelle elle embarqua était beaucoup plus grosse que la précédente, chargée d'hommes, de femmes, d'enfants, de containers de bois, de sacs de nourriture, d'objets divers et variés. Sans oublier les chèvres et les poules. Jeanne se retrouva au milieu des autochtones, aucun touriste à bord pour sa plus grande joie. Elle allait pouvoir continuer à observer, écouter.

Justement, son attention fut attirée avant même le départ par un visage souriant, serein, auréolé d'une chevelure blonde, celui d'une femme blanche d'une soixantaine d'années. Elle était accompagnée de cinq petits Africains, un adolescent et quatre fillettes qui s'assirent en rond autour d'elle pour une distribution d'eau. Jeanne, qui n'avait pas encore trouvé sa place, se rapprocha du groupe – la présence de cette femme blanche qui parlait français avec ces enfants maliens l'intriguait. Il ne lui fallut pas longtemps pour connaître leurs prénoms : Germain, jeune garçon un peu réservé, devait avoir une dizaine d'années ; Gwen et Fatou étaient un peu plus jeunes ; Maïa et Soma, les jumelles, n'avaient pas plus de 3 ou 4 ans. Tous s'adressaient à la femme blonde en l'appelant « maman », ce qui titilla la curiosité de Jeanne. Elle lui tendit la main :

« Bonjour ! Jeanne. Je suis française. Qu'est-ce qu'ils sont beaux vos enfants !

— Mes petits-enfants, tu veux dire ! répondit la femme qui la tutoya dès la première seconde. Moi, c'est Josette, je suis suisse. Nous allons jusqu'à Gao. Et toi ?

— Moi aussi. Vous habitez là-bas ?

— Oui. À la Maison du Cœur. Tu en as entendu parler ? »

Non, Jeanne ne connaissait pas. Ni la « Maison du Cœur » ni quoi que ce soit d'autre au Mali. « Si tu ne sais pas où tu vas, va où tu ne sais pas », disait le proverbe.

Josette dirigeait un centre qui accueillait et scolarisait une cinquantaine d'orphelins jusqu'à leur entrée dans la vie universitaire ou professionnelle. « Ou bien quand ils en ont marre de moi ! L'âge peut être très variable. Parfois, il faut un peu les pousser pour partir, dit Josette en clignant de l'œil. Viens si ça te tente, chez nous, les bonnes volontés sont les bienvenues. » Jeanne accepta avec joie. Elle aimait les enfants plus que tout. Depuis toujours, elle se sentait proche d'eux, de leurs interrogations, de leurs rires. De leur solitude aussi. Spontanément, elle allait vers les plus silencieux, comme si elle avait un secret à partager avec eux.

La pirogue à moteur glissait sur le fleuve, avalait les kilomètres. Jeanne fit connaissance avec les enfants qui étaient extrêmement attachants ; Germain était plus grave que les autres, vu son âge, et les fillettes, de vrais oiseaux pépiant et chantant. Le bois de la cale poussait de longues plaintes, comme si la charge l'exténuait, mais personne n'y prêtait vraiment attention. Germain scrutait les marchandises branlantes amoncelées sur le bateau d'un air sombre : « Je le sens pas ce bateau, je le sens pas », répétait-il en secouant la tête. Josette finit par s'agacer : « Bon, d'accord tu ne le sens pas, mais maintenant on est là, alors arrête, maîtrise-toi et respire. Il est plus solide que tu ne crois. T'as jamais pris le bateau, ou quoi ? » L'enfant haussa les épaules : « Évidemment, des centaines de fois, mais il ne sent pas bon, celui-là. » Il ne parlait pas de l'odeur très forte de poisson fumé qu'une vieille femme faisait frire sur un poêle puis qu'elle vendait sur des tranches de pain pour quelques francs CFA…

Un quart d'heure plus tard, l'adolescent réitéra sa plainte, interrompue par Josette : « Germain, arrête maintenant, tu fais peur à tout le monde. » Effectivement, Maïa et Soma, vêtues à l'identique, de l'élastique rouge des cheveux aux pompons de leurs nu-pieds, s'agrippaient à la taille de Josette en regardant l'eau trouble du fleuve comme si elle devait les aspirer. Pour détendre l'atmosphère, Jeanne sortit de son sac à dos un paquet de cartes et proposa une partie de sept familles aux trois grands. Les enfants commencèrent à jouer, le dos tourné au fleuve.

Un bruit de moteur se fit entendre au loin. Personne ne leva le nez jusqu'à ce que le vrombissement parvienne à leur hauteur. Un bateau les doubla à toute allure, escorté par les cris de protestation des passagers conscients du danger. Ils ne se trompaient pas : une série de vagues fit tanguer la pirogue dont le conducteur rétablit l'équilibre sans pouvoir retenir deux gros containers situés sur un côté qui glissèrent, poussant par-dessus bord une dizaine de passagers dont Jeanne, Josette et les enfants. Jeanne eut le réflexe de bloquer sa respiration avant d'être submergée. Elle entrouvrit les yeux dans l'eau verte et boueuse, banda les muscles des cuisses pour se propulser et réapparut à la surface après quelques secondes.

Sa première vision fut celle de Josette qui émergeait, chapeau et lunettes dégoulinants : « Les enfants ! Les enfants ! » hurlait-elle en toussant. Des hommes avaient plongé pour secourir ceux qui ne savaient pas nager. Le visage hors de l'eau, Jeanne fit un tour d'horizon et vit, à dix mètres d'elle, les jumelles boire la tasse et se débattre. En quelques brasses, elle parvint jusqu'aux petites, les attrapa fermement par leurs vêtements et les ramena vers la coque où des mains se tendaient pour les recevoir. De son côté, Josette avait repéré Gwen qu'elle tirait par les épaules. Fatou s'accrochait à une caisse qui flottait et reprenait sa respiration. Quant à Germain, il nageait un crawl impeccable et remonta tout seul sur l'embarcation. « Ouf ! se dit Jeanne, en s'agrippant à la barque, on est tous là. »

La pinasse avait coupé le moteur et les passagers s'occupaient activement des rescapés. Des femmes africaines entourèrent Jeanne, faisant un paravent de leurs corps pour qu'elle puisse ôter ses vêtements trempés et revêtir un boubou jaune. Elle aurait pu enfiler un jean et un tee-shirt vu que son sac n'était pas tombé à l'eau, mais ça l'amusait de se laisser habiller, de porter le vêtement traditionnel. « Ça te va bien, tu es belle comme ça », lui dit une femme en frottant ses cheveux avec une serviette. Josette se séchait en même temps qu'elle consolait les quatre petits sous le choc. Germain, lui, ne montrait aucune émotion particulière. Nu dans un drap dont on l'avait enveloppé, il contemplait l'agitation et affichait un petit air ironique qui semblait dire : « Je vous avais bien dit que je ne le sentais pas ce bateau. »

La suite du voyage se déroula sans heurts. Josette avait eu très peur. Une heure après le naufrage, tandis que les fillettes riaient et jouaient comme s'il ne s'était rien passé, les larmes coulèrent sur son visage. Tous l'entourèrent pour la consoler : « J'ai eu si peur, mes enfants, si peur de vous perdre. » Elle remercia encore une fois Jeanne : « Tu as sauvé mes petites, je ne l'oublierai jamais. » Tandis que les enfants reprenaient leur partie de cartes ou regardaient les jeux que Germain avait apportés dans son sac, la femme et la jeune fille se rapprochèrent.

Josette habitait en Afrique depuis vingt ans. Auparavant, elle vivait en Suisse une existence plutôt bourgeoise de femme divorcée, entre ses amis et ses sorties. Le grand amour de sa vie, c'était Laurent, son fils, un jeune ingénieur qui travaillait au développement des pays africains, en particulier le Mali. La vie était simple pour Josette, elle ne se posait pas beaucoup de questions. Jusqu'à ce jour de décembre où tout bascula : « Laurent avait des passions et un péché mignon : la moto. Il aimait tellement la vitesse qu'un soir il s'est envolé avec son bolide et qu'il a heurté un nid d'anges. Ils n'ont pas apprécié… » dit-elle en soupirant. Laurent mourut sur le coup, il avait 22 ans. Parce que son fils voulait vivre en Afrique, elle tenta d'y consoler son immense chagrin et tomba amoureuse du continent :

« En vacances au Mali, j'ai vu la pauvreté des habitants, tout ce que je pouvais faire pour eux si je le voulais. J'ai eu honte. Je suis rentrée en Suisse, j'ai vendu tous mes biens et suis revenue m'installer ici. J'ai mis tout mon argent dans la construction de la Maison du Cœur. Je suis avec eux maintenant, c'est aussi ma maison, et je m'y sens bien. Désormais, je ne vais qu'à l'essentiel. Et je te jure qu'il n'y a pas besoin d'y réfléchir, il s'impose de lui-même. »

*

Il faisait nuit quand ils arrivèrent à Gao et que Gaston, le sous-directeur, vint les récupérer au débarcadère avec le 4 × 4 du centre. La Maison du Cœur se situait à une dizaine de kilomètres de là. Malgré le faible éclairage, Jeanne distingua une grande cour de terre battue clôturée et plantée d'arbres, des petits bâtiments en briques rouges, des cases aux toits de chaume. Au milieu, on avait installé une grande pompe à eau. L'ensemble avait un aspect à la fois rudimentaire et rassurant. Quand le 4 × 4 entra dans la cour, malgré l'heure tardive, une dizaine d'adolescents sortirent de leurs chambres et entourèrent le véhicule. L'arrivée de nouveaux venus était toujours un événement à la Maison du Cœur. « Eh, y'en a une grande ! Et mignonne en plus ! » s'écria un garçonnet d'une douzaine d'années en pointant Jeanne du doigt. « Du calme, Mustapha, du calme, Jeanne est notre invitée pour quelques jours », répondit Josette en levant les yeux au ciel. Elle portait Maïa qui s'était endormie durant le court trajet en voiture. Une collaboratrice la lui prit des bras et partit coucher l'enfant. « En revanche, voici Germain, Gwen, Fatou et Soma, la jumelle de Maïa, qui vont vivre avec nous. Souhaitez-leur la bienvenue ! »

Jeanne s'éloigna de quelques mètres pour observer la confrontation des anciens et des nouveaux. Certaines fillettes posaient sur la plus petite des regards quasi maternels et les garçons accueillirent Germain comme leur benjamin. « À la Maison du Cœur, nous sommes une famille, une grande famille », avait expliqué Josette pendant le voyage.

« Viens, dit celle-ci à Jeanne, il est tard, on a eu notre lot d'émotions pour aujourd'hui. Je vais te montrer ta case. Tu visiteras le centre demain. » Elles passèrent devant une construction en ciment. « Tu peux prendre une douche si tu veux. Inutile de te rappeler que l'eau est précieuse, donc tu fais au plus vite. Et voici ta chambre, c'est celle des invités. Jolie, non ? »

La case était minuscule mais comme neuve, avec un beau toit de chaume blond. Jeanne dut se baisser pour y entrer. L'espace rond était vide hormis une natte roulée posée au sol, une bouteille d'eau et une lampe torche. « Voilà, dit Josette. Il n'y a pas de matelas, personne n'en a ici. Au début, c'est dur mais, plus tard, tu me remercieras car désormais tu pourras dormir n'importe où, ma petite Jeanne ! »

La jeune fille se dirigea vers la douche, serviette de toilette et brosse à dents sous le bras. « Bonne nuit, lui dit Josette, en l'embrassant. Et sois tranquille. Gaston ne dort que d'un œil, il veille sur nous. » Jeanne chuchota un au revoir, fit une toilette rapide et retourna à sa case. La cour était comme une bouche noire et l'on entendait les feuillages environnants bruisser en continu, tels des milliers d'insectes tapis dans l'ombre. C'était un peu oppressant. Les pleurs d'un enfant trouèrent la nuit, vite consolés par une voix féminine. Jeanne s'arrêta au milieu de la cour et leva les yeux vers le ciel dont elle sentait la présence chargée. Il était envahi d'étoiles. Elle en reconnaissait deux ou trois, comme tout le monde : Grande Ourse, Petite Ourse, l'Étoile polaire. Ici, on leur donnait sans doute d'autres noms. Elle se renseignerait auprès de Mazès quand ils seraient dans le désert. Ces étoiles, c'était ses bornes de reconnaissance depuis toujours, de la petite enfance jusqu'à aujourd'hui, du ciel d'encre de son jardin en vallée de Chevreuse à celui, mystérieux, de la campagne malienne.

L'été, à la nuit noire, elle sortait avec ses grands-parents dans le jardin et, ensemble, ils regardaient la lune et les étoiles. Les « anciens » connaissaient le langage du ciel : « Coupe-toi les cheveux à la lune montante, ils repousseront plus épais... » lui conseillait sa grand-mère qu'elle appelait « Habanita ». Le doigt pointé vers l'obscurité, la fillette baptisait les étoiles à sa façon, indiquant les timides, les puissantes, les rebelles, les resplendissantes. Elle imaginait et racontait tout haut des histoires d'amour ou de disputes entre étoiles. Les deux vieux riaient, comme au spectacle. « Plus je leur parle, plus elles me connaissent, affirmait Jeanne. De là-haut, les étoiles voient tout, elles savent déjà ce que sera ma vie. »

Revenue à sa chambre de paille, elle avala plusieurs gorgées d'eau, s'effondra sur son duvet et dormit d'un sommeil sans rêves.

Ce furent des rires et des gloussements qui la réveillèrent le lendemain matin :

« Jeanne ! Jeanne ! Montre-toi ! » entendit-elle, suivi de cris joyeux et de la voix de Josette, grondeuse.

« Ça suffit, les enfants ! Vous allez la réveiller ! »

— Il est l'heure ! BONJOUR, JEANNE ! » insistaient les petites voix espiègles.

Étendue sur son duvet, Jeanne sourit. Elle reconnut, entre autres, la voix de Germain. Visiblement, elle était attendue ! « C'est drôle, songea-t-elle en s'habillant à moitié accroupie, à peine débarquée en Afrique et déjà adoptée par une famille ! J'ai beau vouloir m'en éloigner, il faut croire que je les attire ! » La lumière aveuglante lui fit cligner des paupières. Au milieu de la cour, elle aperçut Germain et trois garçonnets s'activer à la pompe. « Viens nous aider, Jeanne ! » cria l'un d'eux. Ceux-là, elle ne les avait pas encore vus mais ils connaissaient déjà son prénom. Tout de suite, elle remarqua que le sol était sec autour de la pompe. Elle se souvint des paroles de Josette qui évoquait le problème récurrent de l'eau : « En France, en Suisse, les gamins jouent à s'asperger dès qu'ils sont près d'une fontaine. Ici, on n'a même pas à le leur interdire. Ils ne gâchent pas l'eau. »

Jeanne pensa à la maison familiale entourée d'une rivière et d'un petit lac. Est-ce que l'eau est aussi précieuse lorsqu'on l'a à portée de main ou à volonté aux robinets ? Non, on s'en fout, on n'y pense pas. « Alors, tu nous aides ou pas ? » cria

Germain penché sur la pompe. Jeanne fit oui de la tête, attrapa le grand levier et appuya très fort. Il ne bougea pas d'un millimètre. Les enfants commencèrent à se tordre. Orgueilleuse, Jeanne s'y reprit à deux mains : en vain. Nouveaux hurlements de rire. Alors, elle s'arc-bouta de toutes ses forces sur le levier qui s'abaissa légèrement. Un minuscule filet d'eau jaillit au bout d'un tuyau qui s'écoulait dans un seau. « Ben dis donc, t'as rien dans les biceps ! » dit un des garçons en haussant les épaules. Ils s'éloignèrent en se moquant. Jeanne restait interdite. Elle avait pourtant appuyé comme un sourd. Comment faisaient-ils, eux, si frêles ?

Bon, assez perdu de temps. Josette devait l'attendre pour lui faire visiter le centre. Elle la trouva au réfectoire avec deux cuisinières, servant le petit déjeuner à une vingtaine d'enfants qui tournèrent tous ensemble leurs yeux ronds vers Jeanne quand elle entra dans la salle. Josette lui sourit :

« Bonjour Jeanne ! Viens, assieds-toi ! Tiens, il y a du thé et du lait de chèvre si tu aimes. Et des galettes de maïs. Bien dormi ? Ce sont les garçons qui t'ont réveillée, non ?

— Pas grave. De toute façon, fallait que je me lève.

— Je leur ai pourtant dit de s'éloigner de cette pompe, elle est cassée. Le levier est coincé. J'attends le réparateur aujourd'hui. Tu peux prendre de l'eau au réfectoire si tu en as besoin.

— Merci, Josette. Ça ira, j'ai pris une douche hier soir. »

Jeanne se servit du thé avec une envie de rire qui lui montait à la gorge en pensant à la blague qu'on venait de lui faire en guise de bienvenue. « Ils m'ont bien eue, les lascars, mais je n'ai pas dit mon dernier mot. » Après le déjeuner, Josette lui fit visiter les salles de classe, elle lui montra l'atelier de petite mécanique, de couture, les chambres des pensionnaires meublées de quatre lits. Derrière le centre s'étendait le jardin potager cultivé par des villageois et par les mères en difficulté qui confiaient pour la journée leur enfant à la Maison du Cœur et travaillaient la terre en contrepartie. La communauté se divisait en une majorité d'orphelins bien portants, séropositifs ou atteints de maladies consanguines et d'enfants dont les parents étaient trop pauvres pour s'en occuper.

« Nous avons perdu notre petit Tibini le mois dernier, dit Josette d'une voix triste. Une leucémie foudroyante. On n'a rien vu venir. Tibini, c'était un môme éveillé, un farceur, tu n'imagines pas. Il avait 8 ans, il riait tout le temps. Je crois que je pourrais dire ça de tous ici, mais lui, il était vraiment… vraiment… »

Un sanglot l'interrompit. Elle respira un grand coup et essuya ses paupières. « Défense de pleurer », murmura-t-elle. Le départ de Tibini avait provoqué un tel choc que les enfants avaient décidé d'organiser une fête en son honneur et de planter un arbre pour célébrer sa mémoire. « Comme ça, il grandira au milieu de nous, on pourra s'occuper de lui, le toucher, aller se gratter le dos sur lui, comme Baloo dans *Le*

Livre de la jungle », disaient-ils. Josette avait été emballée par cette idée. Il restait cinq jours pour préparer la fête à laquelle étaient conviés les villageois des environs. Des danseurs, des chanteurs, amis de Josette, viendraient exprès de Bamako. Depuis trois jours, les enfants passaient leurs après-midi à fabriquer des objets en tissu, en bois, à tourner des petites poteries qu'ils comptaient bien vendre ce jour-là.

« Ah, et puis y'a les nounours ! s'exclama Josette. Il faut que tu voies ça ! »

Au cours de la fête seraient offerts aux plus petits du centre et des villages voisins des ours en peluche envoyés par une association française.

« Il y en a au moins deux cents, de toutes les tailles, de toutes les couleurs, dans toutes les positions ! Tu sais qu'il n'y a pas d'ours en Afrique, les enfants n'en ont jamais vus ! Ils n'ont même jamais eu de peluches, ils risquent d'être surpris. Tu m'aideras à les distribuer si tu veux.

— Bien sûr ! » répondit Jeanne, imaginant d'avance la scène.

La journée s'écoula en travaux de toutes sortes. En début de soirée, Jeanne se rendait au réfectoire pour aider à la cuisine, lorsqu'elle entendit dans une salle un bruit assourdissant, comme si on démolissait un mur à coups de barre à mine. Elle passa la tête dans la pièce et vit un jeune garçon d'une dizaine d'années assis à une batterie musicale. Il se déchaînait sur la caisse claire, donnait de violents coups de pied dans la grosse caisse et assénait des coups de baguette sur les cymbales à les décapiter. Parfois, il se calmait, caressait la toile de la caisse du bout de ses baguettes comme s'il y dessinait des inscriptions, puis il repartait de plus belle. Jeanne s'approcha et s'assit dans la salle pour le regarder, les mains sur les oreilles tant le bruit était pénible. L'enfant cognait avec la hargne d'un boxeur, comme s'il réglait des comptes, sans retenue, projetant son corps maigre puis reculant pour mieux s'élancer et frapper à nouveau.

Après dix minutes de ce rythme fou, les baguettes glissèrent de ses mains et tombèrent sur le sol. Lui resta assis sur le tabouret, en nage, prostré. Ses yeux passèrent sur Jeanne qui s'avança pour se présenter en lui tendant la main. Le garçon se détourna sans répondre. Pourtant, il comprenait très bien le français. Jeanne apprit par un autre pensionnaire que Karim – c'était son prénom – venait de perdre son unique sœur, Sarah, 17 ans, emportée par le sida dix jours plus tôt. Depuis sa mort, il était devenu muet. Son seul moyen d'expression, pour ne pas devenir fou, c'était ce « défouloir », cette violence qu'il déchaînait contre les éléments, le monde, les hommes, tout ce qui avait condamné sa sœur adorée.

Il frappait aussi contre le silence, celui qui lui intimait de se résigner. Mais, ça, il n'y arrivait pas. Sarah, c'était tout ce qui lui restait. Ils n'avaient presque pas connu leurs parents et elle l'avait élevé – il l'appelait « Mama-Sa » – lorsque leur mère avait disparu dans des circonstances aussi violentes que mystérieuses. Leur maison avait été pillée et on n'avait pas trouvé trace de son père. Après l'agression des parents, les habitants avaient découvert dans un coin du jardin, terrés, le frère et la sœur enlacés, nus et tremblants. Josette les avait accueillis le soir même dans son établissement. Depuis, les enfants étaient soudés comme le lierre à la pierre. Sarah n'avait jamais desserré l'étreinte. Sans elle, le petit garçon se sentait complètement perdu.

Jeanne chercha son regard et esquissa un sourire. Elle tendit la main, craintive, comme vers un animal imprévisible et attendit. L'enfant leva les yeux et les planta dans les siens. Il y avait dans son regard toute la souffrance, tout le désespoir du monde. Elle frissonna et attendit un instant, puis elle tenta une nouvelle approche :

« Je ne sais pas jouer de la batterie mais si tu veux, je peux t'apprendre le piano. »

Karim ne répondit pas. Il se redressa, ramassa un foulard qui traînait par terre, et quitta la pièce en courant. Jeanne le regarda sortir et poussa un sifflement :

« Eh ben, dis donc, c'est pas gagné avec toi. »

Le lendemain, Josette lui parla de Karim et de la mort de Sarah.

« La vie est d'une violence incroyable, mais l'énergie vitale, la force qu'il faut pour faire reculer la souffrance, c'est drôlement beau aussi, tu sais. Ça nous motive tous, ici. La maladie est parfois plus forte que nos chercheurs, nos médecins, que tous nos efforts réunis, elle nous balaie, on ne peut rien faire. On s'effondre. Et quand on n'aime pas perdre, comme moi, t'imagines la rage ! Après, on se relève et on repart. C'est toujours la même chose : je le vois bien, depuis vingt ans, je repars toujours, il y a quelqu'un dans le lot qui me booste, qui me regonfle les tripes. C'est souvent un nouveau venu, un médecin plein d'espoirs. Après tout, c'est peut-être leur rôle aux nouveaux, d'apporter du charbon à nos machines quand elles sont grippées. Et je t'assure qu'il y a des soirs où je rentrerais bien la locomotive au garage. Définitivement. Parfois, j'ai l'impression que je vais perdre ce qui me reste de cœur.

— Après tout ce travail ? Ce serait dommage.

— Justement, il y a tant à faire ici ! Accueillir, soigner, éduquer. Les enfants, mais aussi leurs mères. Il y a des susceptibilités, les traditions. En ce moment, on les sensibilise au sida, à l'usage des préservatifs. On apprend aux filles à dire non. Ça peut sembler bête mais, ici, ce n'est pas évident. Tiens, tu pourrais leur parler, toi, aux adolescentes…

— Moi, dire non aux garçons, je n'y arrive pas toujours, répondit Jeanne l'air dépité. Le dernier m'a larguée comme une vieille chaussette ! Je devrais plutôt prendre des cours. Je pense que je serai plus crédible dans d'autres activités. D'ailleurs, je voulais t'en parler. »

En prévision de la fête, Jeanne entreprit de fabriquer des vêtements pour tous les enfants, des tenues « en kit », pantalons et hauts en coton uni sur lesquels ils appliquaient les motifs de couleur de leur choix avec du velcro ou des pressions. Certains motifs, comme les tours Eiffel, les fusées, les étoiles de mer, les hippocampes donnèrent lieu à de grandes discussions. Les plus petits roulaient des yeux étonnés. Quand Bintou, une petite Peule de 8 ans, demanda à ce qu'on lui découpe un Père Noël dans un coupon rouge, Jeanne resta bouche bée :

« Un Père Noël ? Tu l'as déjà vu, toi, le Père Noël ?

— Pas plus que toi », lui répondit l'enfant du tac au tac.

Amusée par cette repartie, Jeanne lui en épingla un sur chaque poche, et des cristaux autour du col.

« Tiens, ma puce, je t'ai collé des flocons de neige. Et de la neige, moi, j'en ai déjà vu ! »

La fabrication des vêtements occupa le centre pendant plusieurs jours. Germain, que la couture ne passionnait pas, eut envie de construire un cerf-volant. Après avoir consulté des sites sur le Net, il proposa quelques croquis à Jeanne pour qu'elle l'aide. Ensemble, ils découpèrent la forme d'un grand dragon dans le Nylon orange d'une vieille tente déchirée abandonnée par un touriste de passage. Germain tenait absolument à cette figure, un reptile avec de larges ailes. « Comme les cerfs-volants chinois. » Jeanne cousut la toile et la fixa sur une armature de baguettes de bambou.

« Fais-la plus solide, l'armature, lui dit Germain, il faut qu'elle puisse me porter.

— Te porter ? Comment ça ?

— Pour aller en Chine, déclara-t-il, avec gravité. Paraît que là-bas, c'est le bout du monde. Je veux voir à quoi ça ressemble.

— Euh… Tu comptes partir quand exactement, parce que je ne voudrais pas louper ça, dit Jeanne en essayant de garder son sérieux.

— Tu me crois pas ? Ben, tu verras. Faut juste que je fasse un essai pour voir si j'arrive à m'orienter. Je comptais m'entraîner dans la cour. »

Jeanne le regarda fixement en se demandant s'il se fichait d'elle mais le garçon n'avait pas l'air de plaisanter. Elle sourit et ne dit rien. Elle tenait sa revanche !

« D'accord, Germain, dit-elle, l'air de rien. Mais il ne faudrait pas inquiéter Josette, qu'elle pense que tu partiras du jour au lendemain. Tu comptes la prévenir de ton départ quand même, non ?

— Bien sûr ! Je lui dirai en temps et en heure. Je ne suis pas encore au point.

— Parfait. Alors ce que je te propose, c'est de t'entraîner discrètement. Si tu veux, je te donne rendez-vous ce soir, quand tout le monde sera couché. Ce sera notre petit secret. Il fera noir, personne ne te verra. Tu n'as qu'à t'envoler du haut du réfectoire. Si tu tombes, tu ne te feras pas trop mal.

— Pourquoi veux-tu que je tombe ?

— Non, non, mais on sait jamais. On fait comme ça ? Rendez-vous sur le toit du réfectoire à 23 heures, moi je serai en bas. Ça te va ?

— Super.

— Bon, on a encore du travail sur l'armature. Je vais la consolider. »

Durant tout le dîner au réfectoire, Germain et Jeanne se lancèrent des regards complices. Dans la cuisine, Jeanne informa discrètement Josette du projet de l'enfant et lui demanda où elle pouvait trouver des sacs de sable ou quoi que ce soit pour amortir la chute. Josette rit aux larmes et lui dit qu'elle l'aiderait le moment venu à les installer à l'endroit où Germain sauterait. Le toit du réfectoire n'était pas haut, de là où il s'élancerait, il ne pouvait pas se faire grand mal.

Vers 22 h 30, une fois que tous les enfants furent couchés, la directrice et Jeanne sortirent silencieusement dans la cour et installèrent un matelas de sacs et tous les duvets qu'elles trouvèrent. Elles couvrirent le tout d'une couverture sombre. D'en haut, Germain ne verrait rien. Puis Josette alla se cacher derrière une case et attendit en guettant. À 23 heures, Jeanne revint au pied du réfectoire et appela en levant la tête vers le toit :

« Germain, tu es là ? » demanda-t-elle à mi-voix.

Une ombre apparut au-dessus d'elle. C'était lui.

« Oui, je suis en train de m'attacher au cerf-volant. Il faudra prévoir d'autres ceintures mais pour faire un essai, ça ira. Éloigne-toi pour bien me voir voler.

— D'accord, chuchota Jeanne en restant à proximité. Je compte jusqu'à dix. Tu prends ton élan et tu remues les bras comme un oiseau.

— Oui, oui, je sais… »

À la fin du décompte, il s'élança, battit des bras le menton tendu vers le ciel... et tomba lourdement sur les sacs de sable. Jeanne entendit une exclamation étouffée et une plainte.

« Aïe ! Jeanne ! Je suis tombé ! Je m'y suis mal pris. Attends, je recommence ! »

L'enfant disparut dans l'escalier et réapparut cinq secondes plus tard sur le toit.

« Jeanne ! C'est toi qui as mis les sacs ? Bonne idée ! Cette fois-ci, ça va marcher. J'avais pas pris assez d'élan. Recommence à compter. Vas-y ! »

Le deuxième essai ne fut pas plus concluant. Mais cette fois, la chute fut accompagnée d'un grand craquement. Jeanne se précipita vers les sacs :

« Germain ! Tu es blessé ? Germain !

— Non, non, j'ai rien. Mais ton cerf-volant, ça va pas. Je crois que je l'ai amoché en atterrissant. Comment ça se fait que ça marche pas ? Je recommence. »

Cette fois, Jeanne l'arrêta en lui tenant le bras.

« Germain, stop, tu vas finir par te faire mal. Tu auras beau essayer dix fois, cent fois, ça ne marchera jamais.

— Tu le savais ? Pourquoi tu m'as rien dit ?

— Je te l'ai dit. Mais comme ça, tu as vu par toi-même. Et puis, j'avais ma petite revanche à prendre pour la blague que vous m'avez faite », dit Jeanne en lui frottant la tête amicalement.

L'enfant sourit au souvenir du coup de la pompe. Il plia le cerf-volant et le posa à terre. « On range les sacs ? » dit-il, inquiet que les autres découvrent des traces de sa pitoyable expérience. Ils rapportèrent les sacs de sable et les duvets dans la remise. Pendant qu'ils rangeaient et faisaient des allers et retours, Jeanne lui raconta l'histoire de celui qui resta pour toujours dans l'Histoire : « l'homme-oiseau de la tour Eiffel », ce tailleur du début du siècle qui avait cru pouvoir voler en se fabriquant un costume large comme les ailes d'un oiseau.

« Il fallait qu'il soit sûr de son coup pour se jeter de si haut, dit Jeanne. Pourtant, il est tombé comme une pierre, tout droit, il n'a même pas volé une demi-seconde.

— Dis-moi, Jeanne, tu as installé les sacs toute seule ? C'est super lourd. Comment t'as fait ?

— Josette m'a un peu aidée.

— Tu m'avais dit que c'était notre secret ! Elle va m'engueuler !

— Pas du tout. Et, crois-moi, elle trouvait ça plutôt joli de vouloir t'envoler pour la Chine.

— C'est vrai ? dit Germain en souriant. C'était un peu bête. Je pensais bien que j'irais pas aussi loin mais je voulais juste voler... un tout petit peu.

— Tu voleras, ne t'inquiète pas. Mais il faut que tu y réfléchisses plus sérieusement. Et le jour où tu seras prêt, tu le feras ton voyage en Chine.

— Tu crois ?

— J'en suis sûre. Va vite te coucher maintenant. Bonne nuit, Germain. »

Jeanne le serra dans ses bras et l'enfant s'enfuit à pas de loup vers sa chambre. Elle l'imagina dans son petit lit, rêvant aux ailes qui lui pousseraient un jour et de son voyage au bout du monde. Jeanne traversa la cour pour rejoindre sa case et aperçut dans le noir la braise orange d'une cigarette. Elle s'avança vers elle. Josette prenait le frais et riait encore de l'envol raté de son Icare préféré.

« Ces enfants… C'est merveilleux. Ils vont au bout de leurs rêves. Il faudrait être comme eux, Jeanne, qu'on ne les oublie jamais.

— Maman me le dit souvent.

— Tu as toute la vie devant toi, ma chérie.

— Et toi, Josette, tes rêves ? »

La directrice tira sur sa cigarette silencieusement et écrasa le mégot dans la poussière.

« La Maison du Cœur ne faisait pas partie de mes rêves, et pourtant je l'ai concrétisée. Depuis la mort de mon Laurent, je ne rêve plus. La réalité a pris toute la place. Et la vie s'est imposée. Plus forte encore que les rêves que j'ai pu avoir. Et c'est très bien comme ça. Bonne nuit, ma petite Jeanne, à demain. »

*

Deux jours avant la fête, Jeanne se rendit dans le bureau de Josette pour lui présenter les différentes tenues que les enfants porteraient à cette occasion. Quand après avoir frappé, elle entra et referma la porte, ses yeux furent attirés par un grand poster épinglé sur le bois. Les visiteurs qui pénétraient dans le bureau ne le voyaient pas, ils lui tournaient le dos, mais la directrice l'avait toute la journée face à elle. C'était un magnifique jeune homme blond aux yeux noirs. Son jean et son tee-shirt bleu marine faisaient ressortir l'éclat de sa chevelure qui lui arrivait aux épaules. Il montait un cheval alezan brûlé et tendait tendrement la main vers la tête de l'animal.

Jeanne poussa un sifflement admiratif :

« C'est qui, cette bombe ? »

Josette regarda le portrait et sourit pensivement :

« Ben, c'est Laurent.

— Oh pardon, Josette. Je n'ai pas réfléchi. Je suis bête. »

Jeanne regardait tour à tour Josette et le portrait, horriblement gênée. La directrice s'approcha d'elle et lui entoura les épaules.

« Tu es folle ? Au contraire, tu le trouves beau, rien ne peut me faire plus plaisir. Il faisait du cheval, il aimait voyager, comme toi. Vous vous seriez bien entendus, je suis sûre.

— Je t'y fais repenser, c'est pas très malin… »

Josette fit le tour de son bureau et s'assit sur sa chaise. Elle regarda longuement le poster d'un air nostalgique :

« Si ça peut te consoler, je n'ai pas besoin de toi pour y penser. » Elle se tut un instant. « Vingt ans déjà, comme le temps passe vite ! C'était en décembre. Depuis, je déteste ce mois. Noël, les fêtes, j'ai un mal fou. Pendant des années, j'ai fait brûler une bougie pour lui, jour et nuit, où que je sois. Et puis j'ai arrêté. » Elle rit : « La consommation de bougies devenait hallucinante ! De toute façon, Laurent, il brûle en moi en permanence. Chaque matin, je me réveille en pensant à lui ; chaque soir, je me couche avec son visage dans la tête. Pas une nuit où je m'endors sans lui avoir parlé. J'ignore comment font les autres, mais moi je ne sais pas faire autrement. Tiens, regarde... »

Elle se leva et marcha vers une commode en pin dont elle ouvrit le tiroir du haut. Une dizaine de flacons en verre blanc s'entrechoquèrent.

« J'ai toujours gardé son parfum. C'est du santal, j'en ai plein mon armoire. Parfois, quand un enfant passe près de moi, pschitt, je lui balance une petite giclée sur la tête, il rit et part en courant. C'est mon Laurent qui s'amuse. Comme les enfants gesticulent sans arrêt, le santal se déplace dans toute la maison. Il me suffit de fermer les yeux pour le retrouver, je peux l'imaginer près de moi. Ça me fait du bien. »

Le regard de Josette s'arrêta sur une carte postale qui traînait sous un flacon. Jeanne n'osa pas s'approcher pour voir ce qu'elle représentait, mais elle identifia un paysage de montagnes enneigées, des skieurs, des chalets, le décor en panoramique d'une vie passée.

« Tout était tellement facile, mon Dieu, quand j'y pense... murmura Josette comme en elle-même. J'étais heureuse, bien sûr, puisque j'avais mon fils, mais à présent ma vie a davantage de sens, c'est certain. »

Elle respira le goulot d'un flacon, le posa et revint s'asseoir à la table. Son regard bleu s'était ennuagé.

« Je ne veux pas oublier Laurent. Jamais. Comment continuer à vivre sans mais avec ? J'ai mes petits trucs. Il y a des gens qui ne comprennent pas, ils trouvent ça morbide. Mais moi, je n'ai pas envie de sortir mon fils de ma vie. Tu comprends, Jeanne ?

— Bien sûr...

— Dire que j'avais tout fait pour accoucher d'une fille ! Nous, les Suisses, on croit à tous ces trucs et on ne les fait pas à moitié. Je me suis bourrée de yaourts, de fromage, je buvais des litres de jus de pomme, je mangeais du riz ou des pâtes à tous les repas, et plein de gâteaux. Résultat : j'ai pris dix-huit kilos et j'ai eu un garçon. Tu parles d'une réussite ! »

Jeanne rit en pensant à sa mère qui avait suivi le régime inverse pour avoir un garçon, avec un résultat tout aussi convaincant : c'est elle qui était née ! Julie avait 6 ans, sa mère espérait avoir « le choix du roi ». Pas de chance, encore une fille...

Jeanne ouvrit une caisse et montra à Josette les vêtements en kit, les musiques qu'elle avait choisies, toutes des chansons traditionnelles maliennes. Elle avait même imaginé une petite chorégraphie qu'elle devait encore perfectionner. « Mais ça vient, ça vient ! Après-demain on sera au point ! »

Aidés par les cuisinières, les enfants avaient préparé des beignets de manioc, des bananes plantain et une montagne de gâteaux à la noix de coco. Le jour J, Jeanne tendit de grandes nappes en papier sur les tables de la cour et installa la nourriture comme pour un buffet de mariage. « C'est drôle, pensa-t-elle, pourquoi, alors que je déteste mettre le couvert ou ranger ma chambre, ici je passe mon temps à ranger, briquer, et ça me plaît ! » Dans leurs vêtements de coton, les enfants ressemblaient à des bonbons acidulés et s'amusaient à grands coups de « scraaatch ! » à intervertir leurs décorations.

Les villageois des alentours arrivèrent en fin d'après-midi, quand le soleil était moins cuisant, les femmes portant des plats préparés et des bouteilles de soda. Jeanne eut l'impression de voir se déverser vers elle un torrent de couleurs. Peu ou pas de teintes pastel, il fallait que ça pète, que ça claque, que ça gueule ! Les verts pomme, les roses tyrien se mêlaient aux jaunes d'or ; les dentelles blanches immaculées recouvraient le satin, les soieries. Les coiffes des femmes leur donnaient des allures de reines. Des reines plantureuses, un peu bruyantes mais très impressionnantes. Chacune s'était mise sur son trente et un pour faire honneur à Josette. Jeanne constata combien elle était aimée par les villageois, surtout les femmes qui lui serraient les mains, lui présentaient leurs nouveau-nés. Les hommes, plus discrets, restaient entre eux. Question de culture. On venait, on participait, mais on ne se mélangeait pas.

Le haut-parleur de la cour fit entendre un air de musique que les femmes reprirent en fredonnant, de plus en plus fort jusqu'au refrain, où elles se levèrent et se mirent à danser en cercle. Elles se trémoussaient, se donnant de grands coups de fesse en rigolant. « Viens ! Mais viens !... » cria une femme en tendant la main à Jeanne. La jeune fille qui se déhanchait des nuits entières dans les dancings parisiens hésita, mais la femme lui attrapa le bras, la fit pivoter sur ses jambes et lui envoya un bon coup de fesse qui propulsa « la petite crevette blanche », comme toutes l'avaient déjà surnommée, à l'extérieur du cercle. Jeanne tituba, se rétablit sur ses jambes et fonça dans la danse tête baissée comme un jeune taureau. Elles allaient voir ce qu'elles allaient voir ces Africaines ! D'un coup de cul à l'autre, elle se retrouva au cœur de la danse, entourée de couleurs et de rires. En quelques secondes, Jeanne épousa le rythme, se colla aux corps souples et amples des femmes et dansa comme si elle était née malienne.

Bientôt, Josette claqua des mains et invita l'assemblée à se regrouper autour d'une grande vasque en forme de cœur, tapissée de roses rouges en crépon et remplie à ras bord d'ours en peluche. Il y en avait des blancs, des bruns, des noirs, des colorés, des menaçants, des gentils, accroupis, la gueule fermée ou ouverte, rigides ou articulés ; tous les nounours du monde s'étaient donné rendez-vous au seul endroit où on ne risquait pas d'en croiser : le continent africain.

Après un bref discours pour remercier l'association qui offrait les jouets à la Maison du Cœur, Josette demanda aux enfants de s'approcher. Ils avancèrent intimidés et n'osaient pas tendre la main. Jeanne empoigna un gros ours blanc et le mit face à un tout petit. L'enfant et l'ours étaient de la même taille et ils se regardaient droit dans les yeux. Il se mit à caresser la peluche du bout des doigts et, brusquement, enfouit sa tête dans le ventre de l'animal en riant. Puis il l'attrapa par un bras et repartit avec son cadeau. Alors les enfants avancèrent et la distribution eut lieu. Tous en voulaient, même les plus grands et, comme il y en avait pour tout le monde, les adultes eurent aussi droit à leur peluche. Jeanne s'en choisit un petit brun foncé qu'elle accrocha, en souvenir, à son sac à dos.

C'était le moment de lancer sa chorégraphie. Dans le grand préau, elle rejoignit le piano, un vieux crincrin à peu près accordé sur lequel Josette jouait de temps à autre pour faire chanter ses petits pensionnaires. Dès qu'elle avait vu les femmes en boubous, Jeanne s'était souvenue d'un clip qu'elle adorait : on y voyait des Africaines en costumes et en coiffes qui défilaient sur un podium, applaudies par un public de femmes blondes très BCBG, méprisantes et scandalisées au début, puis peu à peu gagnées par la musique. Dans un coin de la scène, Maurane chantait *Toutes les mamas* ; Maurane, la chanteuse préférée de Jeanne. La jeune fille approcha ses lèvres d'un micro posé sur le piano et lança :

Toutes les mamas
Se dandinent au soleil sous des paniers d'ananas
Toutes les mamas
Ont des boubous de toutes les couleurs
et des colliers de fleurs.

Surpris, les enfants se précipitèrent autour d'elle. Quand arriva le refrain, Jeanne lança de toutes ses forces :

Hé toi, mama ! Je te dis bonjour, alléluia !
Alléluia, mama !
J'ai tellement d'amour pour toi !

À ce moment, une dizaine de mères africaines firent leur entrée, l'une derrière l'autre, et esquissèrent des pas de danse, simples mais parfaitement synchronisés. Jeanne les avait fait répéter en secret quelques jours plus tôt. Les enfants, qui ne s'y attendaient pas, poussèrent des cris de joie et battirent des mains. Pour finir, toutes les femmes reprirent la chanson. Jeanne avait de la peine à garder son sérieux, elle riait, les larmes aux yeux. Josette contemplait la scène de loin en souriant.

Pendant ce temps, les musiciens de Bamako étaient arrivés et installaient leurs instruments. Ils entonnèrent une chanson malienne très connue des habitants. Un groupe de danseurs occupait déjà le centre de la cour avec des masques effrayants sur le visage. Pieds nus, bien ancrés dans la terre, ils mimaient des combats qui se terminaient en danses quasi hystériques. Jeanne rejoignit l'assemblée des femmes et frappa des mains avec elles pour encourager les guerriers.

Il faisait presque nuit à présent mais la chaleur écrasante de la journée stagnait encore dans la cour comme emprisonnée par les feuillages qui la bordaient. Exténuée, en nage, Jeanne s'éloigna du cercle de danse pour aller reprendre sa respiration contre un margousier. Collé au tronc de l'arbre, le petit garçon à qui on avait offert l'ours polaire était en grande conversation avec sa peluche installée face à lui. Jeanne fit demi-tour à pas de loup, et alla emprunter un masque de paille noire avec de longues piques dressées. Elle l'enfila sur la tête, s'approcha sans bruit et sauta devant l'enfant en criant et en agitant frénétiquement ses cornes. Celui-ci ne broncha pas. Il leva les yeux, le visage totalement impassible, l'air de dire : « C'est à quel sujet ? » Jeanne éclata de rire. Bien fait pour elle, pour un four, c'en était un ! Elle s'assit près de lui et d'un petit autobus marqué RATP, auquel il manquait les quatre roues. Jeanne sourit en reconnaissant le logo parisien.

« Il ne va pas aller bien loin ton autobus », remarqua-t-elle.

Il leva un sourcil sans comprendre. Sur son torse, il portait un petit badge sur lequel était inscrit « Willy ». Jeanne sortit de son short un bout de chewing-gum tout tordu dont elle ôta le papier collé. Le petit le lui arracha des mains, le mit dans sa bouche et l'avala directement !

« Arrête !! T'es ouf, il ne faut pas l'avaler ! Willy ! » cria-t-elle.

Trop tard. Willy lui décocha un sourire aussi blanc que sa peau était noire, se frotta le ventre d'un air satisfait et vint s'asseoir sur les genoux de Jeanne. De la même façon qu'il avait détaillé son ours, il scruta longuement le visage de la jeune fille, porta la main vers la courbe du nez, des joues, lui caressa les paupières et, presque craintivement, ses longs cheveux soyeux et raides. Jeanne comprit que Willy, qui venait d'un petit village dans la brousse, ne voyait pas souvent de peau blanche, même si, depuis trois jours, la sienne avait pris une teinte de pruneau cuit. Puis, l'enfant posa sa tête dans le creux de son épaule, ramena son ours contre lui et ferma les yeux. Jeanne ne put s'empêcher de le bercer tendrement. Jeanne et Willy restèrent un long moment enlacés dans une sorte de « Pietà à l'ours », alors que, au loin, les enfants entonnaient un petit récital pour finir cette belle journée.

Quand elle revint vers la fête portant Willy dans ses bras, les villageois mangeaient et discutaient autour de la table en compagnie des musiciens. Une partie des enfants était déjà couchée. Une Africaine s'approcha de Jeanne en souriant : c'était la maman de Willy qui retournait au village voisin, à trois kilomètres. « C'est très loin, s'inquiéta Jeanne. Vous n'avez pas peur de marcher seule dans l'obscurité ? » La femme la regarda, surprise : « Peur ? J'ai l'habitude, je le fais tous les jours et souvent bien plus chargée que le poids de mon petit garçon. » Ce chemin, elle l'arpenterait à nouveau le lendemain matin pour assister à la cérémonie de l'arbre qui clôturerait l'hommage à Tibini.

Petit à petit, la cour de la Maison du Cœur se vida. Les villageois reprirent le chemin de leurs maisons, enfants et nounours à la main. Les jets blancs des lampes torches éclairaient quelques instants des silhouettes tremblantes et s'évanouissaient dans la campagne obscure. Josette et ses collaboratrices étaient allées coucher les enfants. Quand Jeanne la croisa, celle-ci l'embrassa pour la remercier. « C'était une très jolie fête, les gens étaient heureux et tu as fait beaucoup pour nous, pour les enfants. Merci, Jeanne. » La jeune fille était émue. C'était sa dernière soirée à Gao, demain elle reprendrait la route. Elle le dit à Josette qui hocha la tête.

« Les enfants vont te regretter…

— J'aime l'idée de partir avant qu'on ne me regrette plus, répondit Jeanne en souriant.

— Bien sûr ! Mais on peut aussi rester et être aimée, tu sais ? Trace ta route sans crainte, ma chérie : tu laisseras à tous un très beau souvenir. »

Jeanne rejoignit sa case et resta un long moment allongée sur la natte de paille, les yeux rivés au toit de chaume, pensant au désert qui l'attendait, et peut-être au rallye dans le Ténéré. Elle avait hâte d'y être à présent, pour savoir ce qu'elle avait dans le ventre ! Il lui faudrait encore regagner Agadès à huit cents kilomètres de là, un long voyage dont Josette avait eu la gentillesse de s'occuper, en lui trouvant un « covoiturage » exceptionnel : un de ses amis français, médecin pour une ONG, faisait régulièrement le voyage de Gao jusqu'au Niger et avait accepté de prendre Jeanne dans son petit avion, le lendemain en fin de matinée. Elle allait pouvoir survoler les étendues infinies de sable avant d'y revenir avec Mazès. Dominer le désert, avant de s'y mesurer.

Excitée par cette perspective et ne trouvant pas le sommeil, Jeanne ressortit de sa case et se rendit dans la cuisine se servir un verre d'eau fraîche. Tout était calme dans le réfectoire. Après cette journée forte en émotions, adultes et enfants devaient dormir à poings fermés dans le bâtiment voisin. Traversant le grand salon, elle vit le piano et vint s'asseoir sur le tabouret.

Spontanément, ses doigts se mirent à jouer un *Nocturne* de Chopin, l'opus n° 9, le seul qu'elle connaissait par cœur et qui convenait tellement à cette soirée, à la nostalgie qu'elle ressentait à la perspective de quitter Josette et les enfants. Tout d'un coup, elle sentit une présence près d'elle et se retourna : Karim était entré dans la pièce et la regardait. Elle lui sourit et continua à jouer. Il s'approcha et s'assit à ses côtés sans dire un mot, regardant les doigts courir sur les touches. Quand elle eut terminé, il avança la main et se mit à jouer d'un doigt une petite berceuse très douce. Il ne chantait pas vraiment mais murmurait des mots inaudibles.

« Qu'est-ce que c'est, cette chanson ? De quoi parle-t-elle ? » demanda Jeanne. Karim ne répondit pas. Une goutte d'eau tomba sur le piano. Elle leva les yeux vers lui et vit les larmes de l'enfant. Elles coulaient doucement, sans une plainte, sans un sanglot, comme des vannes qui s'ouvraient enfin. Il pleura tout le temps de la chanson sans cesser de jouer. Et quand il eut fini la première berceuse, il en joua une seconde. Jeanne sentit sa gorge se serrer. Pleurer, c'était tout ce qu'elle pouvait faire pour l'accompagner dans l'expression de son immense chagrin. Elle se souvint des paroles de Josette : « Karim n'a pas parlé ni pleuré depuis la mort de sa sœur. » À la dernière note, il se leva et se dirigea vers la porte du salon.

Jeanne l'appela : « Karim ! Bonne nuit… et je voulais te dire que je pars demain. » Il s'arrêta, se retourna et la regarda sans sourire. Puis il repartit dans le noir.

*

Le lendemain, les villageois vinrent nombreux au rendez-vous que Tibini leur avait donné. Les parents en premier, un jeune couple arrivé du village voisin avec leur deuxième enfant, accroché au dos de la femme. Gaston avait déjà creusé un trou près du jardin potager où allait être planté un arbre de karité. « Ces arbres sont en voie de disparition, victimes de coupes sauvages de marchands peu scrupuleux. Au moins, celui-ci sera protégé des convoitises », lui expliqua Josette. Les enfants du centre avaient fait des dessins sur lesquels le visage de Tibini apparaissait toujours souriant. La mère de Tibini remercia la communauté et laissa couler son infinie tristesse, réconfortée par Josette qui lui tenait l'épaule et lui caressait les bras. Le père, plus introverti, regardait alternativement le trou et l'arbuste qu'on allait y planter. Il avait l'air un peu perdu. Aidé de Gaston, il plaça l'arbre bien droit et remplit le trou de terre. Puis les enfants s'avancèrent, firent une ronde autour de la plantation et chantèrent en bambara pour leur camarade. Josette hochait la tête en entendant la chanson.

« Qu'est-ce que ça raconte ? murmura Jeanne, curieuse.

— C'est un conte africain que j'aime bien. L'histoire d'un iguane solitaire qui n'en peut plus d'être seul et qui se cherche une famille, des cousins parmi les autres animaux de la savane. Mais comment leur faire confiance ? Pour être sûr d'être aimé, il sympathise avec eux quelques jours, puis un soir fait semblant d'être mort. Entre ceux qui veulent le manger et ceux qui le pleurent, il peut reconnaître sa vraie famille. Joli conte, non ?

— Mmm, mmm, pas mal, répondit Jeanne, songeuse. Encore une histoire de famille…

— Tu es en Afrique, n'oublie pas. »

Le sac de Jeanne était prêt, le moment vint de faire ses adieux. Josette la serra longuement dans ses bras. « Tu vas me manquer », dit Jeanne, la voix tremblotante. « Tu as d'autres aventures à vivre, ma petite Jeanne. Tiens, pour la route, un dernier proverbe africain : "Là où on s'aime, il ne fait jamais nuit." » Jeanne ne prolongea pas ce moment un peu triste, elle s'éloigna sur le chemin. Quand elle se retourna, les enfants lui faisaient de grands au revoir du portail de l'entrée. Au milieu d'eux, maternelle, rassurante, Josette souriait. Puis la porte du centre se referma et Jeanne retrouva sa solitude.

Elle s'apprêtait à prendre un petit chemin pour rejoindre l'autobus qui l'emmènerait jusqu'à l'aérodrome de Gao quand quelque chose bougea dans les buissons. Jeanne sursauta. Une tête apparut : c'était Karim. « Qu'est-ce que tu fais là ? Rentre vite, Josette n'aime pas vous voir traîner à l'extérieur. » Il la croisa sans la regarder. Soudain, dans son dos, elle entendit la voix de Karim, un murmure, un souffle : « Au revoir, Jeanne, bon voyage... » La voix était si fluette, si douce qu'elle n'osa pas se retourner de peur de briser l'enchantement. Puis l'enfant s'éloigna en courant. Quand elle regarda par-dessus son épaule, il pénétrait dans le centre et agitait sa casquette vers elle. De la Maison du Cœur, qu'elle regardait pour la dernière fois, une forme orange monta à la verticale très haut dans le ciel : « Le cerf-volant de Germain ! » À la queue du dragon pendait quelque chose qu'elle ne distingua pas à première vue. En regardant mieux, elle reconnut un cœur. Un grand cœur mauve, sa couleur préférée, qui claquait au vent.

*

À l'aérodrome de Gao, Guillaume et son petit Piper l'attendaient déjà. Le médecin-aviateur lui présenta son copilote et le deuxième passager. Le voyage durerait tout l'après-midi. Jeanne appela immédiatement Mazès pour le prévenir de son arrivée à Agadès dans la soirée. Au téléphone, elle entendit une grande exclamation et une phrase qui lui fit chaud au cœur : « J'ai une bonne surprise pour toi ! » Le Touareg ne voulut pas en dire davantage mais Jeanne avait compris : elle participerait au rallye du Ténéré !

Le petit avion décolla peu après de Gao. Jeanne resta un long moment le nez collé au hublot puis elle sortit un bloc et un stylo de son sac à dos.

Ma chère Julie,

Ce mail, je te l'enverrai d'Agadès où je me rends au moment où je t'écris. Je suis dans un petit avion piloté par un médecin d'une ONG rencontré au Mali où je viens de passer une semaine formidable dans une Maison du Cœur. Bon, ok, tu ne comprends rien, mais il y aurait tant à te raconter que tu seras très patiente, tu attendras mon retour ! Je voulais juste te décrire ce que je vois de l'avion, ma grande sœur, pour mieux me souvenir plus tard.

Vu du ciel, tout est un peu brumeux, la poussière recouvre le paysage d'un léger voile moucheté. Il y a d'immenses étendues de terre beige, légèrement rosée ou couleur cacao diluée dans beaucoup d'eau. Je vois des maisons, des petits rectangles blancs comme des morceaux de sucre, jetés au hasard par une main divine. Quelques arbres secs parsèment le tout. De là-haut, je ne vois ni les hommes ni les bêtes. Ils sont là, pourtant, surgissant quand on ne s'y attend pas. Je vois deux lignes parallèles grises, c'est une route qui finit en piste, puis se perd dans les sables. Je vois des montagnes que je ne connais pas, des filets verdâtres et des taches bleues dont je ne sais pas le nom. Ici, la nature est amie ou ennemie, il faut toujours compter avec elle.

L'avion bouge beaucoup mais je n'ai pas peur. Juste l'impression de jouer avec ma vie dans ce gros jouet ! Je te laisse, je vais encore contempler les paysages, poursuivre ma rêverie.

Je t'embrasse fort, sœurette, embrasse les parents et mon Alex chéri. Je vous aime. Tout va bien.

Ta p'tite sœur.

Quand le Piper atterrit à Agadès, Jeanne sentit à l'air chaud et sec qui lui piquait la gorge qu'elle était aux portes du désert. La ville aux maisons de banco était traversée de souffles d'air brûlants. Le temps de remercier son accompagnateur, elle aperçut le 4 × 4 de Mazès avec Rayna et Safia perchées sur le toit qui lui faisaient signe de loin.

« Comment vas-tu, ma proche ? demanda-t-il, tout sourire. Prête à affronter le désert ?

— Plus que jamais ! Comme je suis contente de vous voir ! Alors, Mazès, la bonne surprise, c'est ce à quoi je pense ?

— Oui. Je t'ai trouvé une voiture qui devrait tenir le temps du rallye. Après, je ne réponds plus de rien, dit-il en riant. Je te ferai visiter Agadès au retour du désert, mais partons à présent, ma famille nous attend. Elle campe à trois heures d'ici. Je voudrais arriver avant la nuit. »

Les petites filles quittèrent le toit pour s'asseoir à l'intérieur de la voiture et le 4 × 4 prit la route du désert. Après une portion de route bitumée, la piste apparut avec les premières dunes. La voiture se mit à cahoter. Parfois, les ornières étaient si profondes que Mazès sortait pour voir s'il pouvait passer ou s'il devait les contourner. Il arrivait que tous sautent de vingt centimètres à l'intérieur du véhicule. Les petites criaient et s'accrochaient aux poignées latérales.

« Ferme ta bouche, Jeanne, recommanda Mazès, tu risques de te couper la langue sinon ! »

Jeanne profita du trajet pour raconter à Mazès la semaine qu'elle venait de vivre au Mali. Le Touareg connaissait bien la Maison du Cœur pour y avoir conduit des visiteurs. « Josette, c'est une femme formidable, un vrai mec… » dit-il. Jeanne sourit à ce qui devait être, pour Mazès, un super compliment. Le sable remplaça la piste et Mazès se concentra sur la conduite devenue périlleuse. Au loin, ils virent des chameaux montés par des Touaregs qui avançaient d'une démarche chaloupée au milieu des dunes. Jeanne était émerveillée.

« Quel spectacle magnifique, on dirait qu'ils connaissent chaque dune par cœur.

— Pas tout à fait, mais presque. On se repère à un arbre, un rocher, un puits. Et pourtant, le paysage change constamment. »

Il avait à peine fini sa phrase que le 4 × 4 s'engagea sur une dune qui s'avéra être beaucoup plus haute qu'elle n'y paraissait. La voiture grimpa à bonne allure et se retrouva sur la crête. Les petites poussèrent un cri.

« Tu vois, Jeanne, dit Mazès, voilà ce qui risque de t'arriver en rallye : j'ai confondu les contours de la dune avec le paysage. J'aurais dû l'éviter. Bon, descendez vite, je vous retrouve en bas. »

Les trois filles sortirent du véhicule et dévalèrent la montagne de sable tandis que Mazès basculait adroitement le 4 × 4 dans le vide et redescendait la dune. La voiture arrivée en bas, les passagères grimpèrent à nouveau aux côtés de Mazès.

« Bravo ! Fallait le faire ! Tu m'apprendras ? demanda Jeanne.

— Oui, c'est un coup à prendre. Je te montrerai. »

Brusquement, après deux heures de route, le moteur émit un drôle de bruit et cala. Mazès fit repartir la voiture. Elle avança sur cinquante mètres par sauts successifs, hoqueta puis s'immobilisa. Un nouvel essai se conclut par l'arrêt définitif de la bête. Une fumée noire s'échappait du moteur. Mazès n'en croyait pas ses yeux : « Je l'ai fait réviser il y a trois jours ! Qu'est-ce que c'est que cette histoire ? »

Le Touareg alla ouvrir le capot. Le moteur dégageait une odeur de brûlé. Jeanne poussa un sifflement :

« Ça alors, il faut que je vienne jusqu'ici pour qu'un homme me fasse le coup de la panne !

— Le coup de la panne ? C'est quoi ? demanda Mazès.

— Un plan drague totalement ringard ! Tu t'y connais en mécanique ?

— Bien sûr, mais cette odeur de cramé m'inquiète. On va regarder ça », dit-il en relevant les manches de son boubou.

Le verdict fut vite rendu : le récipient d'eau avait explosé. À l'intérieur du ventilateur, Mazès découvrit une pièce cassée. Impossible de réparer sur place. Il appela le garage d'Agadès avec la radio de la voiture pour qu'on lui apporte d'urgence les pièces défectueuses. Mais vu l'heure avancée de la journée, le réparateur ne passerait que le lendemain matin.

« Je crains, ma chère Jeanne, que nous devions passer la nuit à la belle étoile. Je n'ai pas de tentes mais j'ai des moustiquaires et tout ce qu'il faut pour dîner.

— Mais c'est super ! Moi qui rêvais de voir les étoiles du désert ! Mazès, il est temps que tu me montres comment nouer mon chèche. »

En quelques secondes, elle se retrouva coiffée du tissu mauve. Ses yeux noirs et brillants tranchaient avec la teinte claire du coton. Coquette, elle courut se regarder dans le rétroviseur et sourit.

« Dis donc, ça arrange drôlement le look, non ?

— Tu veux dire que les Touaregs sont moches au naturel ? dit Mazès, taquin.

— Non, mais j'en connais beaucoup dans mon entourage qui devraient porter le chèche ! En rentrant à Paris, je lance la mode ! Chèche au bureau, chèche en soirée ! »

Ils s'activèrent à l'installation de leur campement. Tandis que Rayna et Safia déballaient les ustensiles de cuisine, Mazès creusa un trou dans le sable pour faire du feu et y empila du petit bois dont il transportait toujours avec lui quelques fagots. Il installa au-dessus un socle de métal sur lequel il posa une bouilloire qu'il remplit à moitié d'eau. D'un geste rapide, il fit pivoter le jerrican de manière à ce que la dernière goutte reste à l'intérieur et ne se perde pas dans le sable. Toujours le même souci de l'eau. Puis il retourna vers la voiture et en sortit un petit tapis.

« C'est l'heure pour moi de remercier Dieu. Jeanne, je te confie le feu et mes enfants. Je reviens dans quelques minutes. »

Jeanne le vit se laver le visage et les mains avec quelques gouttes d'eau et s'éloigner vers les dunes. Comment dans ce paysage sans repères apparents connaissait-il la direction de La Mecque ? Mystère. Jeanne n'arrivait pas à détacher ses yeux de sa silhouette impériale et se souvint de l'instant où elle l'avait vu pour la première fois. Avec son ample robe bleu nuit, la tête rehaussée d'un chèche indigo, ses lunettes noires sur le nez, il était superbe. Il regardait au loin, le menton légèrement relevé, l'air volontaire.

Mazès revint. Bientôt, l'eau se mit à bouillir au-dessus des braises. Il la versa dans une théière de métal bleu, y jeta le thé et le sucre et remua le tout. D'un geste qu'il semblait avoir fait des milliers de fois, et avant lui des générations de Mazès, il leva la théière et fit jaillir un long jet de thé dans le verre de Jeanne qui se remplit d'une mousse fine et parfumée. Elle allait le porter à ses lèvres lorsqu'il le lui retira et reversa le liquide à l'intérieur de la théière. Rituel qu'il renouvela à plusieurs reprises avant de servir.

Les petites filles regardaient leur père se livrer à la cérémonie du thé avec une telle admiration qu'il en sourit.

« Patience, petites gourmandes, votre tour arrive. » Il se tourna vers Jeanne.

« Le premier verre est trop fort pour les enfants, on ne le leur sert jamais. Tu sais ce qu'on dit du thé chez les Touaregs ?

— Je m'en souviens, oui, c'est très beau. "Le premier verre est fort comme la vie ; le deuxième, doux comme l'amour et le troisième, fade comme la mort."

— Parfois les versions changent : certains disent "amer comme la vie, fort comme l'amour, doux comme la mort". »

Ses yeux se fermèrent sur le verre qu'il porta à sa bouche. Autour d'eux, le silence était impressionnant, « l'assourdissement du silence », ainsi que Jeanne l'avait lu dans un livre. On entendait juste un léger vent jouer sur les dunes. Le jour déclina peu à peu. Jeanne et les petites savouraient leur thé le regard perdu dans le feu que Mazès alimentait de temps à autre avec des bouts de bois sec. Parfois ses mains caressaient les flammes. Jeanne était pensive.

« Vous autres, Africains, vous entendez le silence, vous n'êtes pas pollués par des ondes négatives, vous contemplez, vous écoutez, vos sens ne sont pas brouillés. Nous, on est écœuré d'images et de bruit. Avec notre télévision, là, c'est nul…

— Tu sais, moi aussi je la regarde la télévision… mais une fois par mois, quand je vais chez ma sœur à Agadès. Je fais les courses pour toute la famille, elle profite de ma voiture. »

Les courses une fois par mois ! Jeanne resta rêveuse. Et dire que sa mère remplissait le coffre de la voiture chaque fin de semaine et se plaignait toujours d'avoir oublié le dentifrice ou le ketchup !

« Dans ton pays, poursuivit Mazès, tu vois beaucoup de choses, donc tes envies sont plus importantes. Ici, il n'y a rien. On doit trouver des puits, des pâturages pour les bêtes, faire vivre notre famille… C'est notre quotidien. Alors, le cours de la bourse, le CAC 40, c'est pas du tout notre problème. Mais il y a aussi des nomades qui aiment la radio, la télévision et, regarde, on a tous des téléphones portables ! »

Il plongea la main dans un pli de son vêtement et sortit un petit appareil que Jeanne reconnut immédiatement : Sony Ericsson, un vieux modèle. Elle avait acheté le même, deux ans plus tôt, et ne l'avait gardé qu'un mois, un type le lui ayant arraché dans le métro. Mazès manipulait le téléphone qui apparaissait et disparaissait dans sa main brune et puissante. Il fit mine de le porter à l'oreille puis cligna de l'œil en souriant. Pas de réseau ici, évidemment !

Après un léger repas fait de riz, de tomates et de dattes, Jeanne s'éloigna du foyer pour se dégourdir les jambes. Autour d'eux, la nuit était tombée et le noir avait absorbé le paysage. Elle alluma sa lampe frontale et continua de marcher. Mazès l'appela : « Fais attention, Jeanne, dans le désert, tu peux te perdre sur cinquante mètres. Vérifie toujours que tu nous vois. » Du coup, elle demeura dans un périmètre d'où elle voyait le feu comme un phare dans la nuit. Allongé sur le sable, ses deux fillettes de chaque côté, Mazès dirigeait sa lampe torche vers le ciel, un rayon puissant qui pointait chaque étoile.

« Jeanne ! Viens voir ! Je suis sûr que jamais tu n'as vu les étoiles de si près. On peut presque les toucher.

— Ah, au fait, est-ce qu'on voit la Grande Ourse et l'Étoile polaire, demanda-t-elle en levant le nez. Non, il y en a trop. Tu les vois, toi ?

— La Grande Ourse est là, mais inversée par rapport à celle que tu connais et l'Étoile polaire toujours dans le prolongement des deux étoiles qui forment le devant du "chariot" ou de "la casserole", puisque vous l'appelez ainsi, je crois... Mais regarde celles-là, ce sont les Pléiades, qu'on nomme "filles de la nuit". Elles apparaissent toujours à l'Est et permettent de se diriger dans l'obscurité. À côté, c'est Orion, qui les poursuit sans cesse, une silhouette d'homme, tu vois, là, la tête, le corps et les jambes ? Et une autre étoile, là, Koukéia, lui aussi amoureux des Pléiades et jaloux d'Orion. Il passe ses nuits à le surveiller.

— Ah bon ? Dans votre ciel aussi, il y a de l'amour et de la jalousie ?

— Bien sûr ! Et quand tu les regardes, c'est ton histoire qu'elles te racontent. »

Jeanne resta un long moment silencieuse, brusquement renvoyée à ses amourettes parisiennes. Sa dernière histoire l'avait rendue malheureuse. Il lui arrivait pourtant d'y penser avec nostalgie.

« Ouh ouh ! On a la tête dans les étoiles ? dit Mazès en lui donnant un coup de coude.

— Oui, enfin, celui-là, c'était une étoile filante, une comète à poil dur !

— Tiens, regarde, l'Étoile du Nord ! Elle apparaît au coucher du soleil et disparaît quand il se lève. Elle ne bouge pas. Elle est fidèle, elle ! Si tu la reconnais, elle te guidera toute la nuit. Pour vous, occidentaux, c'est l'Étoile polaire. La plus brillante. La plus belle. »

Après ce spectacle, les enfants commencèrent à bailler et Mazès installa les moustiquaires, une grande pour les filles, une autre pour lui qu'il accrocha aux pare-chocs du 4 × 4. Jeanne trouva des nattes de paille et des duvets dans le coffre de la voiture. À peine couchées, les fillettes se blottirent contre Jeanne qui sentit sur sa joue leurs souffles parfumés. Elle pensa à son petit frère qui, les soirs de tonnerre, se glissait dans son lit en tremblant et qu'elle réconfortait en se moquant de lui.

Alex, le garçon tant attendu, était arrivé dans la famille quand Jeanne avait 13 ans. Elle se pencha sur son berceau, émerveillée, et ne le quitta plus jamais du regard. Elle qui rêvait souvent d'avoir un enfant, il devint son bébé, son joyau. Avec lui, elle s'exerça à son rôle de maman. Elle allait lui raconter des histoires, le soir, au bord du lit, et il arrivait que leur mère les retrouvât au matin, endormis, peau contre peau. Elle l'éduquait à sa façon, le faisait chanter, danser, et lui apprenait toutes les bêtises qu'il y avait à faire. Elle l'emmenait partout, fière de le montrer à ses copines. Quand elle le déguisait, il surgissait parfois avec des coiffures incroyables, des maquillages à faire peur. Lui, il adorait ça, il l'admirait, la copiait.

Quelques minutes plus tard, elle entendit le léger ronflement de Mazès. Rayna et Safia s'endormirent aussitôt, rassurées par la présence d'une « grande » auprès d'elles. Jeanne contemplait le ciel étoilé à travers les mailles de la moustiquaire et épiait les bruits extérieurs. Le vent se leva et se mit à siffler autour de leur petit campement. Il semblait les guetter, les encercler. Le souvenir d'otites douloureuses et de nuits de fièvre lui revint. Durant son enfance, sa mère l'avait protégée du moindre courant d'air déconseillé aux tympans délicats. Là, toutes les barrières de protection explosaient. « Maman serait folle si elle me voyait ici... » pensa-t-elle. Puis elle se reprit, agacée que ses pensées s'en aillent irrémédiablement vers son petit confort parisien dès qu'elle se sentait un tantinet fragilisée. Elle s'enfonça dans son duvet jusqu'à la racine des cheveux. « Maintenant tu dors. Tout va bien. »

*

Lorsque Jeanne se réveilla, le mécanicien d'Agadès était arrivé. Avec Mazès, ils plongèrent dans le moteur du 4 × 4 tandis qu'elle s'occupait des fillettes et remisait duvets et moustiquaires. Puis ils prirent ensemble le petit déjeuner, le mécanicien ayant apporté un thermos de thé chaud, des oranges et des gâteaux.

Il restait une petite heure de route avant de rejoindre le campement et la famille de Mazès. Bientôt apparurent quelques buissons, de maigres arbustes d'acacia, un peu d'herbe puis deux tentes, des chameaux et des chèvres en train de paître. Kouan et Tibérite, les éleveurs de bétail, vinrent vers la voiture, et Fatou, l'épouse de Mazès, sortit de sa tente. C'était une magnifique femme d'une trentaine d'années, aux longues tresses noires et à la robe rouge carmin. L'endroit était idéal pour faire paître les troupeaux mais les bergers leur apprirent que depuis deux jours, le puits trop souvent sollicité par d'autres animaux de passage s'était tari. Ils attendaient le retour de Mazès pour rejoindre un autre puits à dix kilomètres de là. Ses deux garçons, Béchir et Farès, âgés respectivement de 6 et 7 ans, étaient partis y puiser de l'eau avec plusieurs ânes.

« Dix kilomètres ! s'écria Jeanne. C'est très loin ! Ils vont mettre des heures !

— "Vous, occidentaux, avez la montre, mais nous on a le temps." C'est un proverbe africain très connu, répondit Mazès en souriant. Ne t'en fais pas pour eux, ils ont l'habitude. C'est sûr que s'il y avait davantage de puits, nous passerions moins de temps à aller chercher de l'eau. »

Mazès raconta à Jeanne que la sécheresse avait été telle l'année d'avant qu'ils avaient dû emmener leurs bêtes à quatre cents kilomètres d'Agadès. Elles étaient exténuées.

« Quand on arrivait à un puits, on se rendait compte que d'autres troupeaux étaient passés avant nous, il fallait pousser toujours plus loin notre quête. Il a fini par pleuvoir mais si la pluie était tombée deux jours plus tard, c'était la catastrophe, j'aurais tout perdu. »

Les conditions de vie des Touaregs, et des nomades plus généralement, s'étaient beaucoup détériorées depuis quelques années. Pour faire vivre sa famille, Mazès avait dû accepter un travail de guide et il continuait à rembourser le 4 × 4 acheté d'occasion. « La vie est dure dans le désert. Nous sommes pauvres mais nous sommes libres. Les jeunes ont envie d'autre chose, je peux le comprendre, mais je ne veux pas que mes enfants aillent grossir la population des bidonvilles d'Agadès ou de Niamey. Ça, jamais ! » Il savait de quoi il parlait : lui-même, lorsqu'il marchait dans les rues de ces villes était assailli par les enfants qui tendaient la main. Il fallait presque se fâcher pour les tenir à distance. « Je ne veux pas de ça pour mes enfants, nous avons notre fierté, quand même. »

Jeanne savait que Safia et Rayna n'allaient pas à l'école. En tout cas, pas régulièrement. Un professeur passait de temps à autre, de campement en campement, mais c'était très insuffisant. Mazès se souvint que, enfant, son père s'opposait à ce que ses frères et sœurs fréquentent l'école publique.

« Il craignait que les maîtres nous enfoncent leurs idées dans la tête et qu'ils modifient notre mentalité. Aujourd'hui, les choses ont changé. Peut-être faudrait-il que mes enfants se rapprochent de la société pour faire des études. Je ne sais pas. La ville ne me dit rien qui vaille.

— Eh, Jeanne ! s'écria Fatou, en voyant la jeune fille songeuse, ne crois quand même pas qu'on soit totalement analphabètes ! Notre langue, c'est le tamasheq, une langue berbère et on éduque nos enfants dans le maintien des traditions touarègues. Regarde... »

Avec une fine branche de bois, elle traça dans le sable des signes mystérieux.

« Chez nous, c'est la mère qui enseigne aux enfants les différents caractères de l'alphabet tifinagh, l'écriture des Touaregs qui ne comprend que des consonnes et qu'on peut écrire dans toutes les directions. Le désert, c'est la salle de classe et le sable, les cahiers d'écolier. »

Fatou s'approcha de Jeanne et lui prit les mains.

« Merci d'être venue de si loin pour nous rencontrer. Bienvenue à toi. Bienvenue dans notre maison. Viens, entre… »

Jeanne n'était pas très grande mais elle dut baisser la tête pour y pénétrer. En levant les yeux vers le toit, elle vit un assemblage de peaux de chèvres arrimées à une structure en arceaux faits de racines d'acacias. « Tu vois, expliqua Fatou, la tente s'ouvre toujours vers l'Ouest, le côté fermé de la case étant, en principe, réservé à la prière. » Le sol était couvert de nattes en paille sur lesquelles Jeanne s'assit jambes croisées. Autour d'elle, dans un désordre savamment organisé, s'amoncelaient divers objets en bois, des bols, un pilon, des louches, des cuillers. Au centre, un réceptacle en métal ajouré accueillait des braises fumantes. Une bouilloire était posée au milieu, remplie d'eau. Sur les nattes, des coussins colorés étaient jetés ici et là. Fatou lui tendit une pochette faite de morceaux de cuir cousus les uns aux autres.

« Les coussins, c'est moi qui les ai faits. Le portefeuille, c'est l'œuvre de Rayna. Nous irons les vendre au marché d'Agadès. Je fais un peu de poterie, aussi. L'argent et le cuivre, c'est Mazès. »

Lorsqu'elle ouvrit un grand coffre de bois, il y eut comme une clarté qui monta vers le sommet de la tente. À l'intérieur de la boîte reposaient des croix du Sud, des colliers, des bracelets en argent ciselé ou martelé. Jeanne tendit les doigts vers les bijoux et les caressa doucement, admirative. « C'est très beau, maman porte souvent une croix du Sud en souvenir du Sahara. »

Un peu plus tard, à l'extérieur de la tente, on entendit un bruit de pleurs et des voix enfantines. Mazès leva le tissu qui faisait office de porte et deux petits garçons apparurent.

« Ah, nos fils sont de retour. Que se passe-t-il, Farès ? J'entends Béchir pleurer.

— Il a fait une bêtise... »

Béchir restait un peu en arrière, n'osant entrer. Puis il avança, un bout de poterie à la main.

« Ça s'est cassé ! dit-il en reniflant. Y'avait dix litres d'eau et tout est parti dans le sable ! À cent mètres d'ici !

— Je t'avais pourtant dit de prendre l'outre en cuir, dit Fatou d'un ton sévère. Tant pis pour toi, tu y retourneras demain. Ça te servira de leçon. » Puis elle l'attira vers elle, tendrement. « Regarde, on a une invitée ce soir. Tu vas lui dire bonjour ? »

Le petit garçon essuya son nez d'un coup de manche, tendit une main timide à Jeanne et partit s'asseoir dans un coin de la tente près d'un chien, un lévrier très fin au museau allongé. L'animal se mit aussitôt à lui lécher les pieds. Jeanne approcha la main vers lui pour le caresser et celui-ci colla affectueusement sa truffe à l'intérieur de sa paume ouverte.

« Comment s'appelle-t-il ?

— Téry, c'est mon chien.

— Il t'apprécie, Jeanne, dit Mazès, d'habitude il est plus sauvage que ça quand il ne connaît pas.

— Il semble doux, comme mon golden retriever.

— Je ne connais pas cette race...

— C'est un grand chien doré. Comme son nom l'indique. Doux comme un agneau, et gourmand ! Il finit tous les restes !

— C'est quoi, les restes ? » demanda Farès.

Cette question rappela soudain à Jeanne une conversation qu'elle avait eue avec Djibril, un ami burkinabé, étudiant à Paris : « Dans un repas africain, il n'y a jamais de restes », lui avait-il dit. « En Afrique, on mange pour se nourrir, pour se "remplir", sans savoir si le lendemain vous offrira un nouveau repas. Certains jours, on mange, d'autres pas. C'est comme ça. Ici, en France, cela te paraît incroyable, mais nous c'est notre quotidien. » Quand Jeanne demanda naïvement : « Tu ne manges jamais par gourmandise ? », Djibril la regarda sans comprendre. « Gourmandise ? C'est-à-dire ? » Elle n'avait même pas essayé d'expliquer, se sentant tout d'un coup un peu honteuse.

« Tu sais, Farès, les chiens en France, ils mangent de la viande et aussi ce qu'on laisse dans nos assiettes, les restes, quoi. Il y a aussi d'autres nourritures, spécialement pour eux. Enfin, ils sont très gâtés. »

Autour d'eux, Fatou s'activait, retournant les morceaux de mouton sur la braise, versant du lait d'une jatte dans de petits bols, servant le mil dans un grand plat. Jeanne la regardait pensivement.

« Entre les enfants, la maison, les bêtes à t'occuper, tu as beaucoup de travail, Fatou. Et personne pour t'aider ?

— Tu veux dire : une autre femme, deux autres femmes ? demanda Mazès avec malice.

— Euh, je ne sais pas…

— Peut-être l'ignores-tu, mais nous autres, Touaregs, ne sommes pas polygames, même si nous sommes musulmans. » Il fit un clin d'œil. « On pourrait, mais ce sont les femmes qui ne veulent pas…

— Toi, tu ne serais pas contre, apparemment ?

— Houla ! Tu ne crois pas que la vie est assez compliquée comme ça ? Toi, Fatou, tu en penses quoi de l'idée de Jeanne ? »

Il rit bruyamment, ravi de sa plaisanterie. Fatou baissa les yeux avec pudeur et ses nattes vinrent cacher son visage. Elle fit signe que non de la tête. Non, non, son mari, elle ne le partagerait avec personne.

« Viens manger au lieu de dire des bêtises.

— Dis-moi ce que je peux faire pour t'aider, Fatou, demanda Jeanne.

— Laisse. Tu es notre invitée. Mazès va préparer le thé. Le reste est déjà prêt. »

En deux temps trois mouvements, elle déposa sur une natte l'assiette de viande, le mil pilé, du lait de chamelle, des fromages de chèvre et des dattes fraîches dans un plat de terre vernissé. Jeanne opta pour le lait tiède au goût très prononcé. Elle but et eut du mal à retenir une grimace. Les deux familles de bergers s'étaient jointes à eux et chacun mangeait en silence, avec appétit. Puis Mazès sortit d'une malle en osier des verres, un bloc de sucre et une boîte de feuilles de thé vert qu'il déposa délicatement au fond de la théière. Il versa dessus l'eau bouillante et frotta le sucre pour en détacher de petits bouts. Bientôt, une délicate odeur de thé envahit la tente.

« Ce soir et demain matin, tu mangeras du pain de sable. Je vais le préparer maintenant. Tu verras, Jeanne, c'est très bon, dit Fatou.

— Je connaissais le pain de sucre au Brésil, mais le pain de sable, non. Montre-moi. »

Irrésistiblement, Jeanne se sentait attirée par la présence de Fatou. Envie de la voir vivre, d'interroger son regard, de faire naître le rire dans ses yeux. Envie de la regarder travailler, cuisiner, éduquer les enfants, s'occuper des animaux. Avec, toujours, ce léger sourire sur les lèvres. Une mère courage, se dit Jeanne en sachant que Fatou détesterait l'expression. « Juste une maman africaine », aurait-elle répondu. Simple et tellement belle avec son visage sans fards, sa peau satinée, ses lèvres ourlées, sa coiffure traditionnelle qu'elle remontait d'un tour de main, ses vêtements colorés qu'elle devait coudre le soir à la lumière tremblotante de la lampe à pétrole tandis que tous dormaient autour d'elle. Fatou, petit maillon de la chaîne d'une humanité silencieuse. Et heureuse. Apparemment.

Tandis que les femmes des bergers nettoyaient la vaisselle et rangeaient la tente, Fatou se lança dans la préparation du pain de sable : elle mit de la farine dans une cuvette, la saupoudra de sel et malaxa le tout en versant régulièrement un filet d'eau. Pendant ce temps, Rayna avait creusé un trou plus large que profond dans le sable pour y faire du feu. Une fois le bois consumé, Fatou le repoussa sur les côtés, déposa sa galette de pâte au centre, puis la recouvrit de braises et de sable. Trente minutes plus tard, le pain était cuit. Débarrassé du sable et des cendres, trempé dans du lait frais de chamelle, il constituerait un délicieux petit déjeuner pour le lendemain matin.

Dans l'après-midi et jusqu'à ce que tous s'assoient à nouveau pour boire le thé, Jeanne passa son temps avec les enfants : une partie de « balle aux prisonniers » et un « atelier » coiffure avec les fillettes qui voulaient absolument accrocher des bijoux à ses cheveux. Et ils lui montrèrent les animaux. Si Jeanne connaissait bien les chèvres et les moutons, les chameaux l'impressionnaient avec leur taille gigantesque et cet air dédaigneux qu'ils posaient sur le monde. Ici, elle se sentait curieuse de tout, sereine dans cette ascèse parfois rude et inconfortable, au milieu de ces hommes et femmes souriants, humbles, toujours occupés à mille tâches dont aucune n'était inutile.

Au cours de la soirée, devant le thé auquel Fatou rajouta quelques fromages de chèvre pour accompagner le pain de sable, la conversation revint sur l'eau et le manque de puits dans le désert. Des associations européennes avaient pris les choses en main, recueillant des dons pour financer les forages, mais il en aurait fallu dix fois plus.

« De l'eau, il y en a dans le désert ! s'exclama Mazès. Il suffit de creuser, c'est tout. Les acacias le font bien : leurs racines plongent à quarante mètres dans le sol pour boire !

— J'aimerais tellement me rendre utile, dit Jeanne. Quand je t'écoute, j'ai l'impression de ne servir à rien. Est-ce que tu penses que je pourrais aider à construire un puits ? Je ne sais rien faire, évidemment, mais, bon…

— Bien sûr ! C'est une excellente idée. Et ne pense pas que tu ne saches rien faire. Ici, en Afrique, on dit : "Quand tu jettes du sable par-devant, il revient toujours par-derrière." » Jeanne le regarda sans comprendre. « En clair : "Le bien que tu fais ici, aujourd'hui, te sera rendu plus tard, ailleurs." Ce proverbe, je l'ai vérifié toute ma vie. Et puis… »

Mazès baissa la voix. Visiblement, il ne voulait pas que Fatou, qui était sortie de la tente avec les enfants, l'entende. Jeanne tendit l'oreille vers lui.

« En Afrique, un enfant sur cinq meurt de maladie avant l'âge de 5 ans, et souvent à cause de l'eau polluée. Fatou et moi avons perdu deux enfants l'année dernière, nos plus petits. Nous n'en parlons jamais mais je sais que Fatou les pleure encore. Tu vois que tu peux nous être très utile. »

Jeanne avait détourné la tête, bouleversée. Elle ne savait plus quoi dire. Deux enfants morts, deux bébés sans doute, et pas une seconde, Fatou n'y avait fait allusion.

« Je vais voir les animaux, dit Mazès en se levant. Nous ne nous coucherons pas tard : demain, je t'emmène faire une grande balade dans le désert à dos de chameaux. Ça te dit ?

— Tu rigoles ou quoi ? C'est mon rêve !

— Tu pourras te rendre compte de notre besoin en puits. Ce soir, tu dormiras dans la tente des femmes avec mes filles. À demain. Bonne nuit, Jeanne. »

Allongée sous la moustiquaire, la jeune fille écoutait les bruits du désert. Elle entendait comme un grondement qui s'amplifiait puis s'atténuait, mais qui ne disparaissait pas tout à fait. Elle essaya d'en distinguer la provenance et entendit les animaux s'agiter. Autour d'elle, dans la tente, tout le monde dormait. Les petites filles s'étaient étendues contre Fatou et entouraient son ventre et son cou de leurs bras. Jeanne décida de sortir pour voir l'origine du bruit mais à peine fut-elle dehors, que le vent la plaqua à terre. Elle attrapa son chèche, l'entortilla autour de sa tête et attendit, accroupie. Dès que le vent tourna, elle se releva et fit quelques pas dans la nuit, le faisceau de sa lampe torche dirigé vers le sol : elle savait que les scorpions, les araignées et les reptiles sortaient dès la tombée du jour. Comme la plupart des animaux qui fuyaient la cuisson du soleil. Au loin, elle aperçut les lumières des lampes-tempête d'une caravane de chameaux qui s'était arrêtée dans une cuvette, entre deux dunes, pour s'abriter du vent.

Elle revint vers la tente, s'enveloppa d'une couverture et s'allongea sur le sol pour se protéger du vent et des tourbillons de sable. Dans le ciel, les étoiles scintillaient par milliers.

Brusquement, le vrombissement s'accentua, un bourdonnement sourd comme un avion de ligne qui passerait à proximité. Alors, Jeanne se souvint des paroles de Mazès. « Le chant des dunes », c'était donc ça ! Elle savait qu'il était rare de l'entendre. Les Touaregs disaient même que cela portait chance. Eux l'appelaient « le tambour des sables ». À une centaine de mètres d'elle, des milliers de grains de sable glissaient, s'entraînant les uns les autres et la dune s'effondrait sous le poids de l'avalanche. D'où ce vacarme. Il y avait dans l'air une odeur indéfinissable de sable et de chaud. Jeanne se colla un peu plus aux parois de la tente. Emmitouflée jusqu'aux yeux, elle se sentait sereine dans la tourmente. Près d'elle, le vent faisait vibrer la voiture. Elle resta longtemps ainsi, petit corps recroquevillé dans l'infiniment grand, les yeux perdus dans le ciel illuminé, ne pensant à rien d'autre qu'à profiter de la seconde et de la beauté du moment. Puis, elle rentra dans la tente et s'allongea sur sa natte pour s'endormir doucement, bercée par les sifflements du vent.

*

C'est la voix de Mazès qui la tira du sommeil. « Nous partirons à l'aube, avait-il dit, avant la grosse chaleur. » Dehors, le paysage s'était transformé : le vent avait sculpté des formes nouvelles, inversé le sens des dunes. À cette heure matinale, elles avaient pris une teinte violine, fine comme de l'aquarelle. On aurait dit de la soie, sur fond de ciel bleuté. Assise en tailleur, un bout de pain de sable et un bol de lait de chamelle à la main, Jeanne se remplissait les yeux et l'âme de la splendeur du paysage avec une sensation de renaissance. Tout était neuf, vierge, immaculé. Mazès s'approcha tout doucement pour ne pas la déranger dans sa contemplation.

« Je veux m'en souvenir quand je serai rentrée, dit-elle, en le découvrant. Jamais je n'oublierai cette pureté, cette immensité...

— Pourquoi, tu ne comptes plus revenir nous voir ?

— Bien sûr que j'aimerais revenir ! Mais où serons-nous demain, tu le sais, toi ? Alors, tout ce que je vois ici, je le prends. Je prends tout. Je veux le garder au fond de moi.

— C'est le désert qui te rend si grave ?

— Peut-être. Je ne me suis jamais sentie aussi... chargée. Comblée. C'est le mot qui me vient à l'esprit. Une chose est sûre : je me sens bien, ici, avec vous. Comme chez moi, mais autrement qu'à la maison. C'est inexplicable. » Elle but les dernières gouttes de lait, et bondit sur ses pieds. « Bon, on va se la faire cette balade ? »

Les chameaux n'attendaient plus qu'eux. Mazès choisit la monture de Jeanne et y installa une selle à l'avant de la bosse, selon la tradition touarègue. Il s'agissait d'une armature en bois capitonnée de peau de chèvre, avec un pommeau en croix pour se tenir. Jeanne qui pratiquait l'équitation depuis son plus jeune âge trouva instinctivement son équilibre. Comme tout un chacun, quand l'animal se dressa sur ses pattes, elle plongea en avant puis en arrière et ne put retenir un cri. « Qu'est-ce qu'on est haut là-dessus ! » Mazès lui expliqua comment diriger sa bête en tirant la longe attachée au naseau de l'animal. Pour le freiner ou l'arrêter, il suffisait de ramener sa tête en arrière. Ce qu'il ne semblait pas apprécier, même s'il s'exécutait. « Finalement, dit Jeanne en riant, content ou pas, il a l'air de me mépriser toujours autant ! » Elle posa un pied sur la pliure de la patte, l'autre en avant contre l'encolure et le chameau se mit en route. Mazès prit la tête et ils partirent à travers les dunes au rythme cadencé des animaux.

Ils marchèrent une partie de la matinée, jusqu'à ce qu'ils arrivent à une portion de piste où le sol avait été aplani et semblait plus dur. « On fait la course ? Jusqu'aux premiers buissons ! » cria Mazès en se tournant vers Jeanne. Sans attendre la réponse, il donna un léger coup de baguette sur le flanc de l'animal qui partit comme une fusée. Ni une ni deux, Jeanne empoigna la corne de laiton qui lui servait d'appui, et d'une claque sur la croupe, lança son chameau à sa poursuite. Si elle n'était pas aussi à l'aise que sur un cheval, experte en triple galop, elle tint bien la distance, d'autant qu'elle était plus légère que Mazès. Les chameaux filaient un train d'enfer, ravis de montrer ce qu'ils avaient dans l'estomac. Mazès conserva la tête mais Jeanne ne laissa pas l'écart s'agrandir entre eux. Finalement, l'expérience l'emporta sur la hardiesse. Mazès était bluffé. « Deux cents mètres de plus, et tu me battais ! Incroyable. Toi, tu as la rage. » Elle reprenait sa respiration et riait en même temps : « J'aime la compétition, c'est de famille. »

Ils trinquèrent avec leurs gourdes, laissèrent les chameaux se reposer quelques minutes et repartirent au pas de la promenade. Ils traversèrent des paysages immobiles comme une mer aux vagues figées. Les dunes que Jeanne imaginait toutes de la même teinte prenaient, selon la lumière et l'orientation, des tons roses, jaunes, ocre, abricot ou blancs lorsque le soleil les écrasait de sa chaleur. Jeanne enlevait et remettait régulièrement ses lunettes de soleil pour mémoriser chaque nuance de sable. Il y en avait cent, il y en avait mille. Elle avait l'impression d'évoluer dans un tableau de maître. Au loin, apparaissaient ici et là des arbustes d'acacias, quelques jujubiers secs et cassants qui emprisonnaient le sable dans leurs épines. Le désert. L'endroit où il n'y avait rien. Mais où chaque centimètre, du sol au ciel, semblait habité par le divin.

Soudain, les chameaux qui avaient ralenti l'allure depuis quelques kilomètres activèrent le mouvement. Mazès redressa le buste pour scruter l'horizon.

« Il doit y avoir un puits pas loin. Quand un troupeau a senti l'herbe ou le point d'eau, rien ne peut l'arrêter. »

Une tache sombre apparut au loin. Les chameaux fonçaient littéralement. Le puits était là, entouré d'une vingtaine de Touaregs qui faisaient boire leurs bêtes. Mazès et Jeanne se dirigèrent vers eux, descendirent de leur monture et les attachèrent à un piquet.

La construction du puits était sommaire : un cercle de béton gris, une solide branche de bois se finissant en V et soutenant une poulie autour de laquelle s'enroulait une corde qui descendait vers l'eau. Aidé de son chameau, un jeune homme remontait les seaux et les passait à un Touareg qui jetait l'eau dans des bassins de pierre autour desquels s'étaient postées les bêtes. La file d'attente était longue. Des chameaux broutaient ici et là une végétation rare, tandis que d'autres buvaient lentement, s'y reprenant à plusieurs fois. Le visage cramoisi, Jeanne fit tomber son chèche sur ses épaules pour mouiller sa chevelure. Quand ils virent les mèches brunes de la jeune fille, les hommes remontèrent rapidement l'étoffe de leur chèche sur leur bouche. On ne voyait plus que leurs yeux qui la fixaient sans ciller. « Oups ! se dit Jeanne, ils m'avaient prise pour un garçon ! » Elle qui ne péchait pas par excès de timidité se sentit gênée, comme si elle dérangeait. Il fallut que Mazès la présentât au groupe pour qu'elle osât s'approcher.

Elle s'assit sur une souche d'acacia, laissa couler l'eau de sa gourde sur son visage et observa le manège des hommes et des chameaux. Mazès lui apprit que ces bêtes pouvaient avaler jusqu'à cent trente litres d'eau et rester trois mois sans boire, s'il le fallait ! « Tu comprends qu'ils prennent leur temps ! Ils dégustent ! » Soudain, un jeune homme au regard bleu acier marcha vers elle et, sans un mot, lui tendit un grand bol d'eau fraîche. La sueur avait fait déteindre son chèche indigo et des lignes bleutées soulignaient le bord de ses yeux. On aurait dit qu'il était maquillé. Jeanne but et le remercia, séduite.

« Les Touaregs aiment ceux qui viennent de loin pour leur rendre visite. Et tu connais notre sens de l'hospitalité, dit Mazès.

— Je vois... »

Elle aurait surtout aimé voir le visage du jeune homme qui était reparti vers ses compagnons. Discrètement, l'air de rien, elle l'observait. Mince, plus petit et sans doute plus jeune que les autres, il était vêtu d'une longue robe azur qui rappelait la couleur de ses yeux. Est-ce que les Touaregs poussaient la coquetterie jusqu'à harmoniser l'un et l'autre ? Pas forcément puisqu'ils arboraient aussi du jaune vif, du vert clair, du mauve ; le blanc étant réservé aux grandes occasions. Tous étaient différents mais d'une élégance identique. On aurait dit une vraie chorégraphie autour de ce puits, tant leurs mouvements sous le voile étaient harmonieux ; leur port de tête, royal. Jeanne était fascinée.

« Toi aussi, tu es sous le charme ? Je te rassure, toutes les femmes craquent », dit Mazès, amusé.

Elle quitta son sujet d'observation pour lui faire une grimace.

« Alors, tu ne te méfies plus des garçons, ma petite Jeanne ?

— Eux, c'est pas des hommes, c'est des dieux, murmura-t-elle. Tu crois qu'ils enlèveront leur turban pour manger ?

— Si tu leur demandes gentiment... »

Ils firent boire leurs montures et l'après-midi se passa en réparations de toutes sortes, selles cassées, soins à une chamelle blessée, et en discussions sous une grande tente de toile dressée pour se protéger du soleil, entre le doyen du groupe et Mazès. À plusieurs reprises, le front de celui-ci se plissa. Mazès expliqua à Jeanne que la majeure partie de ces hommes vivaient dans les plaines, aux confins du désert.

« Certains sont là pour aider à la construction de puits au sud du pays. Tu vois, quand un puits est creusé, souvent un village s'organise autour, petit à petit. Aujourd'hui, beaucoup d'entre nous aspirent à se sédentariser. »

Après avoir nourri et abreuvé leurs bêtes, les Touaregs allèrent traire quelques chamelles pour le repas du soir. Mazès et Jeanne étaient leurs invités. Irrésistiblement, elle se sentait attirée, intriguée par le jeune homme aux yeux clairs. Les garçons, elle savait comment les charmer mais pour celui-ci elle manquait de mode d'emploi ! D'autant qu'il restait dans son coin, ne tentait aucune approche. « Si ça continue comme ça, je repartirai sans même lui avoir adressé la parole. Ce serait dommage… » se dit-elle en l'observant derrière ses verres fumés. Non, rien à faire, il ne la regardait pas. Cela finit par l'agacer. Quand elle le vit rejoindre un groupe de chamelles, une calebasse à la main pour recueillir le lait, sa curiosité fut la plus forte : elle s'approcha pour voir comment il s'y prenait. Durant toute la traite, il ne leva pas la tête vers elle. Il attrapait les pis de ses doigts fins et en extrayait de longs filets blancs qui giclaient dans le récipient coincé entre son genou et la cuisse de l'animal. La traite dura de longues minutes dans le plus grand silence.

Au moment, où elle s'éloignait, dépitée du peu d'intérêt qu'il lui témoignait, la voix du garçon s'éleva, à la fois grave et juvénile : « Tu aimes ça, le lait de chamelle ? » Surprise du tutoiement et de l'entendre parler français, elle se retourna et sourit : « C'est spécial, mais oui, c'est plutôt bon.

— Tiens, dit-il en lui donnant la calebasse, c'est pour toi et Mazès. »

Elle tendit les mains vers lui. «... Si tu veux bien... » ajouta-t-il en la fixant de ses yeux transparents. Elle en trembla. Il se redressa. Malgré sa taille moyenne, elle eut l'impression qu'il la dominait. Lorsqu'elle prit le récipient dans ses mains, leurs doigts se frôlèrent. Troublée, Jeanne le remercia, fit demi-tour et rejoignit Mazès qui préparait le feu pour le dîner. Les autres étaient déjà en train d'installer le campement.

Jeanne s'assit près de Mazès et plongea son regard dans les flammes qui commençaient à noircir le bois sec.

« Est-ce que cela coûte cher de construire un puits ? demanda-t-elle en repensant à la conversation précédente.

— Pas grand-chose par rapport à ce qu'il nous apporte. Ça change notre vie ! Il faut compter entre cinq mille et dix mille euros.

— C'est pas énorme...

— Pour vous, peut-être, mais pour nous, c'est considérable ! »

Elle secoua la tête, comme pour s'excuser :

« Non, ce que je voulais dire, c'est que les pays riches pourraient vous aider un peu plus, c'est tout. Chez nous, on n'est pas très informés. De toute façon, tant qu'on n'y est pas, on ne se rend pas compte. »

Mazès sourit et lui passa la main dans les cheveux.

« Tu as bon cœur, Jeanne. C'est sûr qu'il y aurait beaucoup à faire. Viens, on nous appelle pour le repas. »

Les hommes avaient cuit des morceaux de mouton et préparé deux taghellas, le pain de sable. Un grand Tupperware rempli de riz aux épices trônait près du plat de viande. De son côté, Mazès avait apporté des olives noires et un filet d'oranges qu'il offrit à leurs hôtes. Les hommes s'assirent autour du feu, baissèrent leurs chèches au niveau du menton et commencèrent à manger. Mehdi, le jeune homme aux yeux clairs – quelqu'un l'avait appelé et Jeanne avait tout de suite mémorisé son prénom –, était en face d'elle, et quand leurs yeux se croisaient, il soutenait son regard. Elle baissait les paupières, charmée, surprise de sa propre réaction. Pour une fois, Jeanne-la-conquérante se laissait apprivoiser en douceur. Le visage du jeune homme était d'une grande délicatesse : un nez droit, des lèvres fines, des pommettes très hautes, une ombre de barbe qui exprimait une virilité qu'elle n'aurait pas soupçonnée sous le chèche. Et ce regard d'acier qui la clouait au décor. « Wouah, la beauté… » se dit-elle en faisant semblant de s'intéresser à la conversation entre Mazès et un autre Touareg. Elle n'écoutait rien, bercée par une langue inconnue et par les flammes qui allumaient les regards, sentant la nuit les encercler, l'immensité dans son dos, émerveillée par la présence de ces hommes surgis des *Mille et une nuits*. « Plus romanesques, tu meurs », pensait-elle.

Au cours du dîner, un visiteur surprise débarqua et vint se restaurer avec eux. C'était Amada, un jeune rebelle, qui se cachait plus au Nord dans les montagnes. Les hommes discutèrent longuement avec lui, une conversation à laquelle Jeanne ne comprit rien, mais qu'elle jugea bon de ne pas interrompre par ses questions. Plus tard, Mazès lui expliqua que le gouvernement nigérien avait promis beaucoup pour aider les nécessiteux comme Amada, jeune agriculteur dont on avait spolié les terres pour en tirer de l'uranium. Des promesses qui n'avaient pas été suivies d'effet. Avec ses amis, Amada s'était insurgé et ils étaient entrés en résistance. N'ayant pas pu faire entendre leurs revendications aux « têtes pensantes », ils avaient pris les armes. « En Afrique, c'est souvent la seule façon de faire de la politique ! » conclut Mazès, d'un air désolé.

La chaleur commençait à tomber. Les hommes lançaient régulièrement du bois pour raviver les flammes. Ils confectionnèrent à nouveau deux pains de sable pour le petit déjeuner du lendemain. Les discussions et les rires s'envolaient dans l'espace immense, interrompus de temps à autre par le cri des chameaux. Allongée sur un coude, les yeux dans le vague, Jeanne goûtait chaque son, chaque parole. Pourtant, il manquait quelque chose autour de ce feu. De la musique. Elle aurait adoré entendre leurs voix, celle de Mehdi surtout. Elle interrogea Mazès. Il secoua la tête. Non, il n'y aurait pas de musique, pas de chants « à la veillée ».

« Je sais que ça se fait beaucoup chez vous. Ici, on ne chante que pour les grandes occasions. Un homme touareg qui serait surpris à chantonner se sentirait un peu ridicule. C'est ainsi. Les femmes, c'est différent, d'ailleurs ce sont elles qui écrivent les chansons.

— Et qu'est-ce qu'elles racontent vos chansons ?

— Notre quotidien, l'amour d'une femme pour son mari, la chasse qui a été bonne, le vent quand il ne nous est pas hostile… »

Jeanne se remémora les chansons qu'elle chantait seule dans sa chambre. *La Vie en rose, Amsterdam, Avec le temps,* des airs d'autrefois qu'elle adorait. Elle avait une maturité que les amis de son âge ne possédaient pas et elle se sentait souvent en dehors de son temps. Grâce à ses parents qui écoutaient les musiques de toutes les époques, elle avait eu accès aux répertoires les plus variés. Son côté romantique, sa nostalgie naturelle étaient comblés par les mots de Piaf, de Brel, qui lui parlaient plus que les chansons légères et entraînantes qui culminaient au top 50. La vie, l'amour, la mort, les thèmes éternels dans toutes les civilisations, toutes les cultures.

Le repas s'achevait. Les hommes rangèrent les ustensiles de cuisine. Puis ils se lavèrent les mains et s'éloignèrent pour faire la prière. Surprise, Jeanne vit que Mehdi ne les rejoignait pas et restait près du feu. Comme aimantés, les jeunes gens se rapprochèrent l'un de l'autre.

« Tu ne vas pas avec eux ? demanda-t-elle

— Non, je ne suis pas musulman. Je suis libanais, de religion chrétienne, mais je ne pratique pas.

— Alors, nous sommes les deux mécréants du groupe, dit-elle en souriant.

— Eh oui, on s'est reconnus ! »

La remarque fit rire Jeanne et rompit la glace. Ensuite, la conversation se déroula naturellement. Il l'interrogea sur sa présence en Afrique, ayant pensé au début qu'elle était la fille de Mazès. Jeanne raconta sa vie en France, ses amis, ses parents et ses passions. Mehdi buvait ses paroles. Puis ce fut à lui de se raconter. Elle s'étonnait qu'il parlât un français impeccable et presque sans accent. La raison était simple : Mehdi était le fils unique d'un couple de journalistes libanais, avait grandi à Beyrouth, étudié au lycée français et se destinait à un métier d'architecte. Lors d'un voyage en Algérie, deux ans plus tôt, ses parents étaient morts dans une embuscade tendue par un groupe d'islamistes armés près de Biskra, dans le Sud du pays. Pour se remettre de cette perte épouvantable et de la haine des terroristes qui le rongeait, des amis l'avaient emmené dans le désert du Sahara – « cicatriser mes plaies » :

« Je voulais côtoyer des musulmans, les vrais, pas ces dingues, ces criminels. Et les Touaregs m'ont accueilli parmi eux. J'avais besoin de quelque chose de plus vaste que mon chagrin, d'infiniment beau. Et j'ai découvert le désert.

— C'est drôle, dit Jeanne. J'ai connu, il y a quelques jours, une femme qui est devenue mon amie et que l'Afrique a sauvée d'une peine immense.

— Mais toi, Jeanne, de quels soucis es-tu venue te soulager ici ? »

Jeanne haussa les épaules d'un air indécis. C'était la question piège.

« Je suis venue m'asseoir et apprendre. Des autres et de moi-même. Jamais je ne me suis sentie aussi bien qu'ici et pour moi, c'est déjà énorme. Pour le reste, on verra...

— Moi, j'ai compris que je n'aurai peut-être jamais la carrière, la réussite sociale de l'architecte que je rêvais d'être au Liban. Mais, ici, je construis une société, un pays. C'est autrement plus important. J'apporte ma pierre à l'édifice. Avec les Touaregs, je suis dans la réalité, le tangible. Je les aide et eux me sauvent chaque jour du désespoir. »

Leur conversation fut interrompue par les hommes qui revenaient de la prière. Le soleil avait disparu derrière les dunes, teintant le paysage d'un halo rosé. Il fallait songer à s'installer pour la nuit. Avant qu'ils ne se séparent, Mehdi serra longuement la main de Jeanne dans la sienne. Ils restèrent ainsi silencieux, puis ils rejoignirent leur groupe respectif. Mazès indiqua à Jeanne un coin de tente qui pouvait les abriter.

« Il n'y aura pas de vent, cette nuit. Si tu veux, on dormira dehors sous les moustiquaires, derrière cet auvent. »

Ils s'allongèrent un peu à l'écart des autres. Si Mazès s'endormit presque instantanément, Jeanne, elle, n'avait pas sommeil. Elle repensait à sa conversation avec Mehdi, à leurs regards qui se cherchaient au-dessus des flammes. Elle ne savait pas si c'était la situation romanesque, le « look » du jeune homme, le jeu de séduction qui s'était installé instantanément entre elle et lui, ou cette forme de sagesse qui émanait de toute sa personne, mais il l'attirait, c'était certain, et elle avait du mal à ne pas frissonner lorsqu'elle pensait à ses yeux, à sa bouche. Peut-être ne dormait-il pas lui non plus ? Demain, elle quitterait le camp, ils ne pourraient plus se parler. Alors que, là, il était à deux pas. « Et zut, se dit-elle, en repoussant le duvet à ses pieds. De toute façon, je n'arriverai pas à dormir. »

Elle se leva discrètement, fit glisser la fermeture éclair de la moustiquaire et marcha vers le puits. Une dizaine de chameaux s'étaient rapprochés des bacs et tiraient sur leur longe pour boire les quelques flaques d'eau qui stagnaient encore. « Ils n'en ont jamais assez », se dit Jeanne en s'éloignant d'eux. Elle alla vers les dunes sans crainte de se perdre, pouvant se repérer grâce aux blatèrements des chameaux. Le paysage était plongé dans l'obscurité, uniquement éclairé par le ciel pointillé d'or. Dans la nuit, à une centaine de mètres, elle vit soudain une petite lumière vaciller sur la crête d'une dune. Elle ne le voyait pas, mais savait déjà que c'était Mehdi.

« J'espérais bien que tu allais ressortir, murmura-t-il.

— Moi, j'étais sûr que tu serais là.

— Viens, assieds-toi. Est-ce que Mazès t'a montré les étoiles ?

— Oui, il m'a dit beaucoup de choses déjà. Mais tu peux me parler de celles que tu aimes.

— Celles que j'aime... »

Il leva le nez vers le ciel et garda le silence. Près de lui, Jeanne attendait, les yeux chavirés par les milliers de scintillements. Quand il posa la main sur son épaule, elle ferma les yeux.

« Je suis content de t'avoir rencontrée, Jeanne. »

Jeanne ne répondit rien mais leva le visage vers lui. Leurs têtes se rapprochèrent. Au moment où leurs lèvres allaient s'unir, un bruit énorme d'éboulement retentit dans le silence, accompagné de cris de chameaux. Les deux jeunes gens sursautèrent et se levèrent ensemble.

« Que se passe-t-il ? cria Jeanne.

— Ça vient du puits, j'ai l'impression. Allons voir ! »

Ils dévalèrent la dune et coururent vers le campement. Déjà, les Touaregs sortaient de leur tente.

« Jeanne ! Jeanne ! Tu es là ? »

C'était Mazès qui s'inquiétait de ne pas la trouver.

« Je suis là ! répondit-elle, en lui brandissant sa lampe sous le nez.

— J'ai eu peur quand je ne t'ai pas vue près de moi. Je crois que le puits s'est écroulé, viens ! »

Les Touaregs s'étaient regroupés autour du puits, leurs torches à la main. La margelle en béton était complètement défoncée et une partie des pierres avait chuté à l'intérieur. Les pattes avant enfoncées dans le trou, un chameau tentait désespérément de s'extraire du piège en poussant des cris rauques. Quatre hommes entourèrent le torse de la bête avec une corde, trois autres le tirèrent en arrière. L'animal, une fois libéré, s'accroupit et se mit à lécher ses blessures.

« Des chameaux se sont détachés et, dans la bousculade, ont défoncé le puits, expliqua un Touareg à Mazès. La poulie et les cordes sont tombées au fond. Il va nous falloir réparer ça le plus vite possible. Là on ne peut rien faire. On verra l'ampleur des dégâts demain matin quand il fera jour. »

Dans l'ombre, Jeanne aperçut Mehdi qui la regardait. Elle lui fit un signe discret de la main, il sourit et chacun retourna à sa couche.

« Tu voulais te rendre utile, eh bien, demain ce sera l'occasion, dit Mazès en se glissant sous sa moustiquaire. Le puits était vieux, les briques instables. Il fallait le refaire de toute façon. Au fait, où étais-tu tout à l'heure ?

— Euh, j'étais allée boire un coup… »

Elle s'étendit sur sa natte de paille et s'enveloppa de son duvet.

« Endors-toi vite, demain nous retournons à Agadès. Le rallye est dans trois jours. Tu n'as pas oublié ?

— Évidemment ! Trop contente ! Bonne nuit, Mazès. »

La jeune fille ne s'endormit pas immédiatement. Elle avait des étoiles plein les yeux, celles que Mehdi et elle avaient admirées, enlacés Elle tremblait encore au souvenir de leur « presque » baiser, sentant sur sa peau le parfum épicé du jeune homme, la caresse du chèche contre son front. « Pfff, quels idiots ces chameaux… ».

Puis elle ferma les paupières et embarqua Mehdi dans son rêve.

*

Les hommes se levèrent aux premières lueurs du jour et entreprirent de déblayer le puits. Mehdi, de corpulence plus fine que les autres, fut accroché à un câble et descendit dans le trou pour estimer l'étendue des dégâts. Devinant Jeanne un peu inquiète, le jeune homme lui adressa un clin d'œil complice avant de disparaître à l'intérieur du puits.

Une fois les nouveaux portiques et la poulie installés, on remonta les pierres et le sable engloutis dans la chute. Une chaîne s'organisa à laquelle Mazès et Jeanne participèrent activement. Pendant ce temps, d'autres Touaregs, maçons de profession, fabriquaient des briques pour ériger un nouveau cylindre de pierre et une margelle.

Après avoir aidé au déblaiement, Jeanne alla préparer du thé sous le contrôle amical de Mazès. Déjà, elle possédait les gestes, la manière. De loin, elle observait Mehdi évoluer au milieu des autres. Chaque fois qu'elle voyait la robe bleu azur, quelque chose fondait en elle. Dans la matinée, le jeune homme interrompit la confection des pierres pour venir boire une tasse de thé et s'asseoir quelques instants près d'elle.

« Bien dormi ? murmura-t-il

— Pas suffisamment, mais très bien. Et toi ?

— Moi ? JAMAIS AUSSI BIEN DE MA VIE ! s'écria-t-il en s'étirant. Même si tu prends toute la place ! »

Jeanne rit et ne dit rien. Si dans l'obscurité, l'intimité de la nuit, la parole et les sentiments s'épanchaient aisément, là, face aux yeux bleus qui lui mangeaient le visage, elle perdait tous ses moyens.

« Tu vas repartir bientôt ?

— Oui, tout à l'heure, je pense...

— Alors, on ne se revoit plus ? » dit-il sans la regarder.

Elle posa son bol de thé et avança sa main vers lui. Depuis qu'il était remonté du puits, il n'avait pas remis son chèche et ses cheveux bruns très courts ruisselaient de sueur. Les doigts de Jeanne se posèrent sur la joue du jeune homme et caressèrent l'ovale de son visage. Il attrapa sa main et posa ses lèvres à l'intérieur du poignet.

« J'aimerais bien passer une soirée avec toi, avant que tu ne rentres dans ton pays, dit-il à voix basse.

— Je ne rentre pas tout de suite. Si tout va bien, je serai à Bilma après-demain soir.

— Ah oui, le rallye ! Mazès en a parlé. Bilma, ce n'est pas tout près. Mais toi, tu es sûre d'être au rendez-vous ?

— Disons que j'aurai une raison supplémentaire d'arriver à bon port ! C'est incroyable, personne ne me croit capable de le faire ce rallye !

— Peut-être parce qu'on connaît le Ténéré, répondit Mehdi, gentiment. Je fais confiance à Mazès pour te briefer mais c'est quand même de la folie. Enfin, je voudrais juste que tu saches que j'aimerais beaucoup te voir là-bas…

De son index, elle caressa la bouche du garçon.

« N'en parlons plus. Je t'appellerai une fois arrivée, on verra si tu me réponds. Laissons-nous une chance.

— D'accord. J'y retourne à présent. » Il lui rendit la tasse et garda sa main quelques secondes dans la sienne. « Jeanne, je ne t'embrasserai pas devant mes compagnons pour ne pas les mettre mal à l'aise. Mais je voulais te dire que j'ai rêvé ce baiser une partie de la nuit et que, depuis hier, j'ai ton visage dans les yeux, tout le temps. »

Jeanne se sentit rougir mais, cette fois, elle ne détourna pas le regard.

« Toi aussi, tu m'as fait rêver… » murmura-t-elle.

Mehdi courut rejoindre ses amis et Jeanne marcha vers Mazès qui déchargeait leurs chameaux de quelques affaires.

« Kouan et Témir arrivent avec le 4 × 4. Nous leur laisserons les chameaux et nous filerons à Agadès en voiture. Nous n'aurons pas trop de la journée de demain pour préparer le rallye. Es-tu prête ? Nous partons. »

Les Touaregs n'en avaient pas encore fini avec la réparation du puits. Lorsque le 4 × 4 arriva, Jeanne les salua en leur serrant la main, y compris celle de Mehdi, et monta dans la voiture sans se retourner.

Elle détestait les adieux. De toute façon, elle le reverrait, il le fallait. Désormais, elle ne voulut plus penser qu'au rallye du surlendemain.

Mazès, qui avait compris l'attirance des jeunes gens l'un pour l'autre, eut la délicatesse de ne poser aucune question. Pendant le voyage, elle écouta attentivement le Touareg qui lui expliqua les bases de la conduite dans le désert et lui passa le volant à maintes reprises.

« Méfie-toi, le sable change sans arrêt de texture, le sol est dur ou mou. Ne roule pas trop vite : la moitié des voitures cassent ou s'enlisent par excès de vitesse. Hormis l'arbre du Ténéré, il n'y a pratiquement aucun point de repère, on se perd très facilement. Le paysage est en mouvement constant. Il faut donc bien suivre les balises. Et ne jamais quitter la route des yeux !

— Montre-moi comment passer les grandes dunes.

— Si tu ne peux pas les éviter, c'est simple : monte rapidement pour ne pas t'enliser, arrivée au sommet, coupe les gaz. Les roues avant se retrouveront en équilibre de l'autre côté de la crête. Là, tu redescends en seconde, les roues bien droites. Ça, c'est la théorie. Mais à chaque dune, c'est à toi de « sentir » le relief. Fais-le au feeling mais toujours les roues perpendiculaires à la crête. Si ta voiture n'arrive pas à monter, n'insiste pas, laisse-la redescendre et recommence plus loin. Et si tes roues s'ensablent, inutile de faire tourner le moteur : tu descends, tu déblaies avec la pelle et tu poses la grille sous les roues avant ou arrière selon le sens où tu repars.

Voilà. En pratique, ce n'est pas très compliqué, mais la concentration sur six cents kilomètres, c'est exténuant. Et tu auras des bleus partout. Alors, toujours partante ? Tu peux dire non, tu sais.

— Pas le genre de la maison », répliqua Jeanne qui ne pensait qu'à Mehdi et aux compliments qu'il lui ferait quand elle passerait la ligne d'arrivée.

Il faisait nuit depuis longtemps lorsqu'ils parvinrent à Agadès. Toutes les ruelles se ressemblaient avec leurs maisons basses de terre rosée. Celle de la sœur de Mazès se distinguait par une splendide porte peinte en rouge vermillon. « Quand je donne rendez-vous à des touristes ici, ils la repèrent plus facilement », expliqua-t-il. Au loin, Jeanne aperçut le minaret de la mosquée qui veillait sur les citoyens endormis. Exténuée, elle prit une douche, dîna rapidement et fila dans le salon où un divan l'accueillit pour la nuit.

Le lendemain, ils se rendirent au bureau du rallye pour remplir les dernières formalités et au garage où l'attendait la voiture dénichée par Mazès. Le véhicule était une vieille Range Rover à la carrosserie cabossée mais dont le mécanicien vantait le bon état du moteur.

« Elle ne tombera pas en panne, celle-là, Mohamed ? demanda Mazès, échaudé par sa mésaventure deux jours plus tôt.

— Si ton amie ne malmène pas la voiture, elle la conduira jusqu'à Bilma, je te le jure !

— J'en prendrai soin, ne vous inquiétez pas, dit Jeanne.

— De toute façon, on est bien obligés de te faire confiance », répondit Mazès au garagiste d'un air sceptique.

Puis ils rentrèrent à la maison après avoir fait quelques courses. Autour d'une assiette de patates douces et de mouton, ils détaillèrent le road-book du rallye, un crayon à la main. Tard dans la soirée, alors qu'ils travaillaient encore quelqu'un frappa à la porte. Quand Mazès ouvrit, une vieille femme en haillons pénétra de force dans l'entrée. Elle semblait affamée et les scrutait avec des yeux de démente. Jeanne se leva et lui tendit les pommes de terre et la viande qui restaient. La femme dévora la nourriture avec ses doigts puis elle s'enfuit presque en la bousculant. Après son départ, bouleversée, Jeanne interrogea Mazès.

« C'est dingue, elle a l'air complètement abandonnée.

— Déjà le gouvernement nigérien ne fait pas grand-chose pour ses enfants. Alors, tu imagines les vieux qui n'ont ni famille ni argent…

— Je ne savais pas…

— C'est bien que tu voies aussi cette réalité-là. C'est un autre visage de l'Afrique. Nous aussi, la misère peut nous rendre égoïstes. »

*

Le matin du rallye, Mazès et Jeanne se levèrent avant l'aube. Le départ des voitures aurait lieu aux premières lueurs du jour. Le Touareg remplit un jerrican d'eau qu'il plaça à l'arrière de la voiture et donna à Jeanne plusieurs sachets de barres énergétiques et une boîte de sérum physiologique. « Indispensable pour se protéger du sable. » Le garagiste dont le fils aîné participait souvent à des rallyes prêta un pantalon de toile, des gants et un casque à Jeanne.

Une trentaine de véhicules s'étaient regroupés à la sortie de la ville. On aurait dit que tous les habitants avaient tenu à assister au lancement des bolides. C'était un spectacle étrange : les chameaux croisaient les 4 × 4 ; les boubous et les chèches se mêlaient aux tenues kaki, sahariennes et rangers. Les enfants étaient sortis de leur lit pour voir le départ et couraient d'une voiture à l'autre, en demandant un bonbon, une cigarette, un drapeau, un briquet publicitaire.

Dès que les premiers rayons de soleil apparurent, le départ fut donné. La voiture de Jeanne était parmi les premières à partir et durant plusieurs kilomètres, elle roula au milieu des autres. Conduisant prudemment ainsi que Mazès le lui avait conseillé, elle fut rapidement distancée par des coureurs qui accélérèrent. Bientôt elle se retrouva seule sur la piste.

La veille, le Touareg avait prévenu la jeune fille : les cent cinquante premiers kilomètres étaient éprouvants, comme une succession de marches. Jeanne décollait de son siège à chaque bosse, les amortisseurs craquaient. Elle avait beau anticiper les cahots, elle ressentait dans son corps chaque coup et, peu à peu, ses bras se couvrirent de marques rouges puis de bleus.

Lors d'un saut un peu plus violent que les autres, son coude se cogna à la portière, et un bout de peau y resta accroché. Jeanne poussa un hurlement, les larmes affluèrent et elle se sentit pâlir. Mais elle serra les dents. Des petits cailloux sautaient et mitraillaient le pare-brise protégé heureusement par une grille de métal. Jeanne se concentrait sur sa conduite, les mains crispées sur le volant pour bien tenir son 4 × 4. Peu à peu, la route s'aplanit, elle se détendit, adopta un rythme plus souple, et maîtrisa de mieux en mieux le véhicule.

La chaleur rendait les reliefs flous. La piste tremblotait comme une longue flaque d'huile. Au loin, elle aperçut une caravane de chameaux venant des salines de Bilma et marchant vers Agadès. Un vent tournoyant enveloppait hommes et bêtes d'une fine pellicule jaune. C'était impressionnant. La caravane comportait une centaine de chameaux qui avançaient en file indienne, le licol de l'un attaché à la queue de l'autre, d'une démarche à la fois impériale et flegmatique. De chaque côté de leurs flancs étaient accrochés des tubes de sel.

Quelques kilomètres plus loin, elle vit dans le sable la carcasse d'un jeune dromadaire et se demanda si ses congénères l'avaient repérée. « C'est bien des pensées de petite-bourgeoise urbaine, ça, ma vieille… » se dit-elle.

« Des carcasses d'animaux, on en voit très souvent dans le désert », lui avait appris Mazès. La majorité des chameaux étaient inépuisables mais on oubliait qu'il en existait aussi de constitution plus fragile qui pouvaient mourir de maladie, ou de soif. « Ça doit être une sacrée perte financière », avait répondu

Jeanne. « Pas uniquement, on s'attache à nos animaux. Tu sais combien de temps vit un chameau ? » Jeanne ne s'était même jamais posé la question. « Ils peuvent atteindre l'âge de 30 ans. Certaines bêtes de mon troupeau m'ont connu jeune homme. »

Après deux cents kilomètres, la piste qui était à peu près droite jusque-là s'estompa. Jeanne ralentit. La route principale donnait naissance à une autre qui semblait avoir été empruntée récemment. Par les autres concurrents ? Comment le savoir. Un grand nombre de 4 × 4 circulaient dans le désert. Elle hésita et finit par descendre de sa voiture pour examiner les traces de pneus qui ne la renseignèrent pas davantage. Et partout, des dunes, des dunes à l'infini. Elle marcha une centaine de mètres en prenant soin de ne pas perdre la voiture de vue puis retourna sur ses pas. Le slogan du film *Alien*, un de ses films préférés, lui revint en mémoire : « Dans l'espace, personne ne vous entend crier. » Elle sourit malgré elle. Ici aussi, elle était seule, complètement seule. Pourtant elle n'avait pas peur.

Son dos lui faisait mal, ses genoux, ses tibias eux aussi étaient couverts de bleus. Sous le casque, la sueur dégoulinait sur les tempes, entre les yeux. Elle s'immobilisa et écouta le léger feulement que fait le sable lorsqu'il se déplace lentement, presque grain par grain. Dans le silence du désert, tous les capteurs sont en action, on écoute chaque bruit, on essaie de les reconnaître alors qu'on les entend pour la première fois. Non, décidément, elle n'avait pas peur. Elle buvait le paysage, s'en repaissait. Une voix en elle lui murmurait : « Profite. Profite de ce que tu vois, remplis-toi les yeux et le cœur, laisse-toi porter par cette beauté, cette immensité. » Elle se sentait minuscule mais protégée par la force de cette nature immaculée. Dans un cocon, comme la bulle qu'elle se créait enfant lorsque l'adversité la dépassait. Elle trouvait son espace et l'apprivoisait. Apprivoiser. Jeanne se souvint du renard et de la rose. Comment ne pas y songer ici ? Elle était dans le pays du rêve et de l'imaginaire, le pays des rencontres improbables et définitives. Elle ne croiserait pas le Petit Prince dans le désert du Ténéré, non, mais les yeux clairs du jeune Touareg, elle aurait aimé les revoir. Depuis leur rencontre près du puits, le souvenir de Mehdi ne l'avait pas quittée.

Elle ôta son casque et regarda à nouveau autour d'elle. Rien ne bougeait. Les hommes bleus qui surgissent de nulle part dans le désert, alors qu'une seconde plus tôt vous étiez seul au monde, où étaient-ils ?

À l'ombre de l'énorme roue avant, Jeanne consulta son carnet de route. Les explications n'étaient pas claires. La fourche était bien mentionnée mais l'indication d'aller à gauche ou tout droit avait été effacée. Alors, elle scruta le ciel comme pour l'interroger. Et, spontanément, c'est à sa grand-mère maternelle, qui les avait quittés une dizaine d'années plus tôt, qu'elle s'adressa : « Habanita ! Habanita ! D'en haut, tu vois le paysage bien mieux que moi. Dis-moi quelle route je dois prendre ? » Pour toute réponse, elle n'obtint qu'un souffle de vent sur sa joue. La jeune fille se caressa le visage et embrassa le bout de ses doigts :

« Un baiser, mon Habanita ? Merci ! Trop cool ! Mais dis-moi plutôt par où je dois passer ! » Tous les sens de Jeanne étaient tendus vers le ciel, mais rien ne bougeait, désespérément rien. Elle était d'habitude plutôt rationnelle et ne s'encombrait pas de croyances. Mais un coup de pouce divin, à ce moment-là, elle n'aurait pas craché dessus.

Le silence dans cette situation devenait oppressant, accentué par la chaleur qui lui cuisait le corps. Jeanne attrapa sa gourde et s'arrosa généreusement les paupières, la bouche, les bras. Elle s'éventa ensuite avec un bout de carton qui traînait à l'arrière. Le bien-être fut immédiat mais dès qu'elle cessa de s'éventer, la chaleur retomba sur elle comme un couvercle de braises. Elle sentait la sueur dégouliner le long de ses jambes. Elle allait consulter à nouveau son journal de bord quand elle entendit un léger piaillement sur sa gauche. Elle tourna la tête et vit un oiseau tournoyer au-dessus d'elle. « Un oiseau ici ! Ça alors ! » L'oiseau s'approchait puis s'éloignait, virevoltant autour de la voiture. Jeanne se leva et le regarda plus précisément : « Habanita ! C'est toi ? » À ce moment, l'oiseau, une petite alouette, se posa sur le capot de la voiture et s'envola droit devant elle. Jeanne démarra instantanément et la suivit. Pas de doute, elle lui montrait le chemin.

Pendant cinq kilomètres, l'alouette vola tout droit puis elle disparut derrière une dune et ne reparut pas. Jeanne ralentit, scruta l'horizon, appela, mais rien ne bougea. L'oiseau était parti. Elle appela encore. Le vent happait sa voix et l'emportait sans écho. Et le silence retomba. Jeanne sentit une boule dans sa gorge mais elle se reprit tout de suite : Habanita n'aurait pas aimé la voir triste, elle qui était descendue des nuages pour la secourir. Ce qu'elle avait fait tout au long de sa vie : lui montrer la route en l'encourageant à chaque épreuve.

Habanita... un joli surnom inspiré par le parfum Molinard que portait sa mère. Comme la célèbre fragrance, la vieille femme était généreuse, chaleureuse, un peu exotique. Elle vivait tout près de Jeanne, dans une maisonnette où celle-ci avait passé les heures les plus douces de son enfance. Toujours entourée d'une colonie de marmots, Habanita était la grand-mère idéale : elle qui avait rêvé de devenir institutrice, mais que la vie avait retenue à la maison pour s'occuper de son foyer, passait son temps à éduquer les petits qui venaient à elle. Une éducation un peu particulière : si elle ne rechignait pas à leur faire réciter leurs tables de multiplication, elle leur apprenait surtout à faire des gâteaux, des confitures, des scoubidous. Ou du tricot. Le mercredi après-midi, il fallait voir les copains de Jeanne, en rang d'oignons, tirer la langue en tentant de tresser les mailles d'une improbable écharpe ! Quand Jeanne essuyait une engueulade par ses parents, elle se ruait chez Habanita qui la faisait rire : « Ta mère, c'était un sacré diable, aussi, tu sais ! » La petite fille en repartait consolée et plus forte. Avec dans les mains, un bout de tarte aux pommes ou un pot de confiture de coing.

Quand Jeanne aperçut l'arbre en acier célèbre dans tout le Ténéré, en lieu et place de l'ancien acacia, le seul ayant réussi à pousser et à grandir dans cette fournaise, elle eut l'impression de retrouver un ami. En tout cas, elle n'était pas perdue. Pauvre arbre du Ténéré ! Des années plus tôt, un conducteur de camion, ivre paraît-il, avait eu raison de lui. Un seul arbre à quatre cents kilomètres à la ronde et il l'avait percuté ! Depuis, on avait remplacé le bel acacia vieux de plusieurs siècles par une sculpture de métal minimaliste et froide. Et un puits avait été construit juste à côté, le dernier avant le désert immense. Des pilotes du rallye s'y ravitaillaient en eau. Jeanne fila sans s'arrêter : de l'eau, elle n'en manquait pas et il lui fallait rattraper son retard.

Les dunes se succédaient, les kilomètres s'enroulaient, Jeanne gardait le cap, tendue comme jamais. Les douleurs dans le dos s'intensifiaient et chaque creux ou bosse lui vrillaient le bas de la colonne jusqu'au cou. L'aspirine, jeune fille pâle préposée au soulagement des migraines délicates, ne fut d'aucun secours dans cet environnement trop sauvage pour elle. Jeanne continuait malgré tout à se hisser sur ses pieds lorsqu'elle pouvait appréhender l'obstacle. Brusquement, un tas de pierres cachées sous du sable surgit au milieu de la piste et la voiture fit une embardée que Jeanne corrigea au dernier moment. Malgré tout, le choc fut brutal, et soudain, le capot s'ouvrit heurtant violemment le pare-brise et projetant par les fenêtres une grande giclée de sable. Aveuglée, Jeanne poussa un cri et immobilisa la voiture. Lorsqu'elle ouvrit les yeux, elle ressentit des picotements douloureux. À tâtons, elle chercha la boîte de capsules de sérum physiologique. Plusieurs gouttes dans chaque œil et la brûlure se calma. Ses larmes traçaient de fins sillages sur ses joues enfarinées. Dans le miroir, elle vit ses lèvres craquelées, ses yeux rouges et la sueur qui noyait l'ensemble.

Elle descendit du 4 × 4 et alla claquer le capot qui se rouvrit. Elle le claqua à nouveau mais il ne voulait rien savoir. « Merde, merde, c'est pas vrai ! C'est quoi, ce truc ? » Elle repartit à l'intérieur de l'habitacle chercher de quoi coincer le loquet de métal qui pendait lamentablement. Elle tenta le coup avec un stylo qui se rompit dans ses doigts. Elle promena sa main dans les petits renfoncements de métal situés au-dessus du conducteur mais ils étaient vides. Et pas le moindre bout de bâton autour d'elle qu'elle aurait pu utiliser. Il allait falloir assurer. Elle serait peut-être dans les derniers arrivés, mais il était hors de question qu'on vienne la chercher avec la dépanneuse. Ça jamais !

Elle réfléchit, debout, les mains sur les hanches, puis se rassit au volant. Et brusquement, eurêka ! La solution, elle la trouva en se regardant dans le rétroviseur. Son serre-tête en cuir ! « À quoi ça tient, si j'avais été un garçon, j'aurais été bien emmerdée ! » Elle retira le cordon de ses cheveux et l'entortilla de sorte que le capot reste bien accroché à la carrosserie. « Habanita, j'abuse, mais fais que mon petit bricolage fonctionne ! » Elle repartit. Roulant doucement puis de plus en plus vite. La lanière tenait bon.

Si elle laissa filer l'arbre du Ténéré, en revanche, il lui fallut s'arrêter à l'oasis de Fachi pour se réapprovisionner en carburant. À nouveau, elle croisa des participants du rallye mais elle ne perdit pas de temps à leur parler. En remplissant son réservoir, elle surprit une conversation entre deux conducteurs dont l'un évoquait de multiples crevaisons et accidents parmi les concurrents. Jeanne eut un petit sourire : « À la guerre comme à la guerre », se dit-elle en redémarrant. À peine jeta-t-elle un œil sur l'oasis pour ne pas être tentée de s'attarder dans ses jardins verdoyants. Des femmes se baignaient, enveloppées de leurs pagnes, dans un bassin. Jeanne les regarda avec envie : elle aurait bien piqué une tête dans l'eau fraîche et bu un jus de fruits frais. Mais ne pas finir le rallye « bonne dernière » lui importait plus encore.

Il restait environ trois cents kilomètres avant l'arrivée. À partir de maintenant, se dit Jeanne, plus d'erreur, je me concentre. Une heure plus tard, elle aperçut un 4 × 4 au loin, qui participait également au rallye. Une petite voix intérieure – son amie, la peste – lui souffla de le suivre puis de se rapprocher dans les derniers kilomètres pour tenter de le doubler.

À nouveau, la chaleur devint brutale, insupportable. Jeanne avait l'impression que chaque pore de sa peau luttait pour ne pas se faire bouffer. « Je cuis ! Mes organes sont en train de cuire ! Je ne vais pas tenir », se dit-elle, effrayée. Elle dut s'arrêter et sortir le jerrican de la voiture. L'eau dont elle s'aspergea le visage et les bras sécha presque instantanément. Elle inonda son tee-shirt, respira profondément, mais la brûlure revint. La fournaise l'asphyxiait. Alors elle remonta dans la voiture, vida sur elle le restant de sa gourde et redémarra. « Pense à autre chose, pense à autre chose », se répétait-elle. Elle se concentra sur un souvenir « rafraîchissant » et se remémora la grosse boule de neige qu'un jour de décembre Alex avait glissée sous son pull. Elle avait hurlé, s'était débattue pour chasser le glaçon qui fondait contre sa peau tiède.

« Allez, courage ! Il n'y a pas que moi qui en bave. » Au loin, une moto brûlait. Son conducteur la regardait se consumer, la tête dans les mains, impuissant. Un deuxième motard s'arrêta pour le secourir. Pour ces deux-là, la course était terminée.

Elle roula vite en aspirant l'air à petites bouffées, ne songeant qu'à la ligne d'arrivée, lorsqu'elle la franchirait « vivante et pas tout à fait liquide ». Mazès l'avait pourtant prévenue que c'était dur. « Je ne lâcherai pas, je ne lâcherai rien », se répétait-elle. Depuis qu'elle était enfant, Jeanne aimait les épreuves qui lui faisaient repousser ses limites. Même si les souffrances étaient grandes, elle ne détestait pas cette sensation de se découvrir en se surpassant. « Aller jusqu'au bout des choses, c'est aller au bout de soi-même. »

Comme le jour où elle avait participé à un concours de sauts d'obstacle avec son cheval Joli cœur. Elle montait depuis sa petite enfance et se sentait bien dans cet univers un peu rude où elle avait appris la patience qui n'était pas la plus grande de ses vertus. Ce jour-là, son cheval avait par trois fois refusé de sauter le mur barré. Jeanne n'eut de cesse de lui faire recommencer jusqu'à ce qu'ils se retrouvent tous les deux au sol de l'autre côté de l'obstacle. Mais elle n'avait pas cédé ! Elle s'était relevée les genoux écorchés, avait sauté sur la selle et fini son parcours le sourire aux lèvres.

Un tronçon couvert de pierres succéda à la piste et la voiture se mit à cahoter de droite à gauche. La roue avant droite s'enfonça brusquement dans une ornière et le véhicule fut déporté sur le côté. Un bruit mat se fit entendre et Jeanne comprit qu'elle avait crevé. « Oh, la poisse ! » cria-t-elle en coupant le moteur. Effectivement, le pneu s'était déchiré sur une pierre plus coupante que les autres et montrait une entaille béante de dix centimètres. Il y avait bien une roue de secours – Mazès avait tout prévu – mais saurait-elle la monter ? De toute façon, elle n'avait plus le choix. Elle plongea à l'arrière de la voiture et trouva au fond du coffre, une roue qui, si elle n'était pas neuve, semblait en bon état.

Quand elle ressortit à la lumière, deux silhouettes noires surgirent face à elle. Jeanne sursauta en criant. Deux jeunes bergers peuls aux larges chapeaux de paille la regardaient d'un air laconique. L'un d'eux entortillait ses fines nattes noires autour de ses doigts, l'autre la toisait, mains sur les hanches. Autour d'eux, trottinaient une dizaine de chèvres. Elle les regarda, ahurie : « Ils m'ont fait peur, ces idiots ! Mais d'où ils sortent ceux-là ? Y'a deux secondes, y'avait pas un chat. » Elle leur sourit pour les saluer mais ils ne répondirent pas. En revanche, ils éclatèrent de rire en la voyant s'agenouiller devant le pneu crevé. Sans parler leur langue, elle comprit tout de suite qu'ils se foutaient d'elle. Une fille qui fait de la mécanique, on aura tout vu ! « Moquez-vous, moquez-vous, vous allez voir si je ne vais pas y arriver », murmura-t-elle entre ses dents.

Le plus petit s'assit comme au spectacle tandis que le second s'avança vers la jeune fille. Jeanne qui était courbée en deux se releva, darda ses yeux dans ceux du garçon et, sans lui demander son avis, lui colla une barre de fer dans la main. « Tiens, rends-toi utile : soulève un peu la tôle au-dessus de la roue. Ça me gêne pour l'enlever ! » Il ne comprit pas les mots mais saisit l'injonction. Il l'aida ensuite à sortir la roue de secours du coffre et à la rouler vers l'avant. En un quart d'heure, Jeanne ôta le pneu crevé et le remplaça. Le jeune garçon revissa les boulons. Visiblement, il s'était déjà livré à ce genre de travaux pratiques car il se montrait plutôt habile. Pour finir, ainsi qu'elle avait vu sa mère le faire lors de leur excursion en Tunisie, elle donna de grands coups de godasse dans la roue. Ça tenait. Elle vérifia l'état des autres pneus et, avant de repartir, sortit sa gourde et la tendit au jeune Peul qui but goulûment. « Merci pour le coup de main », dit-elle. Elle récupéra le récipient et lui envoya une petite giclée d'eau sur la tête. Le garçon poussa un cri et courut en riant rejoindre ses chèvres. Jeanne repartit sur la route pierreuse. Quand elle jeta un œil dans le rétroviseur, il lui faisait de grands au revoir de la main auxquels elle répondit par le V de la victoire.

En fin de journée, alors que le soleil se faisait moins ardent, elle crut reconnaître au loin la silhouette d'une femelle addax, une très jolie antilope de couleur jaunâtre à la crinière brune. La bête devait sortir pour manger, guettant la nuit pour profiter des premiers instants de fraîcheur. Inquiète, pourtant, elle regardait en arrière comme si elle craignait quelque chose. Jeanne ralentit son véhicule pour l'observer. Qu'attendait-elle ainsi ? Tout d'un coup, elle comprit : trois hyènes rayées étaient en train d'immobiliser un bébé antilope qu'elles venaient d'attraper dans sa course. Jeanne reconnut leurs dos tombants zébrés de noir, leurs longues queues, leurs gueules massives. Le petit était déjà pris de tremblements et les hyènes attendaient patiemment qu'il meure, vidé du sang qui jaillissait de sa gorge. D'un œil, elles surveillaient leur proie, de l'autre elles tenaient la mère à distance levant vers elle leur museau camus et montrant les dents. Le corps du bébé antilope cessa de s'agiter, la mère eut un dernier regard pour lui et elle s'éloigna, tête baissée, rejoindre deux petits qui attendaient un peu plus loin, à l'ombre d'un buisson. Jeanne en eut le cœur serré. Puis, la bête accéléra le pas, sa progéniture derrière elle, et courut rejoindre un troupeau d'antilopes. Quand les hyènes ne représentèrent plus un danger, trop occupées qu'elles étaient à se partager leur festin, la mère s'approcha de ses petits et leur donna un léger coup de museau sur l'arrière-train. Comme si elle voulait s'assurer que ses enfants étaient bien là. Qu'il lui en restait encore.

Jeanne les observa quelques secondes, puis elle appuya sur l'accélérateur. « C'est la loi de la jungle. » Il fallait accepter, mais c'était rude. Accepter de perdre un petit et continuer à s'occuper des autres. Si

Mazès avait été près d'elle, il aurait ajouté que c'était « le grand cycle de la vie ».

Elle, elle devait avancer, ne penser qu'à sa course. Jeanne reprit sa concentration et avala les kilomètres. Autour d'elle, le paysage était égal, un océan de dunes blanches ou jaune pâle. Parfois, la piste se durcissait et elle appuyait sur le champignon. À d'autres moments, le sable s'amoncelait et elle négociait habilement le passage d'un relief à l'autre. À deux reprises, elle dut descendre désensabler les roues à l'aide de sa pelle et de sa grille. Elle dégoulinait de sueur, de rage et de fatigue. Mais elle repartit, abandonnant dans sa précipitation la grille au second désensablage.

Bientôt, les palmiers de Bilma apparurent au loin. La nuit qui tombait dessinait dans le ciel de longues traînées sanguines et les arbres s'y découpaient en ombres fines. Les yeux fixes et écarquillés, Jeanne se guidait aux lumières de l'oasis. Quand elle passa la ligne d'arrivée, elle pleura de joie et de soulagement : « Je l'ai fait ! Je l'ai fait ! » Mazès l'attendait derrière les fanions « Arrivée » éclairés par de puissants projecteurs. Parmi les dizaines de tenues touarègues, elle ne le reconnut pas tout de suite mais lui la guettait. Il bondit devant son capot comme un diable. Elle pila, surprise, puis elle descendit, ôta son casque et lui sauta au cou avant de se reprendre. Il ne devait pas être habitué à tant de familiarité. Elle se recula, un peu confuse, mais il lui prit les mains et les serra joyeusement.

« Jeanne ! Bravo ! Bravo ! C'est formidable ! Formidable !

— Ben tu vois, qu'est-ce que je t'avais dit ? » Elle s'appuya contre la voiture et plongea le visage dans ses mains. « Putain, comment je suis contente d'être arrivée, tu n'imagines pas ! »

Puis elle regarda Mazès, les yeux brillants. Ses cheveux, ses lèvres, ses cils étaient couverts de poussière.

« C'était dur, t'avais raison, hyper dur, j'ai le corps en compote, mais c'était GÉNIAL ! Mazès, tu peux pas savoir le cadeau que tu m'as fait. Vraiment, merci du fond du cœur ! J'ai pensé à tout ce que tu m'avais dit. Et la voiture, impec !

— Je n'en reviens pas ! Je n'en reviens pas ! Jeanne, c'est incroyable ! Tu y es arrivée ! répétait Mazès en la regardant comme une extraterrestre.

— Je dois être hyper mal placée, non ? Mais bon, je voulais finir la course, coûte que coûte, et…

— Mais Jeanne, qu'est-ce que tu racontes ! coupa Mazès en riant comme un fou. TU ES PREMIÈRE ! TU ES PREMIÈRE !

— QUOI !!! PREMIÈRE ?? TU TE FOUS DE MOI ? cria Jeanne.

— Pas du tout ! Les autres ne sont pas arrivés, regarde autour de toi ! La plupart ont cassé ou sont en panne, tous les camions de dépannage sont partis les chercher. TU AS GAGNÉ, JEANNE, TU AS GAGNÉ ! »

Cette fois, ce fut lui qui la serra dans ses bras à l'étouffer. Jeanne se laissa faire, éberluée, regardant de tous côtés les Touaregs qui avançaient vers elle en applaudissant. Deux des organisateurs du rallye la portèrent en triomphe sur leurs épaules et Jeanne fit un petit tour de piste les bras tendus au ciel sous les acclamations de l'assistance. Il était très tard. La remise du prix aurait lieu le lendemain en présence des autres concurrents. En attendant, bras dessus, bras dessous, Mazès et Jeanne allèrent fêter sa victoire devant des verres de limonade, accompagnés de Touaregs qui voulaient absolument serrer la main à l'héroïne du jour. Puis Jeanne alla se rafraîchir le visage et les bras en attendant la douche rêvée au moment de se coucher. Elle avait hâte d'être au lendemain pour se promener dans les jardins de Bilma, sous les palmiers qu'elle avait juste aperçus et peut-être prendre un bain dans une piscine dont Mazès lui avait parlé.

Un bain, une promenade, et pourquoi pas avec Mehdi à qui elle pensait encore plus depuis sa victoire ? Mais où était-il à cette heure tardive ? Elle eut envie de l'appeler mais elle se retint : il ne pouvait pas être arrivé, pas encore. Elle préférait lui annoncer la bonne nouvelle les yeux dans les yeux. Demain, peut-être. Demain, sans doute.

L'organisation du rallye avait prévu des lieux d'hébergement pour les concurrents et Mazès l'accompagna jusqu'à la petite maison où elle dormirait. Quand Jeanne referma la porte de sa chambre après avoir dit bonne nuit à son ami, elle se déshabilla à toute allure et se rua sous la douche. Elle resta de longues minutes immobile, le visage tourné vers le pommeau, laissant l'eau fraîche hydrater son corps couverts de bleus. La natte surmontée d'un petit matelas fut douce à son dos endolori et Jeanne s'endormit comme une masse. Elle n'en pouvait plus. Trop de souffrances, trop de sueur, trop de larmes. Et trop de fatigue pour entendre son téléphone portable vibrer dans la poche de son pantalon.

Il était presque midi quand elle ouvrit les yeux, le lendemain. Elle perçut le son d'une vibration et elle se rua sur son téléphone. C'était Mazès qui annonçait son arrivée.

« Donne-moi dix minutes que je m'habille. Et je descends ! dit-elle.

— La cérémonie va commencer. Viens vite, tout le monde t'attend ! »

Les derniers concurrents étaient arrivés dans la matinée. Quand Jeanne apparut, ce fut à nouveau des « hourras ! » et des « bravos ! ». La plupart des participants n'arrivaient pas à croire qu'il s'agissait de son premier rallye. Le garagiste qui avait prêté la voiture se pavanait, très fier des performances de l'engin qu'il avait lui-même retapé. Puis les organisateurs firent monter Jeanne sur une petite estrade et elle reçut son prix : un mouton encore plus gros que sur l'affiche. Elle le caressa et tendit aussitôt à Mazès la corde qui maintenait l'animal.

« Tiens, c'est pour toi, Fatou et les enfants. Merci, Mazès, merci pour tout.

— C'est un très beau cadeau, dit le Touareg, ému. Merci à toi. »

Ils se serrèrent dans les bras. Puis Jeanne se détacha de lui.

« Mazès, rends-moi un dernier service : dis-moi où je peux envoyer un mail à mes parents. À l'heure qu'il est, ils doivent être à deux doigts de lancer Interpol sur mes traces ! »

*

Bilma, (cherche sur la carte ; un indice : c'est au Niger...)

Chère Julie,

Figure-toi que, depuis hier, je suis la digne propriétaire d'un mouton de cent kilos ! J'ai pensé qu'on pourrait le mettre dans ta chambre puisque c'est la tienne la plus grande ! Qu'en penses-tu ? Mais non, j'rigooooole ! Détends-toi, sœurette, d'ailleurs le mouton, je l'ai offert à mon ami Mazès, un Touareg qui m'a fait découvrir plein de choses ici et qui m'a permis de participer à un rallye dans le désert, dont j'ai gagné hier le premier prix : un mouton ! Tu me suis ?

Tout va bien. Je vais bientôt quitter le Niger pour... je ne sais pas encore, je réfléchis. Je suis heureuse, ici. Il faut absolument que tu viennes en Afrique. Et puis, ne dis rien à maman, mais je me suis trouvé un petit amoureux. Ne lui dis rien, sinon elle pensera que je vais m'installer ici. Non, la route continue. Si tu savais comme il est beau, Mehdi ! Mehdi, c'est son prénom. Je le connais à peine mais je sens que c'est une belle personne. Je vais – j'espère – le voir tout à l'heure. On va se promener dans l'oasis, ça va être cool. Je te dis tout en vrac, ma Julie, comme c'est dans ma tête : en vrac. Mais y'a que du bonheur.

Je t'embrasse fort, fort, fort. À bientôt. Je pense à vous.

Ta Jeanne qui t'aime.

Quand Jeanne eut envoyé son mail, elle jeta un œil sur son téléphone portable et vit que Mehdi avait appelé sans laisser de message. Elle le rappela aussitôt mais tomba sur sa boîte vocale. Agacée, elle coupa la communication. « On n'arrête pas de se courir après, c'est pénible ! Qu'est-ce que je fais maintenant ? Si ça se trouve, il a appelé pour me dire qu'il ne pouvait pas venir. Mais pourquoi il ne laisse pas de message, cet idiot ? » Après l'exaltation de la veille, elle se sentait démunie et triste et n'osa pas interroger Mazès sur les probabilités de la présence de Mehdi à Bilma.

D'ailleurs, lui aussi l'abandonnait pour l'après-midi, ayant promis au garagiste de l'aider à faire une révision du 4 × 4 après l'épreuve.

« Je te vois ce soir pour le cocktail et la fête donnée en ton honneur. Tiens, ça, c'est pour toi, de la part des organisateurs, en plus du mouton », dit-il en lui tendant une enveloppe.

Le pli contenait une invitation à passer un excellent après-midi. Jeanne pouvait, si elle le désirait, aller se détendre dans une piscine, sous les palmiers, aménagée pour les touristes féminines de passage. Ensuite, un massage lui serait offert « ainsi qu'un soin du visage à l'huile essentielle de Tagète », précisait le carton. « C'est quoi, ça, le Tagète ? » demanda Jeanne. « Un truc qui sent la pomme... » répondit Mazès que la cosmétique n'intéressait que moyennement. Elle n'en revenait pas : une esthéticienne, ici ! Sceptique, elle lui montra le carton.« Je la connais, dit-il, c'est Zina, une jeune femme marocaine qui vit à Bilma depuis une dizaine d'années. Ses massages sont réputés pour soulager le dos, les articulations. Je t'indiquerai où est sa maison. » Ils se séparèrent et Jeanne se retrouva seule. « Après-midi libre. » Mais son esprit, lui, ne l'était pas.

Mehdi n'avait toujours pas rappelé. Peut-être était-ce à elle de le faire, comment savoir ? Qu'il n'ait pas laissé de message signifiait-il quelque chose ? Toujours ce problème de communication entre garçons et filles. Elle composa le numéro de Mehdi. Boîte vocale à nouveau, il devait être encore dans le désert. Cette fois, elle ne raccrocha pas : « Je suis là, à Bilma. Je t'attends. Et je t'embrasse, quoi qu'il en soit. » Un message simple et décrispé. Même si tout s'affolait en elle à l'écoute de la voix légèrement enrouée de Mehdi. À tomber, cette voix. La balle était dans son camp, à présent. Elle allait pouvoir profiter de ce spa de rêve et se laisser pommader de la racine des cheveux au bout des doigts de pied.

C'était étrange d'être dans cette oasis, ce vert partout après tant de sécheresse, la sensation d'être dans une bulle de fraîcheur posée sur le sable et la fournaise tout autour. Elle marcha dans un jardin, s'étendit au sol et caressa son visage à l'herbe. Ensuite, elle se rendit à la piscine.

Le bassin avait été creusé dans une excavation de rochers sous les palmiers. Une touriste blonde s'y baignait, essayant de faire la planche sans grand succès. L'eau était presque chaude. Jeanne sentit son corps se déployer comme un papier froissé tombé dans une flaque. Elle se détendit, nuque dans l'eau, à l'horizontale, les yeux clos pour mieux infuser cet enchantement. « C'est le paradis, ici. » Après deux heures d'alanguissements dans l'eau et sur l'herbe, Jeanne se rhabilla. Onguents, crèmes et baumes l'attendaient ! Elle pensait à Mehdi ; c'est aussi pour lui qu'elle avait envie d'être douce et parfumée. Tant pis. Ce soir, seul son sac de couchage en profiterait.

De temps à autre, elle interrogeait son téléphone du regard mais toujours rien. Elle le coupa au moment d'entrer dans la maison de Zina. Après avoir traversé une cour déserte, elle pénétra dans une salle qui devait faire office de salon de massage. Hormis une table haute recouverte d'un drap de bain et une petite étagère remplie de fioles et de pots de toutes les tailles, la pièce était vide. Jeanne toussa. Rien ne bougea. « Ouh ouh ! Y'a quelqu'un ? Zina ! » cria-t-elle. Elle entendit alors une série de bruits secs, de raclements sur le mur et sur le sol. Jeanne se pencha dans le couloir sombre et vit une jeune femme marcher vers elle, paupières baissées, une fine canne de bois à la main. Elle portait de petites lunettes noires qui couvraient juste l'ovale de ses yeux.

« J'arrive, je n'avais pas vu l'heure.

— Euh… je suis Jeanne.

— Je sais, je sais. J'ai senti ton parfum.

— Mon parfum ? Ah, pardon, Zina, mais, là, je n'en ai pas, répondit Jeanne en souriant.

— Qu'est-ce que tu me racontes ? Tu es brune et ta peau diffuse un parfum de musc. Je me trompe ?

— Non, vous avez raison, sauf que je n'en ai pas mis depuis bien longtemps…

— Peu importe, moi, je le sens. Dis-moi « tu », je préfère. Tiens, attrape une serviette derrière toi et déshabille-toi. Ensuite tu t'allongeras sur la table. Pendant ce temps, je prépare l'huile de massage. Tu verras, tu m'en diras des nouvelles. »

« Eh ben, elle sait ce qu'elle veut, celle-là ! » se dit Jeanne, amusée par le côté « adjudant-chef » de Zina. Elle s'étendit nue sur le ventre, la serviette sur les fesses, et observa les gestes de la jeune aveugle. Celle-ci avait aligné quatre flacons devant elle après avoir caressé les étiquettes du bout de l'index. Elle dévissa le bouchon du premier et y versa quelques gouttes d'une autre fiole.

« Qu'est-ce que c'est ?

— Huile de jasmin avec un peu de karité pour l'hydratation et l'élasticité. Avant, je vais masser tes jambes avec du géranium rosat. C'est excellent contre les douleurs musculaires. Tu dois avoir mal partout, non ? J'ai appris pour le rallye. Ben dis donc, chapeau ! Tu as dû en faire des jaloux !

— C'est possible…

— Je les connais, ils devaient être verts tous ces hommes », dit Zina en riant, la tête rejetée en arrière.

Verts. Zina savait-elle ce qu'était la couleur verte ou était-ce juste une expression ?

« Si, si, je sais très bien ce que c'est, répondit Zina qui possédait un sixième sens à défaut d'avoir le cinquième. J'ai eu un double décollement de la rétine à 22 ans, ton âge je suppose. Lorsque ma famille s'est inquiétée, il était trop tard. Je suis allée à Marseille me faire soigner. Finalement, ils n'ont rien pu faire. Moi, j'en ai profité pour apprendre le français. Voilà. Donc « vert », je vois très bien ce que c'est, ma belle. Il suffit que je me souvienne. Comme tes cheveux noirs, ton teint mat, tes petits ongles rosés, je vois très bien tout ça, tu sais… »

Elle se pencha vers la table et saisit la cuisse de Jeanne qui fit le vide dans son esprit pour se détendre. Si la pression des doigts sur ses muscles était parfois douloureuse, chaque nœud de ses articulations était libéré par ce massage en profondeur. Régulièrement, Zina s'enduisait les mains d'huile essentielle qui embaumait toute la pièce. Le géranium rosat avait un parfum de rose cuite au soleil.

La séance se poursuivit par un long massage au jasmin. Les mains de l'aveugle remontaient fermement le long des hanches étroites de Jeanne jusqu'à la naissance des épaules et redescendaient par le milieu du dos pour se séparer au niveau du sacrum. Chaque muscle était palpé, pétri. Jeanne, dont les lombaires se souvenaient encore des bosses de la piste, sentait les doigts de Zina extraire l'ankylose et la pulvériser d'une pichenette. Enivrée par l'odeur forte du jasmin, la jeune fille laissait son esprit divaguer, imaginant d'autres mains sur elle, d'autres caresses, la proximité d'une autre peau, des yeux transparents posés sur son corps, une voix un peu voilée lui disant qu'elle était belle. Une pression un peu forte de Zina sur sa nuque la sortit avec regret de sa rêverie.

Le massage terminé, elles burent le thé ensemble mais quand Jeanne l'invita à venir prendre un verre à la fête, Zina déclina la proposition en souriant.

« Je sors très peu de chez moi, tu sais. Il y a quelques années, j'ai voulu faire un tour et je me suis perdue dans l'oasis. J'ai erré pendant deux heures, affolée, avant de croiser quelqu'un. Depuis, je préfère ne pas m'éloigner de mon antre. »

Jeanne repartit, flottante, vers la maison où Mazès devait la rejoindre avant de se rendre à la fête. Son téléphone portable n'indiquait aucun nouvel appel. Pas de Mehdi à l'horizon. Elle n'en croyait pas ses yeux. « Est-ce que je me serais trompée à ce point ? Nous n'étions pas sur la même longueur d'onde, lui et moi, l'autre soir ? Ses paroles, c'était du vent ? » Ce silence la rendait perplexe. Elle allait donc repartir sans le voir. Leur histoire s'enliserait dans le sable qui l'avait vu naître.

Elle faillit se heurter au torse de Mazès qui, pour l'occasion, avait revêtu une longue tunique blanche immaculée et un chèche noir. Jeanne siffla entre ses dents :

« T'es magnifique, Mazès ! Moi, je n'ai que mon short ou mon sarouel froissé. Je vais faire un peu tache, non ?

— En tout cas, tu sens drôlement bon ! Ne t'inquiète pas, une organisatrice du rallye a déposé une robe dans ta chambre. Va te préparer, je t'attends. »

*

Quand Mazès vit descendre Jeanne, il eut l'impression de voir la petite sœur de Shéhérazade. Sa robe était fluide, d'un vert lumineux avec de fines arabesques noires sur les manches. La jeune fille avait tiré un trait de khôl sur le contour de ses yeux et coloré sa bouche de carmin. Après les soins de Zina, ses cheveux souples avaient retrouvé leur brillance et leur teinte noir corbeau.

« Wouah, quelle apparition ! dit-il en la faisant tourner sur elle-même.

— Tu dis ça parce que ma robe est plus belle que la tienne ! rit-elle. C'est bien la première fois que je dis cette phrase à un homme, moi ! Viens, donne-moi ton bras et allons nous faire admirer. »

Ils marchèrent ensemble vers la tente dressée pour les festivités. Jeanne fit sensation : ses cheveux de jais et le vert scintillant de sa robe attiraient les regards. De jeunes hommes vinrent tournicoter autour d'elle en agitant leurs plumes de paon. Elle leur tourna le dos en riant et alla picorer des bouts de mangue au buffet. Mazès vint trinquer avec elle. « Ça va, ma Jeanne ? J'ai l'impression que tes yeux sont un peu tristes… » Elle lui sourit et l'embrassa. « Tout va bien. »

L'heure tournait, le soleil déclinait, la nuit prenait ses quartiers. Mazès rentra se reposer chez l'ami qui l'hébergeait, et ils se donnèrent rendez-vous le lendemain. Ce serait les derniers jours en Afrique pour Jeanne. Elle hésitait encore entre deux destinations. La nuit lui porterait conseil.

La jeune fille s'éloigna de la tente pour marcher en direction des dunes. Se pénétrer, une dernière fois, de l'infini silence. Au seuil du désert, elle s'assit contre un arbre et admira le ciel rougeoyant. Brusquement, elle entendit le bruit d'une cavalcade dans son dos. Elle se leva et avant qu'elle ait eu le temps de réaliser, elle fut empoignée et arrachée au sol. Elle se retrouva à moitié assise sur un pur-sang, dans les bras d'un cavalier au visage couvert de noir. Soudain, un parfum qu'elle connaissait lui chatouilla les narines. « Mehdi ! Mehdi ! C'est toi ! » cria-t-elle. Il baissa la tête vers Jeanne et elle embrassa son cou au travers du chèche. Le cheval galopa encore une centaine de mètres puis il s'arrêta. Mehdi glissa de sa monture et dans le même mouvement attira Jeanne contre lui. Leurs bouches se rejoignirent au moment où leurs pieds touchaient le sol. Ils s'embrassèrent longuement, serrés l'un contre l'autre.

« Tu es venu, tu es venu… murmurait-elle. Mais comment tu as fait ?

— J'ai volé, mon ange. Tu m'as donné des ailes », répondit-il en couvrant son visage de baisers.

Elle s'écarta de lui pour mieux le regarder et poussa un sifflement qui retentit dans le silence :

« Qu'est-ce que t'es beau tout en noir sur ton cheval !

— Et vous, votre robe verte est tout simplement sublime, mademoiselle. Eh ! Félicitations pour ta victoire !

— Si tu savais comme j'ai pensé à toi, j'étais désespérée et…

— Désespérée ? Pourquoi ? De me revoir ?

— Mais non, arrête ! J'ai pensé que tu ne viendrais plus. Vraiment !

— Jeanne, Jeanne… Tu n'as donc plus aucune confiance dans les hommes ? »

Elle se serra contre lui comme si elle avait failli le perdre.

« Viens, on va s'asseoir là-bas », dit-il en pointant son doigt vers le désert.

Ils attachèrent le cheval puis il lui prit la main et ils marchèrent dans le sable jusqu'à la première dune. Après l'avoir escaladée, ils tombèrent ensemble, serrés. Mehdi raconta son périple jusqu'à Bilma – en chameau d'abord, puis dans le 4 × 4 d'un touriste – et comment il avait eu l'idée d'apparaître sur un pur-sang. « J'étais sûr que ça te plairait… » Il parla encore. Longtemps. Jeanne l'écoutait, ravie. Mehdi articulait le français avec une sorte de gourmandise, faisant traîner les mots qu'elle plaquait contre sa bouche à coup de baisers passionnés. Longtemps, ils s'embrassèrent, se frôlèrent du bout des doigts, se devinant plus qu'ils ne se voyaient, dans la clarté laiteuse de la lune. La peau parfumée de Jeanne affolait le jeune homme. Il y eut des moments de silence pendant lesquels ils se regardaient éperdument, à la fois fous de désir et intimidés par leurs sens. Au cœur de la nuit, Jeanne s'allongea sur le sable et s'abandonna aux caresses de Mehdi dont les lèvres brûlantes couraient sur son cou, ses épaules, le long de ses bras. Elle le désirait tellement… Lorsque le corps du jeune homme se posa sur elle, elle se cambra et leurs peaux s'épousèrent. Ses yeux transparents la dévoraient avec tendresse, il souriait et murmurait des mots d'amour en arabe. Jeanne le regardait, étonnée, puis fermait les yeux, conquise, comblée.

Les habitants de l'oasis dormaient depuis longtemps quand elle se blottit dans les bras de Mehdi une dernière fois, exténuée par leurs étreintes. Ils s'enfoncèrent dans le sable comme dans un nid, puis il replia sa large robe noire sur elle et lui ferma les paupières d'un baiser. Quand l'aube vint caresser les dunes de ses fragiles lueurs, elle trouva sur le sable deux enfants endormis.

Le voyage de Constantin

Jeanne se retourna sur son siège incliné et ouvrit un œil. De temps à autre, elle sortait du sommeil, pointait le nez en l'air puis se rendormait en souriant. Elle avait chaud, elle se sentait bien, protégée comme dans une bulle bleue ouatée. Autour d'elle, des voix résonnaient, plus ou moins rapprochées, couvertes par un bruit sourd. Soudain, l'ombre d'une main se tendit vers elle. Elle se redressa : c'était une jeune fille brune au visage avenant. « Une boisson, mademoiselle ? Un magazine ? Une couverture ? »

Un jus d'orange. Efharisto. Le sable et le vent du désert lui séchaient encore la gorge. Par le hublot, le spectacle était toujours le même et elle ne s'en lassait pas : un soleil lumineux dans un ciel d'azur. La plénitude au-dessus des nuages. Elle s'en étonnait à chaque fois qu'elle prenait l'avion : tout rayonnait tellement « là-haut ».

La mémoire lui revenait peu à peu. L'aéroport, la Grèce pour destination, avec une première escale à Athènes. Elle ferma les yeux. La silhouette majestueuse de Mazès passa sous ses paupières. Jamais il ne l'avait serrée si fort dans ses bras qu'au moment de leurs adieux. À Mehdi, elle n'avait rien promis. Après trois jours passés ensemble à Bilma, ils avaient préféré garder le silence sur d'éventuelles retrouvailles. Il lui ferait la surprise, avait-il dit. C'était encore mieux qu'une promesse. « Un jour tu te retourneras et je serai là près de toi. »

Plusieurs raisons lui avaient fait choisir d'aller en Grèce. D'abord, un souvenir d'enfance. Son professeur d'histoire en était fou et lui avait transmis sa passion. Jeanne s'était entichée des dieux et déesses de l'Olympe auxquels elle avait attribué des visages aimés : son grand-père pour Zeus, son petit frère pour le bel et jeune Hermès. Elle, c'était Athéna, la sage, la guerrière. Et d'Athéna à Athènes, il n'y avait qu'un pas.

De plus, sa famille maternelle était originaire de la capitale. Sa mère évoquait parfois un grand-oncle « beau comme un pâtre grec », une image qui exaltait l'imaginaire de la petite Jeanne lorsqu'elle feuilletait son livre de contes et légendes. Quand elle avait 7 ou 8 ans, sa famille était allée en vacances sur la terre des ancêtres. À peine le pied posé à Athènes, une méchante varicelle l'avait terrassée. Ses parents s'étaient relayés à son chevet pour la soigner, mais la quarantaine à laquelle elle avait été astreinte l'avait privée d'excursions : pendant dix jours, elle n'avait pas quitté son lit ! Ses souvenirs se limitaient aux murs de la chambre d'hôtel avec vue sur ses mains emmaillotées par sa mère pour l'empêcher de gratter la vingtaine de boutons brûlants qui colonisaient son visage. Elle s'était bien juré de retourner un jour en Grèce.

« Nous allons bientôt atterrir à Athènes. Il est 16 heures, la température au sol est actuellement de 35 °C. Le commandant de bord et son équipage vous souhaitent une bonne journée et vous remercient. »

« Et bla bla bla… » se dit Jeanne qui serait bien restée un peu plus dans son nid douillet. Elle s'étira, tenta de saisir les premières images du pays à travers les hublots mais elle ne vit que les bâtiments en tôle de l'aéroport chauffés à blanc sous le soleil éblouissant. Tellement chaud que le tarmac ondulait.

*

Une file de taxis attendaient devant l'aéroport. Les chauffeurs discutaient autour de la voiture de tête en s'éventant. Elle s'approcha et s'adressa à eux en français :

« Bonjour ! L'un d'entre vous connaît-il une auberge de jeunesse ou un hôtel pas trop cher ?

— Moi, je rentre chez moi dans le centre-ville, si ça vous intéresse. Je sais où se trouve l'auberge de jeunesse. On y va ? répondit un vieux aux cheveux blancs dans un français impeccable.

— Dis donc, Constantin, tu serais pas en train de nous piquer notre travail ? dit un des chauffeurs en lui donnant une claque amicale dans le dos.

— Heu… vous n'êtes pas taxi ? » interrogea Jeanne, hésitante.

Le second chauffeur la poussa vers Constantin.

« Allez-y, mignonne, il n'est plus taxi mais il connaît la ville comme sa poche ! »

La voiture du vieil homme était garée un peu plus loin. Une Buick d'avant-guerre couleur carmin. Jeanne s'installa et admira l'intérieur tout en cuir caramel. Constantin se présenta, et il démarra en direction du centre. Effectivement, il n'était plus dans le métier depuis plusieurs années, mais il venait voir « ses potes » de temps à autre pour discuter.

« Je suis veuf, à la retraite, et parfois je m'ennuie tout seul... Alors, on essaie d'abord l'auberge de jeunesse ?

— D'accord ! Dites, elle est super votre voiture !

— Tu l'aimes ? Je l'ai depuis plus de cinquante ans et je la bichonne. Et je l'ai gagnée au poker, figure-toi ! J'étais bon aux cartes quand j'étais jeune... Un soir à Athènes, avec des amis, on avait arrosé la naissance du fils de l'un d'eux et on s'est retrouvés dans une taverne à la table d'un Américain. On était tous un peu saouls, ce soir-là, – l'ouzo, c'est traître – mais l'Américain était encore plus ivre que nous parce qu'une fois qu'il a perdu tous ses dollars, il a joué sa voiture ! Sa femme était folle ! Elle est partie : « j'veux pas voir ça », qu'elle disait. Remarque, elle a bien fait parce que, sinon, il l'aurait jouée aussi. Quelle rigolade ! Quand je suis rentré avec la Buick, Paula – Paula, c'était ma femme –, elle voulait que j'aille la rendre, elle me croyait pas. »

Il riait de bon cœur et Jeanne le regardait, attendrie : « Il est sympa, ce type... » Ils dévalèrent les petites rues blanches, longèrent les longues avenues bordées de parcs. La ville était bruyante et poussiéreuse. Avant-bras à la portière, Constantin circulait à toute allure au milieu des voitures, contournant les embouteillages, se faufilant dans les ruelles aux petites boutiques et aux restaurants. Le taxi frôlait les promeneurs qui traversaient en tous sens, adolescents en jeans et tee-shirts, jeunes filles en pantalons moulants et top échancrés. Tous bruns à la peau dorée. Bientôt, ils arrivèrent en vue d'une auberge de jeunesse. Il l'attendit le temps qu'elle aille se renseigner. Quelques minutes plus tard, Jeanne ressortit.

« C'est plein comme un œuf. Y'en a même qui dorment dans les couloirs ! Je vais en essayer une autre. D'après la fille de l'accueil, ça risque d'être compliqué : il y a un meeting d'étudiants internationaux ce week-end. Mais bon, je vais trouver. Merci, Constantin, c'est très gentil à vous de m'avoir conduite ici, dit Jeanne en attrapant son sac à dos.

— Ah bon, tu me quittes comme ça ? Allez, reste, je t'emmène. Je connais d'autres adresses... Et dis-moi « tu », s'il te plaît. Quand tu me dis « vous », j'ai l'impression d'avoir 75 ans.

— ...

— Oui, bon, j'en ai 80, mais si je le dis, on me retirera mon permis ! Tu viens ? »

Toutes les auberges avaient été prises d'assaut. Chambres et petits hôtels avoisinants étaient réservés depuis longtemps et affichaient « complet ». Au bout d'une demi-heure de démarches vaines, Constantin prit les choses en main :

« Je meurs de soif. On va boire un coup et tu aviseras. Et si tu ne trouves pas, je t'invite à la maison. Ce n'est pas grand, mais il y a un divan dans mon ancien bureau. Enfin, si tu veux. »

Jeanne accepta tout de suite. Elle n'en pouvait plus de rouler sous ce cagnard. La Buick s'arrêta dans une ruelle devant une auberge aux fenêtres fleuries, où des tables en fer avaient été dressées sur une petite terrasse ombragée. Constantin commanda d'office deux verres de retsina rosé puis d'autres suivirent.

« Mmm, quel bonheur ce vin ! » s'écria Jeanne en s'étirant. Elle ferma les yeux et se laissa glisser sur sa chaise, mimant l'extase.

« Ici en Grèce, on dit : "Avant de croire qu'on ne l'aime pas, il faut au moins en avoir goûté sept fois", dit Constantin.

— C'est dingue, dès que je suis dans un pays, on me sort un proverbe ! J'adore le retsina ! Qu'est-ce que ça sent bon, ici ! Elle est belle, ta ville, Constantin.

— Ce sont les orangers qui diffusent leurs parfums avec, peut-être, un mélange d'épices qui viennent de la cuisine.

— Mmm, ça me donne faim, tout ça ! Pas toi ? »

Constantin alla commander des beignets de courgette, une salade à la feta, et du yaourt au miel. Jeanne mangeait et aspirait en même temps les parfums de la vigne qui courait sur la treille. Elle avait l'impression que chaque cellule de son corps se réhydratait. L'obscurité tomba doucement autour d'eux. Le soleil mourant avait inondé l'horizon d'une teinte orangée avec, ici et là, quelques filaments bleu marine. Jeanne se remplissait les yeux de la beauté du ciel. C'était si simple, finalement, de passer d'un monde à l'autre. Le temps d'un rêve… Une bouffée de plaisir monta de son ventre jusqu'au visage.

« Aaaah ! soupira-t-elle, en jetant la tête en arrière. Je revis, Constantin !

— J'aime tes enthousiasmes, tu me rappelles l'une de mes filles, toujours gaie, espiègle. Elle est costumière dans un théâtre…

— Ah bon ? C'est une artiste, alors…

— Je me souviens, petite, elle cousait des pièces de tissu à fleurs sur mes bleus de travail, ça faisait rire Paula. Moi, un peu moins… Et toi, Jeanne, qu'est-ce que tu fais comme métier ?

— Rien pour l'instant, je réfléchis. Pas facile… je m'intéresse à beaucoup de choses, le chant, la danse… j'aime écrire. Et j'aime m'occuper d'enfants. Ça tournera forcément autour de ça…

— C'est bien. Viens, rentrons maintenant, je suis fatigué. Ce vin m'a coupé les jambes. »

L'immeuble où vivait Constantin se trouvait quelques rues plus loin, à proximité de la place Omonia, un quartier populaire. Des cafés et des restaurants s'échappaient des rythmes de jazz, de sirtaki, de chansons populaires. Remonter ces ruelles, c'était comme changer de station FM sur un autoradio. Arrivés devant la porte de l'immeuble, ils grimpèrent jusqu'au dernier étage, sous les toits. Depuis la mort de sa femme, Constantin n'avait pas changé d'appartement et tout était resté en l'état. Des photos, des sacs, des chapeaux étaient posés sur une commode, des foulards sur le dossier des chaises. Jeanne prit un large feutre noir et le fit tourner au bout de ses doigts.

« C'était le sien, son préféré, dit Constantin. Tiens, viens voir. »

Il se dirigea vers la petite table de l'entrée sur laquelle étaient posés un téléphone et un répondeur automatique. Il appuya sur une touche. « Bonjour, c'est Paula, on n'est pas là… enfin, pour le moment, si, mais pas pour longtemps ! » Sa voix était gaie, légère comme une musique.

« C'est ce qu'entendent les amis qui m'appellent aujourd'hui. Certains me demandent de ne pas décrocher tout de suite pour l'écouter encore. »

Sur le bord d'un fauteuil était posé un magnifique châle vert amande, d'aspect si doux que Jeanne le caressa du dos de la main. Constantin la regarda faire en souriant.

« Moi, j'enfouis mon nez dedans pour y respirer encore son parfum. Mais il s'est évaporé avec le temps. Je sens encore l'odeur sucrée de sa peau. Mais je ne suis plus triste ; Paula, elle est partout, dans le soleil qui me chauffe la nuque, la pluie qui me tombe dessus, dans le chat qui me frôle. Elle me fait des petits signes, toute la journée… »

Jeanne s'était assise dans le fauteuil et regardait les livres dans la bibliothèque. Elle repéra un atlas de cuir rouge. « Je peux ? » demanda-t-elle en ouvrant le grand livre et en y cherchant la Grèce et les Cyclades.

« Toutes ces îles, comment choisir… Laquelle me conseilles-tu ?

— Tu ne t'adresses pas à la bonne personne, tu sais…

— Ah bon, pourquoi ?

— Parce que je n'ai jamais voyagé, ma petite Jeanne. Je ne connais que Symi, l'île où j'ai vécu quelques années, enfant, et où je ne suis jamais retourné.

— Mais viens, je t'y emmène, moi ! s'écria Jeanne en se levant de son siège. Accompagne-moi, Constantin, ça me ferait tellement plaisir.

— Mais non, regarde-moi, je suis trop vieux, dit-il en riant doucement. J'ai quelques heures de vol, tu sais… »

Constantin était né sur l'île, à quelques encablures de la Turquie, mais après l'annexion du pays par les Italiens, il s'était exilé en France avec sa mère et son jeune frère. Voilà pourquoi il parlait si bien la langue. Adolescent, il était rentré au pays. La famille s'était installée près d'Athènes, à la campagne où il gardait des vaches et des moutons. Son grand regret était de n'avoir pas fréquenté l'école ; il avoua lire très mal et n'écrire que de façon phonétique.

« Mais je t'ai vu lire le journal près des taxis !

— J'ai appris un peu par moi-même. En écoutant la radio, je fais des recoupements. Et puis tu sais, les nouvelles, ce sont toujours un peu les mêmes. »

Il avait rencontré Paula, sa future femme, lorsqu'ils avaient 17 ans. Ils vécurent à Athènes, lui, de petits boulots, elle, élevant leurs sept enfants dans un petit appartement. Une pièce pour les parents, une autre pour les filles et une troisième pour les garçons. Paula passait une partie de ses nuits à coudre, raccommoder, repasser. Le même baquet servait à la toilette de la famille et à la lessive. Ému, Constantin se souvenait des fils couverts du linge qui pendait la nuit dans la salle à manger au-dessus du poêle à charbon pour sécher plus vite : « Nous n'étions pas riches, mais qu'est-ce qu'on riait dans notre petite maison ! »

Le vieil homme eut l'air de sortir d'un rêve. Il fixa Jeanne.

« Toi et moi en voyage ensemble ! Tu plaisantes ! Tu as vraiment envie de te traîner un boulet ?

— Mais pas du tout, enfin ! Je t'ai vu marcher, il n'y a pas de problème. On va bien s'amuser, allez viens ! »

Ses derniers mots semblèrent faire vaciller la décision de Constantin. Depuis combien de temps ne s'était-il pas vraiment « amusé » ? Et en si charmante compagnie ? Quelle émotion ce serait de revoir Symi ! Il demanda à réfléchir et, aidé de Jeanne, il lui installa un lit pour la nuit. Ils discutèrent encore de leur éventuel périple, puis ils allèrent se coucher.

Le lendemain matin, il hésitait encore. Quand Jeanne se prépara pour descendre acheter de quoi faire un petit déjeuner, il lui tendit un joli chapeau de toile. « Mets ça, ici le soleil assomme. »

Effectivement, à 10 heures, la chaleur était déjà accablante, près de 40 °C. Elle revint en sueur avec des gâteaux aux amandes, du lait et des fruits. Sur les îles, dans les Cyclades, il devait faire meilleur, c'est sûr. Tout en mangeant, elle le dit à Constantin, l'air de rien. Il réfléchit quelques minutes, se leva et marcha vers une armoire. Il en fit dégringoler un vieux bagage en toile couvert d'un drapeau bleu, blanc, rouge. « Tu me laisses faire mon sac ? » s'écria-t-il en se coiffant de sa casquette.

Le temps qu'il plie ses vêtements et qu'il boucle l'appartement, Jeanne ressortit faire quelques pas dans le quartier. Elle avait aperçu une jolie boutique de maillots de bain et avait besoin d'ambre solaire. Les rues étaient déjà très fréquentées, les terrasses se remplissaient. Jeanne remonta une ruelle où elle se souvenait d'avoir vu une pharmacie. Elle y fit ses achats et poursuivit son ascension vers la boutique de vêtements de plage. Elle marchait au plus près des maisons, recherchant l'ombre, écrasée par la chaleur et la luminosité. Soudain, son pied heurta une forme sombre qui poussa un gémissement. Des pièces de monnaie dévalèrent le trottoir. Une femme tout de noir vêtue était assise et la regardait durement.

« Oh, pardon ! Je ne vous avais pas vue ! s'écria Jeanne, en anglais.

— Ce n'est rien, ce n'est rien… » répondit l'autre dans la même langue.

La femme, qui devait avoir une trentaine d'années, faisait la manche. Elle était assez belle avec sa longue chevelure brune, malgré son visage livide. Elle se leva et commença à ramasser les pièces qui avaient roulé dans le caniveau. Jeanne l'aida à les récupérer et les posa au fond d'un petit chapeau.

« Je suis vraiment désolée, dit-elle à nouveau.

— Pas grave. Tu n'as pas une cigarette, par hasard ?

— Non. Je ne fume pas.

— Tant pis…

— Mais je vous offre un verre, il fait si chaud !

— Un sandwich, si tu veux bien… Viens, je t'emmène dans mon café. Ils sont sympas là-bas. Comment tu t'appelles ?

— Jeanne…

— Moi, c'est Angelina. »

Angelina cacha son sac en toile derrière la porte entrouverte de l'immeuble et glissa son bras sous celui de Jeanne. Le café se trouvait à trois cents mètres de là, un peu plus haut. Elles grimpèrent la ruelle et s'assirent en soufflant au Café Paola, à l'ombre d'un parasol, sur une terrasse où une vingtaine de jeunes gens discutaient bruyamment. À leurs pieds, gisaient des banderoles et des mégaphones.

« Il y a une manifestation un peu plus bas, expliqua Angelina. J'irais bien moi aussi, si je pouvais courir. Mais ce matin, j'ai plus de jambes…

— C'est pour quoi, cette manifestation ?

— Toujours pareil : pas de travail. Moi-même, j'ai perdu le mien il y a un an, j'étais institutrice… »

En mangeant une assiette de viande d'agneau et de salade, Angelina raconta comment elle avait perdu son emploi à la suite de la fermeture de sa petite école de quartier. Plus de revenus, plus de logement : elle habitait l'un des nombreux squats du quartier et faisait la manche quand les petits boulots qu'elle acceptait ici et là ne suffisaient plus à la faire vivre.

« Et toi ? Tu es en vacances ?

— Oui... on peut dire ça comme ça. Je pars tout à l'heure dans les Cyclades avec un ami qui habite le quartier. Je ne vais d'ailleurs pas tarder », répondit Jeanne en regardant sa montre.

Il faisait chaud et le soleil se cognait aux verres fumés de ses lunettes, rendant le paysage autour d'elle flou et doré. Elle ferma les yeux et s'imprégna des bruits environnants en sirotant sa menthe à l'eau. Entre autres, un très joli air de guitare émanant des profondeurs du Café Paola. Angelina, elle aussi, semblait se détendre en fumant une cigarette tapée au voisin d'à côté.

Brusquement, un des manifestants poussa un cri : « Police ! Police ! » Montant la ruelle, un groupe de policiers en casques blancs venait d'apparaître. Les jeunes renversèrent les tables et se dispersèrent en hurlant suivis par les forces de l'ordre, matraques en l'air. En deux secondes, Angelina fut sur ses pieds.

« Viens ! Viens ! » cria-t-elle à Jeanne qui ne songeait pas à bouger.

Les deux femmes fuirent en direction des ruelles, un peu plus haut. Angelina qui semblait avoir retrouvé ses jambes courait sans se retourner, Jeanne sur les talons. Au loin, on entendait les cris des passants et les claquements des bombes lacrymogènes. Elles montèrent encore quelques rues puis Angelina s'engouffra dans une courette au fond de laquelle brillait l'enseigne d'un bar de nuit.

À cette heure matinale, le pub était presque désert. Les deux femmes s'écroulèrent sur une banquette et reprirent leur respiration. Le barman leur jeta à peine un regard. Sur une estrade, un petit orchestre répétait un standard de jazz sur lequel un couple flirtait en se tortillant langoureusement. Deux filles en maillot de bain doré tenaient compagnie à un groupe de touristes masculins et trinquaient en riant d'un rire forcé.

« Un peu glauque cet endroit, non ? » chuchota Jeanne à l'oreille d'Angelina.

Elle eut envie de ressortir mais son amie marchait déjà vers le sous-sol, sans doute pour faire un peu de toilette. En l'attendant, Jeanne prit place au bar et demanda un verre d'eau. Elle jeta un œil à sa montre. Plus d'une demi-heure qu'elle était partie ! Constantin devait penser qu'elle s'était perdue. Impossible de le prévenir, elle n'avait pas pensé à prendre son numéro de téléphone. Pourvu qu'il ne s'inquiète pas !

Une femme aux cheveux blonds très courts et en tailleur pantalon se rapprocha d'elle.

« Française ? lui souffla-t-elle dans l'oreille.

— Euh… oui… répondit Jeanne en se demandant à quoi elle l'avait deviné.

— J'adooooore les Françaises, je les sens… » susurra la femme à son oreille, en commandant deux coupes de Champagne d'un claquement de doigts. Pour ne pas être désagréable, Jeanne accepta l'invitation et vida sa coupe d'un trait. L'autre l'a fit remplir aussi sec. Jeanne voulut refuser. En vain. L'étrange créature essayait de l'enivrer, mais dans quel but… « Je me casse d'ici… » se dit-elle en vidant son deuxième verre. Quand elle se leva, ses jambes mollirent et elle retomba sur son siège. Du Champagne de bon matin, elle n'avait pas l'habitude. La blonde éclata de rire et recommanda une tournée. « Stop. Ça suffit ! » dit Jeanne sèchement en faisant signe au serveur de lui apporter encore de l'eau.

Elle jeta un œil vers le sous-sol mais Angelina ne réapparaissait pas. Elle devait en profiter pour se laver les cheveux... Jeanne repoussa la femme qui devenait entreprenante et descendit aux toilettes. Elle fit couler de l'eau fraîche sur son front et lissa ses cheveux noirs. Dans le miroir, ses yeux brillaient et le contour de son visage lui apparaissait un peu trouble. Satané Champagne...

De la cabine des toilettes voisines, lui parvint un bruit de petite cuiller tombant sur le carrelage, suivi d'un juron de femme. Angelina. Jeanne comprenait à présent pourquoi elle mettait tant de temps à remonter. La drogue. La drogue dont Constantin lui avait dit que le quartier Omonia était imbibé. Elle avait croisé quelques jeunes couchés sur le trottoir, complètement défoncés, « cuvant » leur héroïne ou le crack qui laminait les plus misérables. Pauvre Angelina... Elle, comme tant d'autres, y avait sombré.

« Angelina, dépêche-toi, il faut que j'y aille ! cria-t-elle d'une voix neutre.

— J'arrive, Jeanne ! Attends-moi en haut, j'arrive ! »

Angelina remonta l'air de rien. À peine si Jeanne remarqua un léger rosissement sur ses joues pâles. Elle lui sourit, finit son verre d'eau et sans un regard pour la blonde qui la fixait, elle entraîna Angelina vers la sortie. Au moment où elles passaient la porte, quatre policiers firent irruption devant elles et les obligèrent à reculer. « Police ! Contrôle des papiers ! » hurla le premier la main sur un énorme revolver pendu à sa ceinture. Jeanne retourna s'asseoir, sidérée de la vitesse avec laquelle elles s'étaient fait coincer. Un flic baraqué à grosse moustache s'approcha d'elle et la toisa de son mètre quatre-vingt-dix-huit. « On dirait le sergent Garcia, en plus méchant », se dit Jeanne. Sans un mot, il indiqua son sac du bout du doigt et elle dut le vider devant lui. Voyant le passeport étranger, il prit un air suspicieux et plongea ses grosses pattes dans le reste des affaires. Dégoûtée, Jeanne tourna la tête de l'autre côté. Angelina s'était tassée sur une banquette et paraissait paniquée.

Tout d'un coup, le policier poussa un sifflement aigu et brandit une petite pochette de papier qu'il colla sous le nez de Jeanne. « Et ça, qu'est-ce que c'est ? » demanda-t-il en anglais d'un air mauvais. Ce que c'était ? Jeanne était bien en peine de répondre, voyant l'objet pour la première fois de sa vie. Il ouvrit le papier et en approcha ses narines. Jeanne le fixait, médusée. Elle avait déjà compris. « Non, c'est pas possible, ils m'ont pas fait ce coup-là. » « Commissariat ! » jeta le policier laconique en indiquant Jeanne de la tête à ses sbires. Avant qu'elle ait pu réagir, l'un d'eux l'empoigna par le bras et tenta de la faire sortir du pub. « Laissez-moi, je n'ai rien fait ! » cria-t-elle en se débattant. Deux policiers l'attrapèrent et la jetèrent dans une fourgonnette garée le long du trottoir. Avant que la porte se referme, elle eut le temps d'apercevoir un léger sourire sur le visage de la femme blonde.

Jeanne se frottait le coude en grimaçant. « Ils m'ont fait mal, ces connards », murmurait-elle, sentant les larmes lui monter à la gorge. En face d'elle, un policier la regardait, narquois. Elle respira un grand coup et ravala ses sanglots. Il pouvait toujours attendre qu'elle s'écroule devant lui, pas le genre de la maison. Elle se tourna vers Angelina qui avait été embarquée en même temps qu'elle et d'autres filles et l'interrogea du regard. L'autre comprit le message : « T'inquiète, je n'ai rien sur moi. On devrait pas nous garder longtemps », chuchota-t-elle. « Mais, toi ? Qu'est-ce qu'ils te veulent ? » Jeanne haussa les épaules. Elle ne comprenait rien à cette histoire. Elle soupira. Constantin allait se faire un sang d'encre en ne la voyant pas revenir.

Jeanne et les autres filles furent enfermées dans une cellule occupée par trois prostituées et on les oublia. Dans la tête de Jeanne, les pensées surgissaient toutes en même temps. Pourquoi elle ? Qui, du policier ou de la blonde, avait glissé la drogue dans son sac ? Est-ce que ce flic avait voulu « se faire » une petite Française, histoire d'avoir son nom dans le journal ? Elle s'accroupit sur un banc, genoux serrés entre les bras, toute droite, butée, pour se recentrer, ne pas mollir.

Trois heures plus tard, toutes les filles furent libérées… sauf Jeanne. Angelina tenta bien d'amadouer le sergent Garcia pour qu'il laisse partir « la Française », mais il lui ordonna de ne pas insister. Elle se sauva en lui faisant des signes : « Je ne t'abandonne pas, à plus tard… »

Le commissariat retomba dans le silence. Les heures passèrent. Un jeune flic à l'air craintif lui tendit une couverture à travers les barreaux, dans laquelle Jeannc s'enroula. La chaleur de la rue, les émotions, l'alcool lui tournaient la tête. De temps à autre, le regard du sergent Garcia se posait sur elle et il semblait réfléchir, son doigt boudiné posé sur la lippe. Les yeux mi-clos, Jeanne voyait son œil noir et vicieux et ça lui donnait envie de pleurer. Mais pour rien au monde elle lui aurait fait ce plaisir. C'est lui qui avait fait mettre le sachet de drogue dans son sac et la blonde était complice. Qu'il s'en débrouille à présent. Elle ne bougerait pas, ne supplierait pas, elle resterait digne et silencieuse. Si la pensée de Constantin qui devait être au comble de l'inquiétude ne l'avait pas autant tourmentée, elle aurait même dormi comme un plomb. Rien que pour résister à ce gros lard. Elle n'avait pas peur. La misère, la violence étaient inscrites dans le voyage. Ça s'appelait la vie. Il fallait bien s'y frotter à un moment ou à un autre. C'était aussi pour cela qu'elle avait quitté l'espace clos et douillet de la propriété familiale.

Quand, à l'aube, le jeune flic porta à Jeanne un café noir et un petit pain, il en profita pour lui glisser en douce qu'elle sortirait sans doute dans la matinée. « Merci… » chuchota-t-elle. Un ami dans la place, ça faisait du bien. « Le big boss », lui, n'était pas encore arrivé. « Ouh là, pas avant 11 heures ! » dit le flic. L'attente recommença. Interminable. Elle n'avait pas fermé l'œil de la nuit. Sur les coups de midi, un homme très chic arriva et discuta avec sergent Garcia. Aux regards qu'ils jetaient sur Jeanne, elle comprit qu'ils parlaient d'elle et que l'heure de sa sortie était proche. « Tiens, les filles m'ont envoyé leur avocat, on dirait. Sympa... À moins que ce soit leur mac... » pensa-t-elle. Il parla longuement avec le gros policier qui perdait peu à peu de sa superbe. Visiblement, l'autre lui remontait les bretelles. Il avait fait du zèle en voulant faire tomber une petite Française, manœuvre idiote qui risquait de porter préjudice au bar de nuit. Il n'avait pas besoin de cette publicité.

La porte de la cellule s'ouvrit et Jeanne sortit. Sergent Garcia lui jeta un œil plein de morgue mais elle haussa les épaules et passa la porte du commissariat. Une fois dehors, elle s'aperçut qu'elle avait oublié son blouson au pub. Carlo, son « sauveur » à gourmette en or, lui proposa de l'emmener puisqu'il y allait lui aussi. Elle l'aurait bien envoyé balader mais elle pensa à Constantin, il fallait faire vite à présent.

Angelina était revenue au pub pour l'attendre et elle lui tomba dans les bras. La femme blonde qui avait dragué Jeanne la veille, elle, n'était pas là. « Elle ne travaille que le soir et la nuit... » lui dit-on. Tant mieux. Même si elle aurait bien aimé lui poser quelques questions.

Carlo, qui avait l'air en grande forme, l'invita avec « ses » filles à déjeuner. Jeanne refusa, pressée d'en finir avec cet environnement toxique. « Ce n'est pas gentil, dit-il, mielleux, moi, j'ai payé pour te sortir de là, tu sembles l'oublier. D'ailleurs, il faut qu'on en parle. Comment comptes-tu me rembourser ? » Jeanne se sentit pâlir. Qu'est-ce que c'était cette histoire ? « Je ne vous dois rien, dit-elle fermement. C'est une fille de chez vous qui a glissé la drogue dans mon sac, expliquez-vous avec elle… Au revoir. » Jeanne prit son blouson qui était resté près du bar et se dirigea vers la sortie du pub.

« Tu pars sans ton passeport ? Tu ne veux donc plus retourner dans ton pays ? »

La voix de Carlo stoppa net la jeune fille. « Putain, putain, mon passeport ! se dit-elle. J'ai oublié de le récupérer ! » Elle revint vers lui.

« Où est-il ? Qu'est-ce que vous en avez fait ?

— Il est resté au commissariat. Tu ne l'as pas pris ?

— Je vais le chercher, dit Jeanne en tournant les talons.

— Ok. Bon courage à toi ! Mais cette fois, ne compte pas sur moi pour venir te tirer des pattes du commissaire… »

Jeanne se sentit piégée. Elle regarda Carlo qui lui décochait son sourire le plus hypocrite. Après réflexion, elle se dit que son passeport, c'était lui qui l'avait. Il n'y avait aucune raison que le flic l'ait gardé. Il allait falloir la jouer fine.

« D'accord. Combien je vous dois ?

— Ah ! Très bien, on va finir par s'entendre toi et moi. Pour l'instant, moi, j'ai un petit creux, je vous emmène au restaurant. Allez, les filles, on y va ! »

Lola et Ursula, ses favorites, se levèrent d'un bond. Angelina qui n'était pas de la partie envoya un baiser de la main à Jeanne avant de s'éclipser. Tout le monde monta dans la grosse Bentley de Carlo, direction le quartier d'Exarchia. Le déjeuner fut relativement joyeux, même si Jeanne ne comprit pas grand-chose aux papotages des filles.

« Je vais être franc avec toi, lui dit Carlo. J'ai besoin d'une serveuse toute cette semaine. Tu es jolie, tu m'as l'air dégourdie, tu devrais faire l'affaire. Alors, tu travailles pour moi, tu me rembourses et à la fin de la semaine, tu récupères ton passeport. Ça te va, comme ça ?

— Est-ce que j'ai le choix ?

— Ne le prends pas ainsi... Un p'tit coup de main et tu es libre. C'est donnant-donnant. »

Il était inutile de discuter. De toute façon, Jeanne n'avait pas les armes. Elle ravala l'envie qu'elle avait de lui labourer le visage et fit mine de s'accommoder de l'arrangement. Ok, elle travaillerait pour lui. Le proxénète sourit comme un gros chat repu. Le repas terminé, tout le monde retourna au bar. « Betty te montrera le travail. C'est à elle que tu auras à faire. Il faudra d'ailleurs que tu t'achètes quelques vêtements. Elle te dira... » Une fois Jeanne confiée à son garde-chiourme, Carlo repartit vaquer à ses affaires. « À ce soir, Francesca ? » lui lança-t-il, faussement cordial. Il avait même décidé de sa nouvelle identité. Betty était une grande brune revêche, une sorte d'adjudant-chef dévoué corps et âme au patron. Sous sa coupe, les filles filaient doux. Tout l'après-midi, Jeanne fut servile et attentive. Mais elle guettait son heure et elle détaillait la salle minutieusement. Carlo avait dû ranger le passeport quelque part. À elle de le trouver le plus vite possible.

En attendant, Betty ne la quittait pas des yeux et lui montrait ce qu'on attendait d'elle pour le soir. Elle avait une façon récurrente de dire « et sois gentille avec les clients » qui exaspérait Jeanne. Mais elle serrait les dents, ce n'était pas le moment de craquer. À un moment, Betty annonça qu'elle descendait aux toilettes. « Prépare-moi un bloody-mary qu'on voie si tu as compris ce que je t'ai dit… J'arrive. » Dès qu'elle eut disparu, Jeanne fonça derrière le bar et ouvrit le tiroir de la caisse. Le barman n'était pas encore arrivé. Un peu plus loin, Lola et Ursula se faisaient les ongles et discutaient sans la regarder. Jeanne souleva le compartiment de la monnaie. Rien. Rien non plus du côté des billets de banque. Vite. Vite. Elle passa la main dans le fond du tiroir et sentit une surface cartonnée. Elle tira et reconnut la couleur aubergine du passeport de l'Union européenne. Une seconde supplémentaire lui suffit pour vérifier qu'il s'agissait bien du sien. *Yes !* Elle referma le tiroir et fit le tour du bar. Déjà, Betty remontait.

« Ben alors, ce cocktail ! Qu'est-ce que tu fous ? demanda-t-elle, furieuse.

— Betty, au déjeuner Carlo a dit qu'il me fallait des vêtements pour ce soir. Il faut y aller tout de suite avant que les magasins ferment. Il ne sera pas content sinon…

— Ah… Je ne savais pas. Tu as raison, allons-y. Il y a une boutique à deux pas », dit l'autre qui ne voulait pas transgresser les ordres du patron.

Jeanne prit son sac et son blouson et elles sortirent du bar, Betty la tenant fermement par le bras. Le magasin dont elle parlait se trouvait au bout de la rue. Quand Jeanne vit la vitrine, elle comprit ce que Carlo attendait d'elle. Elle en avait déjà une vague idée. La devanture exposait des minijupes de cuir noir ou rouge, des soutiens-gorge découvrant les seins, des chaussures vernies à talons aiguilles, des menottes, des bas résille, des sex-toys, toute la panoplie de la parfaite prostituée. Jeanne attrapa un tee-shirt transparent sur un portant et un corsaire en latex noir et se dirigea vers la cabine d'essayage. Betty lui tournait le dos devant la porte d'entrée. Parfait. Jeanne abandonna les vêtements dans la cabine, ressortit discrètement et marcha vers le fond du magasin. Il y avait forcément une autre issue. Elle croisa les doigts pour qu'elle ne soit pas fermée à clef. Au bout du couloir, elle souleva un lourd rideau de velours et découvrit une porte. Tout doucement, elle fit jouer le verrou. La porte s'ouvrit. Sauvée !

Jeanne traversa une cour en courant droit devant elle. Au fond, s'élevait un grand mur lisse. Ni passage ni ouverture. Haletante, le cœur lui explosant la poitrine, elle revint sur ses pas, escalada des poubelles pour accéder à l'immeuble mitoyen, sauta par-dessus une grille et courut sans reprendre son souffle. À chaque seconde, elle s'attendait à tomber face à face avec la lugubre Betty. Elle ressortit par une porte cochère, piqua un cent mètres dans la rue et se rua sur le premier taxi qui passait. « Place Omonia ! » cria-t-elle.

Dans la voiture, elle riait, elle pleurait, elle embrassait son passeport, vérifiait qu'elle avait bien toutes ses affaires. Quelle histoire ! Et quelle fierté de leur avoir filé entre les doigts ! La poussée d'adrénaline avait allumé ses yeux noirs. Ah, elle l'avait bien eue, la Betty ! Ellc aurait donné cher pour assister à ses explications, le soir, avec Carlo. Quel sale type !

Elle allait partir au plus vite avec Constantin, se mettre au vert comme un truand pour se faire oublier. Pour rien au monde, elle ne prendrait le risque de retomber sur le proxénète ou le sergent Garcia. Ils voudraient se venger, c'est sûr. Ras-le-bol de la ville. Plus que tout, elle eut envie de calme, de mer, de plages infinies. Et de beauté après tant de noirceur.

Constantin l'accueillit en tremblant. Il était fou d'inquiétude. « Jeanne, où étais-tu ? Qu'est-ce qui t'est arrivé ? » Jeanne allait tout lui raconter, c'est promis, mais ce soir, en dînant, tranquillement. Là, elle voulait se reposer, dormir un peu, elle était exténuée. Son cœur battait trop fort ; elle aimait les aventures mais, cette fois, elle avait eu « chaud aux fesses ! »

Le lendemain, avant de quitter la ville, Jeanne s'arrêta au cybercafé du coin pour envoyer un mail à ses parents, sans nouvelles d'elle depuis son départ du Niger. Elle avait beaucoup pensé à eux dans sa cellule. Un petit signe de vie après quelques jours de silence, ça leur ferait du bien.

*

Athènes,

Ma chère Julie,

Oui, je sais, je suis une horrible, une affreuse, une abominable de ne pas écrire plus souvent, mais maintenant je suis là, ma Juju, tu me pardonnes ? En deux mots, trois même, JE VAIS BIEN et comme tu le vois, je suis en Grèce, sur les traces de nos ancêtres. (Je me suis vengée de mon horrible varicelle, tu te souviens ?) Je pars à l'instant poser mon sac dans les Cyclades. Envie de paradis et je crois qu'il y a là-bas des petits coins qui rendraient jaloux Dieu le Père. La suite au prochain numéro.

Ma chère Julie, embrasse tout le monde à la maison, dis-leur que tout baigne. Et que le retsina, ça déchire !

Ta Jeanne qui t'aime.

*

Constantin avait eu le temps de peaufiner son bagage et était complètement excité à l'idée du départ. Au dîner, Jeanne lui avait raconté en détail sa mésaventure et il avait tremblé à nouveau, de rage cette fois. Il aurait voulu retourner casser la gueule à ce Carlo mais, à présent, Jeanne s'en fichait pas mal. La veille, en rentrant en taxi, elle avait aperçu Angelina qui descendait la rue où elles s'étaient rencontrées. Jeanne fit arrêter la voiture et la jeune femme courut vers elle. « Bon voyage, Jeanne, prends soin de toi », lui dit-elle en lui serrant les mains ; à quoi Jeanne répondit : « Moi aussi, j'aimerais beaucoup que tu prennes soin de toi… » Angelina la regarda fixement et baissa les yeux. Elle comprit à quoi Jeanne faisait allusion. Elle promit d'essayer. Avant de remonter dans le taxi, Jeanne l'embrassa et lui dit gentiment : « J'ai confiance en toi, tu sais. N'oublie pas ta promesse… »

Constantin et Jeanne se rendirent à l'embarcadère. Symi étant l'une des îles les plus éloignées d'Athènes, ils avaient décidé de s'arrêter avant à Andros et à Délos, deux îles dont Constantin avait entendu parler. Le ferry était bondé de Grecs et de touristes. Ils prirent place à l'intérieur et s'installèrent confortablement sur de larges banquettes.

Un groupe de jeunes gens était monté sur le bateau en même temps qu'eux et avait filé à l'arrière pour pouvoir écouter leur MP3 qu'ils avaient branché sur le mode « tue-tête ». Tous les voyageurs profitaient de leur rap, sans que cela semble gêner qui que ce soit. « À Paris, les gens seraient furieux, pensa Jeanne. Même moi, peut-être que ça m'agacerait… Ici, tout passe. » En regardant le groupe, il lui sembla reconnaître deux jeunes filles. Elle les avait vues traîner dans le quartier d'Omonia. « Des petites prostituées, elles n'ont même pas 15 ans… » se dit-elle. Vêtues de mini-robes moulantes et de mules à talons hauts, elles arpentaient les rues du quartier chaud en jetant des regards appuyés aux hommes qui les croisaient. L'un d'eux avait même repoussé violemment la plus grande qui lui accrochait le bras et elle avait roulé par terre. Exténuées d'alcool et de drogue, les petites somnolaient sur les épaules l'une de l'autre, le regard dans le vague. Que faisaient-elles sur ce bateau ?

« Elles reviennent chez elles. Peut-être leur argent fait-il vivre une partie de la famille, qui sait... » remarqua Constantin, l'air songeur.

La mer était houleuse, les odeurs de mazout très fortes, au point de donner la nausée. Au cours de la traversée, Jeanne vit que le visage de son compagnon avait pâli. Aux petits soins pour lui, elle lui demanda ce qui pourrait le soulager.

« J'ai des médicaments pour le cœur, mais ils sont dans mon sac qui est resté dans la cale. Je les prendrai en arrivant, dit-il le souffle court.

— Tu plaisantes, je vais les chercher. Attends-moi là. »

Jeanne partit en courant vers les escaliers qui menaient aux entrailles du bateau. En bas, on aurait dit l'intérieur d'un parking en sous-sol. Il était interdit de descendre mais il n'était pas question qu'elle abandonne son nouvel ami à son malaise. Il faisait sombre et les véhicules étaient garés à se toucher. Attachés à la va-vite, ils bougeaient dans tous les sens, frottant leur carrosserie. Elle longea les voitures vers un empilement de sacs qu'elle apercevait un peu plus loin. La chaleur était celle d'une étuve et le bruit, infernal. Les grincements des chaînes se mêlaient aux plaintes de la coque. De temps en temps, le roulis incessant la faisait se cogner contre les parois. Elle atteint enfin les bagages.

« Hep, vous là-bas ! »

Une voix rauque résonna dans la cale. Elle ne se retourna pas et entreprit de repérer au plus vite le sac de son ami. Heureusement, le drapeau français que Constantin avait cousu dessus attira son attention. Elle l'empoigna ct poursuivit son chemin, dos à la voix.

« Arrêtez-vous, jeune homme ! Hep ! »

Dans l'obscurité, le gardien n'avait pas vu que Jeanne portait les cheveux relevés. La jeune fille fila jusqu'à un petit escalier en colimaçon qui menait au pont. Quand elle arriva au sommet des marches, l'homme commençait déjà à monter. Le temps qu'il arrive en haut, elle s'était mêlée aux autres passagers.

« Tiens, dit-elle en se jetant sur la banquette et en tendant son sac à Constantin. Prends vite tes cachets et planque le sac sous tes pieds. » Elle défit ses cheveux, se coiffa du chapeau de toile qu'il lui avait donné et quand le gardien surgit jetant des regards autour de lui, elle lui adressa son plus joli sourire.

« À quelle heure arrive-t-on, monsieur, s'il vous plaît ?

— Euh… je sais pas… plus tard… » répondit-il sans la regarder.

Le voyage se poursuivit tranquillement. Requinqué par ses médicaments, Constantin s'assoupit. Jeanne le regarda dormir. Des sillons profonds barraient son front et encadraient sa bouche. La peau autour de ses yeux était d'une finesse attendrissante. Ses mains longues et noueuses posées l'une sur l'autre frissonnaient de temps à autre. Jeanne souleva une mèche de cheveux blancs qui tombait sur son œil. Elle remonta sa veste jusqu'à ses épaules pour qu'il n'ait pas froid et s'allongea près de lui, en attrapant un magazine qui traînait.

Elle avait presque envie de l'entourer de ses bras pour le protéger. Cela lui rappela les gestes qu'elle avait eus, petite, avec son grand-père le jour où une hernie discale l'avait conduit à l'hôpital. Ce colosse, qui gambadait partout dans le jardin et bricolait du matin au soir dans sa maison, était terrassé par la douleur. Une fois rentré de l'hôpital, elle ne le quitta pas, devançant chacun de ses désirs. Lui qui plaisantait avec tout le monde n'en avait plus la force. Pour la première fois, elle comprit qu'il n'était pas immortel. Elle eut peur : un jour qu'il dormait plus que de coutume, elle alla le secouer pour vérifier qu'il était toujours en vie. Il rit de bon cœur et ce sourire retrouvé la rassura. Mais elle n'oublia pas et le temps passé avec son grand-père devint précieux, unique.

Quand Constantin fut réveillé, ils montèrent prendre l'air sur le pont. La mer s'était calmée. Le soleil semblait jouer de ses rayons sur la crête des vagues. Un ballet d'or et d'écume qui rendait Jeanne un peu rêveuse. Ce voyage, elle avait pensé le faire avec son ancien amoureux. Ils en avaient parlé ensemble, rêvant d'arpenter tous les pays du monde, main dans la main. Mais leur amour n'avait pas dépassé le périphérique. Aujourd'hui, c'est un autre visage, celui de

Mehdi qui dansait sur les flots. Elle sourit en pensant à ses yeux.

*

Les vagues régulières et puissantes semblaient pousser le ferry vers la terre. Bientôt, l'île d'Andros apparut. Ils quittèrent le bateau et longèrent des maisons blanche et bleue jusqu'au petit port de pêche où les villageois vaquaient à leurs occupations. Ici, une vieille femme rinçant une pile de linge ; là des enfants pêchant avec de longues lignes en bois de leur fabrication. La pêche du matin se vendait directement à la sortie des bateaux et, sur des étals, des jeunes filles ressemblant beaucoup à Jeanne proposaient une foule de produits, savons, tire-bouchons, montres de pacotille, jouets aux couleurs criardes.

Le premier village était perché sur un versant de montagne. Entièrement construit en pierres, on aurait dit qu'il était sorti de terre sans que la main de l'homme n'ait eu à imprimer sa marque. Dans la première auberge, ils commandèrent des salades et allèrent les déguster sur une crique, plus bas.

Au milieu de leur déjeuner, un grand chien noir déboula vers eux et vint caresser l'épaule de Jeanne de sa truffe. Elle le regarda, désolée :

« Je n'ai rien pour toi, mon vieux, tu dois avoir faim…

— T'inquiète pas pour lui. Ici, les chiens errants, tout le monde leur donne à manger. »

Tout en croquant sa salade, Constantin ne quittait pas des yeux l'eau transparente de la mer.

« On se baignera après, tu veux ? demanda Jeanne, la bouche pleine.

— Il y a bien, bien longtemps que je n'ai pas fait trempette. Je ne me souviens même pas de la dernière fois. »

Jeanne s'assit sur le sable et, à l'abri de sa serviette, enfila un maillot de bain couleur mandarine. On aurait dit deux quartiers d'orange sur sa peau caramel. Elle entra dans la mer la première pour laisser Constantin se déshabiller. Il n'aurait jamais quitté ses vêtements devant elle. Lorsqu'il la rejoignit, vêtu d'un large caleçon jaune qui la fit sourire, il posa un pied dans l'eau, et le retira aussitôt en poussant un cri. Puis il avança prudemment. Quand il eut de l'eau jusqu'au bassin, il se coucha et progressa en une brasse malhabile. « Qu'est-ce qu'elle est froide ! » hoqueta-t-il. « Mais non, elle est super bonne ! » cria Jeanne en lui tendant la main. Il s'allongea, fit la planche et elle s'amusa à le tirer vers le large. « Pas trop loin, pas trop loin, j'aime pas quand j'ai pas pied », dit-il, peu rassuré. Jeanne, elle, était très à l'aise, elle nageait sous l'eau et disparaissait pendant quelques secondes avant de jaillir à la surface comme un jet d'eau. Après une demi-heure, Constantin sembla plus sûr de lui. Il riait en l'éclaboussant, on aurait dit un enfant.

Ils se séchèrent sur la plage. Allongée sur le ventre, Jeanne enfonçait ses doigts dans le sable. Il était chaud et fin comme du sel. Les yeux clos, elle essaya de reconnaître les parfums qui lui titillaient les narines. Peut-être un parfum de mangue et d'olive. Difficile à dire, c'était un autre sable, une autre mer. Un murmure inconnu dans les oreilles. Un léger vent assourdissait les bruits environnants. Au loin, on entendait les jappements du chien qui jouait avec un enfant.

Lorsque le ciel devint orangé, ils se rhabillèrent et grimpèrent à nouveau vers l'auberge qui louait des chambres. Ils dînèrent à la lueur de petites bougies. Constantin avait l'air un peu fatigué mais ses yeux brillaient.

« J'ai l'impression d'être en vacances. Merci, Jeanne, c'est grâce à toi.

— Et moi, je redeviens une petite fille, c'est pas désagréable !

— Est-ce que, par hasard, ta famille te manquerait ?

— Je ne sais pas, peut-être. Mais ça fait du bien de m'en éloigner un peu.

— Ils n'ont pas vu ton départ d'un bon œil ?

— C'est le moins qu'on puisse dire ! Ils m'étouffaient avec leurs baisers.

— Plains-toi...

— Non, pas du tout, mais j'aimerais qu'ils tiennent plus souvent compte de mes choix.

— Ce sera à toi de leur prouver qu'ils ont eu raison de te faire confiance. De toute façon, tu verras que, quoi qu'on fasse dans la vie, on passe son temps à déplaire aux uns ou aux autres. Essaie d'être toujours en accord avec toi-même, ce ne sera déjà pas si mal. »

Le vieil homme alla se reposer dans sa chambre et Jeanne sortit s'asseoir sur un banc pour contempler le ciel étoilé. La journée serait belle pour visiter Délos le lendemain. Elle avait hâte d'être à Symi. Peut-être la fin du voyage pour elle. Reparler de ses parents lui avait donné un peu de nostalgie. Elle avait hâte de tout leur raconter, leur montrer qu'elle pouvait se débrouiller seule. Après Symi, elle aviserait.

Quand elle regagna sa chambre, elle s'arrêta quelques secondes devant la porte de Constantin. Le vieil homme ronflait paisiblement. Elle prit une douche pour enlever le sable de ses cheveux et s'allongea sur le lit. Appuyée contre le mur, elle écoutait les bruits de l'hôtel. Les cloisons étaient minces, elle entendait les conversations et les exclamations joyeuses d'un groupe de jeunes Anglais ivres de retsina. Les voix se mêlaient dans une assourdissante cacophonie. Elle s'allongea sur le lit, les yeux ouverts au plafond. Quelle heure était-il en vallée de Chevreuse ? Est-ce que sa mère était au coin du feu et pensait à elle ? « Ne t'en fais pas, Moum's, tout va bien », dit-elle tout haut comme pour faire voyager ses paroles. Peu à peu le sommeil la gagna et elle ne tarda pas à s'assoupir.

*

Ils embarquèrent pour Délos après le repas de midi. Comme Constantin avait le mal de mer à l'intérieur du bateau, ils s'installèrent sur des transats, le nez au vent. Les vagues se fracassaient contre la coque à grand bruit et autour d'eux les oiseaux tournoyaient avec des cris stridents, guettant une hypothétique nourriture. Constantin souriait en permanence, avec l'œil espiègle d'un enfant dans un parc d'attractions.

Quand ils descendirent à l'étage inférieur s'installer pour la nuit, toutes les places étaient prises et ils durent revenir sur le pont. Dans un coin, à l'abri du vent, Constantin étendit deux grands draps de bain et ils s'enveloppèrent dans leur duvet. Peu à peu, la fraîcheur de la nuit se fit mordante. Vers 2 heures du matin, l'homme se réveilla et sentit Jeanne trembler légèrement dans son sommeil. Il l'attira dans ses bras pour la réchauffer. Sans ouvrir les yeux, Jeanne se recroquevilla contre lui. Il posa sa tête sur les cheveux de la jeune fille et la berça doucement. Ce moment de tendresse, il en avait rêvé, lui qui n'avait pas vu ses petits grandir tant le travail l'avait accaparé. Pas un jour de repos ou de vacances dans sa vie de labeur. Ensuite, ses enfants s'étaient dispersés à droite et à gauche. Lorsqu'ils se retrouvaient, ils étaient heureux mais la tendresse entre eux restait timide et le vieil homme n'osait plus la solliciter.

Le soleil apparut et réchauffa le pont de ses rayons. Jeanne se réveilla, surprise de se retrouver dans les bras de Constantin qui s'était assoupi à son tour. Elle comprit pourquoi elle avait si bien dormi. Leurs duvets pliés, ils descendirent à la salle à manger boire un café. Constantin marchait le corps un peu courbé. Les planches avaient été dures pour ses vieux os, avoua-t-il à Jeanne. Elle savait qu'il n'avait pas osé bouger de peur de la déranger.

Ils accostèrent sur une minuscule et étroite avancée de terre, à l'aulne de l'île qui, elle aussi, semblait toute petite et inhabitée. Ils commencèrent à grimper sur un chemin caillouteux. De temps à autre, dans une trouée d'arbres, on apercevait la mer au loin. Elle réapparaissait à chaque virage. Délos était recouverte de ruines, apparemment personne n'y vivait, sauf les commerçants à la belle saison. Agacée, Jeanne passait son temps à se claquer les bras du plat de la main pour chasser les moustiques qui semblaient s'être donné le mot pour tous foncer sur elle. « Tu as le sang sucré. Réjouis-toi, pour eux, t'es du gâteau… » dit Constantin d'un air moqueur.

La chaleur était accablante mais le vieil homme avait le pas sûr. De temps à autre, il jetait un œil sur un guide trouvé dans le bateau. Il avait lu que la terrasse des Lions était incroyablement belle. Rien que le nom faisait envie. Ils repérèrent la Voie sacrée qui les mena au sanctuaire d'Apollon et à d'autres temples aux noms tout aussi magiques : le sanctuaire des Taureaux, le portique d'Antigone… Constantin admirait le site et semblait pensif.

« C'est drôle, les touristes viennent de partout pour voir ces splendeurs. Moi, c'est mon pays, et je ne le connais pas...

— Il n'est jamais trop tard, tu vois. »

L'endroit était étrange. Les collines étaient couvertes de temples et de maisons délabrées envahies de coquelicots. Ils se promenèrent longtemps parmi les pierres couchées sur l'herbe et lorsqu'une bande de touristes les rejoignit, ils redescendirent vers le port. Constantin avançait plus lentement, à présent ; parfois il s'arrêtait, essoufflé, et Jeanne proposait de s'asseoir comme si elle-même était fatiguée. Dans une auberge près de l'embarcadère, la jeune fille commanda une bouteille d'ouzo et remplit leurs deux verres à ras bord.

« Ouh là ! Fais attention, c'est traître, prévint Constantin, tu n'as pas mis assez d'eau !

— Je suis grande, t'inquiète, papy-casquette. Ça se boit comme du sirop d'anis, c'est que dalle ce truc. »

Ainsi qu'il l'avait prévu, au bout du troisième verre, elle commença à rire un peu fort. Constantin, qui tenait encore très bien l'alcool, en but deux fois plus pour être au diapason. Une heure plus tard, quand les touristes arrivèrent à l'auberge, ils trouvèrent une demoiselle coiffée d'une casquette et un vieux monsieur, tous deux en train de s'exercer à la danse, elle au sirtaki, lui à la valse ! Constantin devait être un peu ivre quand il piqua le pot d'olives noires sur la table du restaurant pour le glisser dans sa poche, en faisant « chut ! », le doigt sur les lèvres à l'attention de Jeanne qui n'en croyait pas ses yeux.

Du coup, elle attrapa la panière de pain et la vida dans son sac. Les deux retombaient carrément en enfance !

C'est bras dessus, bras dessous, un peu titubants, qu'ils se dirigèrent vers le ferry de nuit qui devait les emmener à Symi, la terre natale de Constantin.

Une heure plus tard, Jeanne commença à se sentir mal. Constantin plaisanta en pensant qu'elle avait la gueule de bois mais le front de la jeune fille était étrangement chaud. D'ailleurs, elle était complètement dégrisée. Une migraine d'enfer l'obligea à s'allonger sur le pont. Près d'elle, Constantin la regardait d'un œil inquiet.

« Eh bien, eh bien, ma petite Jeanne, qu'est-ce qui se passe ?

— Je ne sais pas, les moustiques, peut-être... Je vais me reposer, demain ça ira mieux. »

Elle se sentait bizarre, comme dans un rêve. Les voix alentour lui arrivaient brouillées, lointaines. Elle semblait flotter, ses gestes étaient ralentis. Lorsqu'un passager se pencha vers elle en souriant, sa bouche s'ouvrit, énorme, et ses dents parurent vouloir la mordre. Jeanne ferma les yeux. « Qu'est-ce qui m'arrive ? » se demanda-t-elle. Elle ne souffrait pas, mais tout lui paraissait flou, informe, dilué. Elle desserra son foulard mauve et laissa le vent sécher la sueur sur son cou. L'air était glacial, imprégné d'une vague odeur de désinfectant. Respirant à pleins poumons pour calmer les battements de son cœur, elle leva la tête vers Constantin.

« Mon lit bouge, faut que j'aille prendre l'air, dit-elle dans un souffle.

— C'est normal, c'est le balancement du bateau. Et tu es déjà dehors…

— Non, non, je suis dans mon lit », insista-t-elle.

Sur ces mots, elle perdit connaissance. Constantin la prit dans ses bras et l'emmena à l'intérieur pour l'allonger sur le lit de l'infirmerie. Quand Jeanne ouvrit les yeux, il était assis près d'elle et posait sur son front un linge qu'il plongeait de temps à autre dans une bassine remplie d'eau glacée.

« Ça va mieux ? Jeanne ! Réveille-toi !

— Constantin… Qu'est-ce que je fais là ?

— Tu as eu un petit malaise. Mais les couleurs te reviennent. Tu m'as fait peur, tu sais…

— J'ai très soif…

— Tiens, bois ça, ça ira mieux ensuite. »

Jeanne avala un breuvage plutôt amer et elle reposa sa tête sur l'oreiller. Les yeux fermés, elle rêva de son lit en France et aux paroles rassurantes de sa mère. Bien qu'elle détestât sa tisane au thym, elle l'aurait bue d'une traite et avec enthousiasme pour peu qu'on lui promette que ce délire allait cesser, que tout irait bien. Constantin la regardait avec bonté et lui parlait doucement. Sa voix chaude et profonde apaisait la nervosité fiévreuse de Jeanne. Elle aurait voulu qu'il lui parle encore, toujours.

La traversée était longue. Elle dormit profondément jusqu'à l'arrivée, le vieil homme assis près d'elle, somnolant. À l'aube, Jeanne se sentit mieux et demanda à boire du café. Ils prirent un petit déjeuner puis allèrent faire quelques pas sur le pont. De jeunes Grecs et leurs copains anglais qui avaient fait la fête une partie de la nuit étaient écroulés dans tous les coins. Ici et là, des couples s'étaient formés et flirtaient, enlacés. Collée au bastingage, Jeanne respirait l'air frais à grandes lampées. La fièvre était tombée. Elle se tourna vers Constantin qui baillait.

« Merci de m'avoir veillée. Je vais bien maintenant. Mais toi, tu es crevé…

— Mon île va me requinquer, ne t'inquiète pas. Regarde, on arrive ! La voilà ! »

Effectivement, l'île de Symi apparaissait à l'horizon, entourée d'une myriade de petits îlots. En se rapprochant, on voyait des maisons roses, ocre jaune, bleu marine construites en étages sur le versant de la colline. Sur le haut, des petites églises, des monastères entourés de cyprès. Près du port, s'élevaient de très belles demeures à colonnes de couleur pourpre. Constantin semblait émerveillé. « Qu'est-ce qu'elle est belle… » murmurait-il comme s'il avait parlé d'une femme. Quand ils descendirent la passerelle de bois, Jeanne fut tout de suite attirée par un spectacle inédit : sur des fils tendus, des poulpes séchaient comme du linge !

Dès l'instant où Constantin mit le pied sur son île, toute trace de fatigue fut balayée. Son corps se redressa, son pas se fit plus sûr. Il était assez beau avec ses cheveux blancs, sa peau bronzée, sa carrure plutôt large et ses longues jambes. Sa veste de velours brun lui donnait un air de patriarche corse. Comme il n'y avait pas de voiture sur l'île, ils enfourchèrent des petits ânes pour grimper la colline. Jeanne éclata de rire quand elle vit que les pieds de Constantin touchaient presque terre. À l'arrêt, on se demandait qui, de l'homme ou de l'âne, portait l'autre.

« Allons voir ma maison ! » dit-il en claquant la croupe de l'animal.

Ils traversèrent de grands champs d'oliviers avant d'arriver à la maison natale de Constantin. La surprise fut de taille quand le vieil homme découvrit que celle-ci n'était plus qu'une masure en ruines dans laquelle s'étaient réfugiés des moutons. Il s'assit sur une grosse pierre et les animaux vinrent se frotter à ses jambes. Ému, il les caressa un moment en regardant autour de lui.

« Je ne reconnais pas grand-chose, ma petite Jeanne, mais il y a si longtemps…

— Je suis désolée, dit-elle en entourant ses épaules de ses bras.

— Ce n'est pas grave. Les moutons, eux, ont l'air de s'y plaire. Viens, je vais te montrer le moulin où je jouais enfant. J'aurais peut-être plus de chance. »

Le long du chemin caillouteux, il lui parla de son île où il avait été si heureux :

« J'aurais tellement aimé finir mes jours ici avec Paula. Elle est partie trop tôt. Parfois, la solitude à Athènes, ça me rendait fou. Figure-toi qu'un jour, je me suis rendu dans une maison de retraite et j'ai cherché parmi les pensionnaires s'il y avait une femme susceptible de vivre avec moi. Finalement, j'ai ramené “une fiancée” à la maison.

— Ah bon ? Tu as fait ça, toi ?

— Oui, la directrice du centre n'était pas vraiment d'accord, mais bon, elle l'a quand même laissée partir. À peine arrivée chez moi, ma chérie a trouvé le placard aux alcools et a voulu qu'on trinque à notre rencontre. Le problème, c'est qu'elle a vidé toute seule une bouteille de Porto. J'en croyais pas mes yeux ! »

Pour finir, Constantin avait pris la femme par le bras comme s'il l'emmenait en promenade et l'avait ramenée direct à l'hospice : « Ça va pas, elle en veut à ma gnôle. Je vous la rends », avait-il dit à la directrice qui était hors d'elle. « C'est pas une agence matrimoniale, ici ! criait-elle. Faut savoir ce que vous voulez ! » Constantin rentra chez lui et s'enferma à double tour. Jeanne riait en l'écoutant raconter.

« Tu es un vrai Don Juan, mine de rien.

— Moi, je voulais une femme pour me tenir compagnie, qu'on rigole ensemble, pas une poivrote. » Il demeura silencieux quelques instants. « Mais toi, jolie comme tu es, tu n'as pas d'amoureux ? »

Jeanne ne répondit pas tout de suite. Elle revit le visage de Mehdi lorsqu'ils chevauchaient ensemble son pur-sang.

« Si, mais c'est un prince. Il vit dans le désert.

— Ouh là ! Ça doit pas être pratique pour se retrouver !

— T'inquiète pas pour nous, répondit Jeanne en riant. On se retrouvera… un jour. De toute façon depuis que je l'ai quitté, j'ai l'impression qu'il est là, je lui parle sans arrêt.

— Je vois, je vois, dit Constantin, rêveur. Un prince du désert, c'est beau. Tu as de la chance… »

En arrivant près d'un hameau, ils longèrent une maisonnette en bois rose avec une enseigne où était dessinée une chope de bière. À l'intérieur, on entendait de la flûte de Pan. Pensant qu'il s'agissait d'un bar, Jeanne passa la tête par la fenêtre et vit un homme d'une soixantaine d'années qui s'affairait à astiquer une commode en bois blanc. « Est-ce qu'on peut avoir deux cafés et de l'eau, s'il vous plaît ? » Constantin traduisit. Surpris, l'homme leva la tête, s'arrêta un instant en les regardant, puis s'essuyant sur ses jambes de pantalon, il leur tendit la main en souriant.

« Euh… Vous êtes chez moi, mais je veux bien vous préparer un café, si vous voulez. Entrez…

— Oh, pardon, j'ai cru que c'était un bar ! s'exclama Jeanne quand Constantin, hilare, eut traduit à nouveau.

— Pas grave, ma jolie, je vais faire une pause, moi aussi, et boire avec vous… »

Voilà comment se faisaient les rencontres dans ce pays accueillant et hospitalier ! Antonio, c'était son nom, fit couler trois cafés de sa petite cafetière électrique, les posa sur un plateau et ils burent sur le pas de la porte. Assis sur les marches, ils discutèrent comme s'ils s'étaient toujours connus, Jeanne racontant son périple depuis qu'elle avait quitté la France ; Antonio leur expliquant qu'il était seul dans la vie et qu'il voyageait lui aussi d'île en île. Un mois plus tôt, il avait vu cette baraque abandonnée et il la rénovait pour s'y installer.

« Il faut parfois forcer un peu le destin, continua Antonio, philosophe. Si on me chasse d'ici, j'irai ailleurs. Pour l'instant, tout le monde a l'air de m'accepter. »

Finalement, ils décidèrent de donner un coup de main à leur hôte. Depuis toute petite, Jeanne adorait bricoler avec son grand-père et elle avait envie de se rendre utile. Constantin scia et rabota des planches et elle fit de la peinture, laissant aller son imagination. Jusqu'à peindre sur le mur du fond couleur amande un immense platane brun qui rappellerait à Antonio le passage de la jeune Française. Ils travaillèrent tout l'après-midi. Jeanne adorait entendre les deux hommes parler ensemble en roulant délicatement les « r ». Au crépuscule, Antonio leur demanda, tout d'un coup, de poser leurs outils.

« Je voudrais vous montrer quelque chose. C'est à cinq cents mètres, venez... »

Ils sortirent dans l'obscurité, Constantin et Jeanne bras dessus, bras dessous. La chaleur était tombée depuis longtemps, c'était délicieusement bon de se promener ainsi sur le petit chemin. Antonio ouvrait la route, une torche à la main. Au détour d'un virage apparut devant eux une très jolie petite église de pierre blanche dont les fenêtres éclairaient comme un phare la campagne noire.

À l'intérieur, un office avait commencé. Ils prirent place sur un banc au fond de l'église. Une trentaine de fidèles occupaient les premiers bancs et quelques touristes, ici et là, complétaient l'assistance. La voix du prêtre orthodoxe à longue barbe naviguait sur l'assemblée, renvoyée par les murs blancs. Les « amen » étaient repris en chœur, ainsi que certains versets en latin. Une ferveur tranquille, rassurante se dégageait de cette modeste humanité.

À la fin d'un chant particulièrement beau, Jeanne se surprit à chuchoter un « amen » avec les fidèles.

« Tu es croyante, toi ? murmura Constantin.

— Non, non. L'émotion m'a emportée… Et toi ?

— Moi non plus. Mais je crois en un ciel où se promène ma Paula… Et où je la rejoindrai. »

Deux bancs plus haut, la voix d'une petite vieille recroquevillée sur ses mains jointes couvrait l'ensemble du chœur. Au refrain, elle leva la tête vers le plafond et partit d'une voix incroyablement pure. Quelques fidèles se retournèrent mais elle poursuivit son chant les yeux fermés, presque en adoration. Émue, Jeanne se laissa submerger par l'arabesque de sa voix jusqu'au point final de ce solo inattendu où, tentant d'atteindre une note haute, le timbre de la vieille s'érailla quelque peu. La femme ouvrit les yeux, eut l'air un peu gêné et retomba en prière.

« C'est cette femme que tu voulais nous montrer, demanda Constantin à Antonio sur le chemin du retour.

— Oui. Je vais l'écouter chaque vendredi. Elle me bouleverse…

— Jeanne aussi, apparemment… »

Effectivement, la jeune fille essuyait une larme qui coulait sur sa joue. La voix cristalline sortant de ce corps rabougri l'avait remuée au plus profond et le « couac » final n'en était que plus touchant. Antonio les invita à partager son repas, quelques tomates, des olives et de la feta, et il les hébergea pour la nuit.

Constantin et Jeanne jetèrent leur duvet sur des matelas de paille et quelques minutes plus tard, tout le monde dormait paisiblement.

Quand, le lendemain, ils se séparèrent après le déjeuner, Constantin promit à Antonio de revenir et de passer du temps avec lui. Il voulait discuter. Sa démarche lui avait donné des idées. Et si lui aussi s'installait à Symi pour vivre le reste de ses jours ? Qu'avait-il de mieux à faire à Athènes ? Sûr que Paula serait ravie de voir ses chapeaux et ses écharpes décorer l'intérieur d'une petite maison de l'île où ils espéraient vieillir ensemble.

*

Ils remontèrent sur leurs ânes et Constantin indiqua du bras la direction du moulin qu'il voulait revoir. « Ce n'est plus très loin, si je me souviens bien… » Au bout d'un quart d'heure, apparurent trois fermes et juste derrière, sur les hauteurs, le moulin à vent avec sa tour cylindrique, son toit en charpente et ses ailes entoilées. À sa vue, Constantin donna de furieux coups de jambes pour faire accélérer son âne. « Avance ! Avance ! » criait-il à la bête qui partit au petit trot. Jeanne fit de même et ils escaladèrent la colline.

Arrivé devant le moulin, Constantin descendit et le contempla, bouleversé.

« Il n'a pas changé, Jeanne, incroyable…

— Il n'y a personne. Tu crois qu'on peut entrer ?

— Bien sûr, je suis chez moi, ici, non ? »

Il poussa la porte en bois. À l'intérieur, deux meules à grains et à olives attendaient d'être remplies et actionnées. Des sacs de jute jonchaient le sol. Constantin plongea sa main dans l'un d'eux et porta une poignée de blé à ses narines. Il ferma les yeux et sourit. « Comme avant… Comme avant… » murmura-t-il. Jeanne le regardait sans oser bouger. Le vieil homme se leva et tendit le bras vers une cuve.

« Regarde comme la farine est fine. »

Jeanne s'approcha, se baissa et Constantin souffla de toutes ses forces. En une seconde, elle fut couverte de poudre blanche.

« Ah t'es content, papy-casquette, hein ? fit-elle en claquant ses mains sur ses bras. C'qu'il peut être bête… »

Constantin riait doucement, les mains sur les genoux.

« J'ai pas pu résister, ma Jeanne… Tu viens, on va se balader ? »

Il sortit du moulin presque en courant. Jeanne, qui finissait de s'épousseter, était médusée. « Il devient fou ou quoi ? » Elle le vit foncer dans le champ vers des roues de paille qui attendaient la machine pour être rentrées dans un hangar. Arrivé devant l'une d'elles, il s'allongea et se balança d'avant en arrière. Jeanne n'en croyait pas ses yeux. Le vieux riait à chaque aller et retour et invitait Jeanne à se joindre à lui. « Viens, c'est marrant comme tout… Mmm, qu'est-ce que ça sent bon ! » Jeanne jeta son sac à dos et allait l'imiter quand une voix tonitruante l'arrêta :

« Eh, les mômes, vous voulez que je vous aide ? »

Apparemment, le paysan n'avait pas vu Constantin qui se balança encore une dizaine de fois sur la roue avant de lui faire face. Il le regarda, ahuri.

« Ça vous amuse, à votre âge ?

— Quel âge vous me donnez exactement ? demanda Constantin, angélique.

— Euh… bon, faut pas rester là. Vous allez abîmer la paille, à grimper dessus.

— Si vous ne la rentrez pas, elle s'abîmera de toute façon, répondit Constantin sans se démonter.

— Pour l'instant, la machine est en panne. Allez, sortez de mon champ.

— Qu'est-ce qu'elle a votre machine ? Je peux jeter un œil ? J'ai été grutier un temps, je m'y connais un peu en mécanique. »

Le paysan le regarda d'un air suspicieux puis il lui fit signe de le suivre sous le hangar. Après que Constantin lui eut traduit l'échange, Jeanne leur emboîta le pas, aussi amusée que curieuse. « Eh, tu m'avais pas dit que t'avais été grutier », chuchota-t-elle à Constantin. « Il y a longtemps, dans une autre vie… » dit-il d'un air mystérieux. Le paysan souleva une bâche et lui montra l'engin. Constantin se pencha sur le moteur et comprit tout de suite que son propriétaire, lui, ne connaissait pas grand-chose en mécanique. La machine avait pris l'eau et il suffisait de vidanger l'huile pour que tout reparte. En une heure, le problème fut réglé. Quand le paysan monta sur le tracteur pour le faire démarrer, il y eut quelques pétarades fumantes puis le moteur se mit à tourner régulièrement. Satisfait, l'homme leur proposa d'aller leur chercher à boire et il repartit vers la ferme. Constantin le regarda s'éloigner, une lueur dans l'œil.

« Mademoiselle, ça vous dirait de faire un petit tour ?

— T'es fou ? On va se faire tuer !

— Mais non, faut bien vérifier qu'il roule son tracteur. Allez, grimpe... »

Constantin retrouvait les gestes d'antan avec un bonheur apparent. Son visage rayonnait. La casquette vissée sur la tête, les bras arc-boutés sur le large volant, il zigzaguait de droite à gauche à toute blinde. Bringuebalée sur la machine, Jeanne riait aux éclats. Quelle pêche il avait depuis qu'il était sur son île ! Quand le paysan revint avec deux verres et une carafe, il contempla le spectacle bouche bée. Constantin fit le tour du champ et vint se garer au pied du propriétaire qui ne savait pas s'il devait s'énerver ou se taire.

« Ça marche impec ! dit Constantin en faisant descendre sa passagère. Tiens, je boirais bien un p'tit coup, moi !

— Tenez, et maintenant partez, j'ai du travail, moi, dit le paysan. Et merci quand même, hein... »

En redescendant la colline sur leurs ânes, Constantin riait encore et racontait à Jeanne son expérience de grutier. « Dans mes nuages, j'avais l'impression d'être la main de Dieu qui jouait au lego ! J'adorais grimper là-haut. » L'après-midi avait filé mais il faisait chaud à crapahuter sur ces chemins remplis d'ornières. Ils firent une pause à l'ombre et, assis sur un muret, grignotèrent les olives noires et le pain qu'ils avaient chapardés dans l'auberge. Jeanne reparla de sa famille qu'elle reconnaissait juger parfois à l'emporte-pièce. Sa vie, disait-elle, se résumait en quelques mots : les plaisirs organisés d'une existence bourgeoise et privilégiée. Le tout arrosé de beaucoup d'amour. Son départ fomenté depuis quelques semaines était la première grande décision de sa vie.

« Comment te dire, Constantin… J'avais l'impression d'être heureuse et immobile avec le monde autour de moi qui bouillonnait. J'ai crevé ma bulle pour m'échapper.

— On est responsable de son destin. Ma petite Jeanne, tu as eu raison de partir car il faut être acteur de sa vie.

— C'est ce que j'ai dit à mes parents.

— Oui, mais ne tarde pas à te réconcilier avec eux, la vie semble longue et elle file à toute allure. »

Jeanne lui demanda s'il désirait voir d'autres lieux, peut-être rendre visite à des copains d'école… « Non, depuis le temps, je ne saurais plus les reconnaître et beaucoup doivent être morts, à l'heure qu'il est… Je préfère rester ici avec toi, à respirer mon île. La nuit va bientôt tomber. Viens, on va voir le soleil se coucher. » Ils quittèrent le chemin pour chercher une trouée qui donnait sur la mer. Après avoir attaché leurs montures, ils s'assirent côte à côte sur l'herbe, et regardèrent l'énorme boule orange disparaître peu à peu à l'horizon et sombrer dans les flots.

« C'est beau… Qu'est-ce que j'aurais aimé que Paula voie ça !

— Vous n'alliez jamais au bord de la mer ensemble ?

— Tu sais, avec le travail, les enfants, nous n'avons pas eu beaucoup de temps pour nous.

— Une belle famille de sept enfants, tout de même !

— Oh, je ne regrette rien ! Notre vie a été dure, mais on a été heureux, ça, j'en suis sûr.

— Mes grands-parents aussi ont beaucoup travaillé. Leur vie, c'était comme une suite de devoirs, ils ont été élevés ainsi.

— Le plaisir, la légèreté ont manqué à notre génération, c'est certain. La balade, la flânerie, ce qu'on fait ensemble, Jeanne, depuis qu'on est partis… Il était temps que je te rencontre !

— C'est gentil.

— Une vraie chance, je t'assure. »

Sur la mer, au loin, un yacht illuminé passait lentement et commençait à obliquer pour accoster sur l'île. Sur le pont, on entendait des rires et de la musique. Le bateau allait décharger sur l'île silencieuse sa cargaison de fêtards venus passer le week-end. Constantin regardait le bateau, un léger sourire au coin des lèvres. « Jeunesse… Jeunesse… » murmura-t-il.

« Tu sais, Jeanne, je crois que je vais revenir vivre ici. Athènes est une ville que j'aime, mais trop bruyante pour moi. Ici, je me sentirai bien. Avec Antonio, nous nous aiderons mutuellement. Qu'en penses-tu ?

— Bien sûr ! Très bonne idée ! Mais, hors saison, ça doit être un peu triste ici, non ?

— J'ai besoin de calme, du silence de la nuit, de regarder le ciel sans éclairages urbains. À partir d'un certain âge, il y a des valeurs essentielles qui se dégagent. On a tous été jeunes, on a tous voulu changer le monde, exercer un tant soit peu de pouvoir. En définitive, on revient toujours aux mêmes choses : l'amour, le respect, l'attention aux autres. Et la nature, le silence.

— La contemplation, la méditation…

— Oui, oui. On y retourne forcément. Je me demande comment je n'ai pas pensé à revenir ici plus tôt. Il était grand temps. »

Adossés tous deux à leurs sacs, un brin d'herbe aux lèvres, ils se remplissaient les yeux des dernières lueurs du jour, des scintillements de la lune sur l'eau, et de l'arrivée des premières étoiles. Constantin scrutait le ciel.

« Tu vois, Jeanne, comme la nature a horreur du vide : chaque millimètre, il y a quelque chose. Tout est à sa place.

— Et il n'y a pas de hasard, tu crois ?

— Non, non : pas de place pour le hasard ! »

Jeanne sourit. Constantin la faisait pénétrer sur un territoire un peu mystérieux mais qui l'avait toujours attirée.

« Notre rencontre, c'était écrit, tu crois ?

— "Écrit", je ne sais pas… je n'aurais pas la prétention d'imaginer que quelqu'un s'est penché sur ma vie pour l'écrire, mais je crois aux ondes, aux attirances, aux rencontres.

— Oui...

— Regarde, c'est drôle, tu es montée dans mon taxi pour que je te conduise et, pour finir, c'est toi qui m'as emmené ici.

— C'est vrai. »

Il faisait sombre à présent. Jeanne frissonna et s'enveloppa de son sweat-shirt. « Tu as froid, dit Constantin, rentrons à l'auberge. » Sur leurs ânes, ils reprirent prudemment le petit sentier qui descendait vers le village. Des branches de buisson leur fouettaient le visage. Brusquement, Constantin stoppa sa monture : « Eh, attends, je reconnais ce chemin, on avait construit une cabane... » murmura-t-il en descendant de son âne. Il accéléra le pas. Ses pieds dérapaient sur les pierres, mais il ne ralentissait pas pour autant, enthousiasmé de retrouver d'autres traces de son enfance. « Attends, attends-moi ! » criait Jeanne en tentant de le rattraper, mais il filait devant elle, dans le noir, léger comme s'il avait à nouveau ses jambes de jeune berger. Elle quitta elle aussi sa monture et courut pour le rejoindre. Au moment où elle allait lui saisir le bras pour qu'il ralentisse, il ne vit pas le trou dans les feuillages sur sa droite et fut déséquilibré. Son corps bascula dans le vide. Le temps qu'elle pousse un cri, il avait dégringolé une trentaine de mètres plus bas.

Quand Jeanne arriva jusqu'à lui après avoir descendu le ravin sur les fesses, il ne bougeait plus. « Constantin ! Constantin ! » hurla-t-elle. Pas de réaction. L'homme gardait les yeux fermés. Elle s'affola, sortit par réflexe son portable mais il n'y avait pas de réseau. Elle cria à l'aide sans succès, puis revint près de lui en prononçant doucement son nom. À ce moment-là, les yeux du vieil homme s'ouvrirent, il lui sourit en grimaçant.

« Oh, Constantin, qu'est-ce que tu m'as fait peur ! J'ai cru que… Écoute, tu vas m'attendre ici, je pars à l'auberge chercher du secours.

— Non, non…

— Mais si bien sûr ! Je vais faire aussi vite que…

— Je préfère que tu restes près de moi. Si tu pars, j'ai peur de ne plus être là à ton retour.

— Mais, non, Constantin, ne dis pas de bêtises… Tu es blessé ? Tu as mal ?

— Jeanne, s'il te plaît, reste près de moi. »

Elle hésita un instant, le souffle suspendu. Les yeux de l'homme imploraient sa présence. Jeanne s'assit près de lui. Elle aurait voulu dire des paroles de réconfort, mais des larmes coulaient sur ses joues. Constantin ne la quittait pas des yeux en lui serrant la main.

« Je suis tellement heureux d'être sur mon île. C'est grâce à toi… Merci, Jeanne.

— Constantin, tiens bon, je vais aller chercher du secours !

— Non, non, ma Jeanne, on ne peut pas toujours gagner.

— Mais qu'est-ce que tu dis ? Tu as encore tellement de choses à me montrer ici.

— Écoute-moi, petite fille, articula-t-il avec peine, il faut apprendre à accepter et parfois à s'incliner. Ce n'est pas parce qu'on met... toutes ses forces dans le combat... que l'on gagne forcément. Vivre, c'est accepter... les échecs comme les victoires.

— Je n'aime pas les échecs, dit Jeanne, tentant de sourire derrière ses larmes.

— Prends tout ce que la vie t'offre... comme un cadeau. Crois-moi, Jeanne, il te faudra... comprendre ça très vite pour ne pas être malheureuse.

— Ne parle pas, tu te fatigues, là.

— Il faut que je te dise... ma petite Jeanne... on n'est qu'un maillon d'une grande chaîne... Il faut être fort et solide... pour s'accrocher les uns aux autres. N'oublie jamais cela : on est aussi responsable des autres.

— Mais pourquoi tu me dis tout ça ?

— Chaque seconde où l'on se dispute avec ceux que l'on aime est une seconde... de perdue, de gâchée. C'est très important.

— Oui, oui... Constantin, ne me laisse pas...

— J'aurais tellement de choses à te dire... tellement de choses... »

Le vieil homme leva un peu la tête et la posa sur le genou de Jeanne. Il la regardait intensément. Elle ramassa la casquette du vieux et s'en coiffa, ce qui le fit sourire une dernière fois. Elle resta longtemps près de lui, se remémorant leurs bêtises, leurs rires. Elle lui parla de Paula qu'il allait retrouver, du nouveau bonheur qui l'attendait. Le souffle de Constantin se faisait plus rare. Elle lui caressa les cheveux et le visage jusqu'à ce qu'il ferme les yeux. À un moment, il poussa un long soupir et sa tête glissa sur l'herbe. Elle crut entendre un « merci », si faible qu'elle rapprocha son oreille des lèvres du vieillard. Aucun souffle n'en sortait. Désormais, l'île de Symi et Constantin ne faisait plus qu'un.

Jeanne lui fabriqua un oreiller d'herbes, couvrit son corps de sa veste et s'éloigna. Il ne servait plus à rien d'aller chercher du secours à présent. En larmes, elle revint sur le haut de la colline pour contempler l'horizon vernissé d'orange. Le vent jouait avec ses cheveux, les rabattant sur ses yeux chaque fois qu'elle les dégageait.

Des cris traversèrent le ciel. Un vol de grues traça une ligne presque horizontale. Elles volaient lentement, ombres noires sur fond doré, battant majestueusement l'air de leurs ailes. Jeanne les suivit du regard jusqu'à ce qu'elles disparaissent dans le lointain.

Un nuage passa, puis un autre, presque noir. Le ciel se remplit d'encre. Un éclair le déchira de bas en haut. L'orage arrive, se dit-elle. Elle voulut pivoter sur ses pieds mais quelque chose l'en empêcha qui la cloua sur place. Elle s'agita, tomba à terre, se releva, tenta à nouveau de se décoller du sol. En vain. Impuissante, elle s'allongea. En quelques secondes, la nuit avait envahi le paysage. Jeanne frissonna et ferma ses paupières. Un froid polaire avait succédé à la chaleur de l'été.

*

Lorsqu'elle ouvrit les yeux, des ombres l'entouraient. Ses parents étaient là, son frère et sa sœur la regardaient en souriant. Elle essaya de leur parler mais aucun son ne sortait de sa bouche. D'autres silhouettes vêtues de blanc s'approchèrent. Des bips résonnaient par intermittence, lancinants, qui brouillaient les voix. Jeanne voulut ôter de sa bouche le foulard qui la gênait mais sa mère l'arrêta d'une voix douce :

« Laisse, mon amour, c'est ton masque à oxygène... »

La jeune fille leva le bras vers elle, il pesait une tonne. Au-dessus de sa tête, une potence portait une poche de liquide à laquelle elle était reliée.

« Mais qu'est-ce que je fais là, maman ?

— Tu es à l'hôpital, ma chérie, ne t'inquiète pas.

— À l'hôpital ? Mais alors, ce voyage, Constantin... »

La vision de Jeanne se troubla un instant. Elle faisait des efforts pour se souvenir mais les images se superposaient et s'envolaient aussitôt. Elle voulut s'asseoir, les forces lui manquèrent, elle retomba sur l'oreiller. Quand les bruits cessèrent, le visage rassurant de sa mère était penché sur elle.

Tu voulais voyager, écrire…

Ma fille, ma princesse, tu voulais voyager, écrire… La vie ne t'en a pas laissé le temps, ton bateau est resté à quai. Coincée dans ta bulle, enlisée dans la vase de tes perfusions, de tes médicaments. Ces voyages, tu les as rêvés. Alors, pour toi, j'ai pris la plume et le vent pour l'Afrique où tu m'avais accompagnée, enfant, et où tu brûlais de revenir ; et pour la Grèce, berceau de notre famille, avec ton grand-père pour guide. Ces aventures qui auraient pu t'arriver, ces rencontres que tu aurais pu faire, je les ai imaginées pour toi qui voulais tout savoir, tout connaître, tout aimer.

Parfois, à l'hôpital, je te surprenais perdue dans tes pensées et lorsque ton regard se posait à nouveau sur moi, tu semblais revenir de très loin. Était-ce de ces pays dont nous parlions ensemble, en feuilletant des grands livres de photos, et que tu rêvais de visiter ? De ce tour du monde, entériné puis déconseillé par ton père, trop protecteur, trop craintif ? Tu n'avais peur de rien, toi ma princesse, curieuse, rebelle et impatiente. Tu t'étais inclinée. Ton grand périple, tu le ferais… plus tard.

Tout était prêt, ton vieux sac à dos, ton passeport : Laurette, Jeanne Fugain, née le 10 août 1979 à Cannes. 1 m 65. Yeux marron.

Tu espérais les déserts, les montagnes, l'océan, les sourires, l'aventure. Le décor de ton dernier voyage a été tout autre : le carrelage glacé des chambres d'hôpital, le souffle des gaz désinfectants, le ballet des visages qui dansaient autour de toi, masqués à demi pour mieux te protéger. Et moi qui te regardais lutter, impuissante, éperdue.

« *Aujourd'hui, je passe dans un autre monde...* » avais-tu écrit sur ton agenda au premier jour de ta maladie. Ce voyage en enfer, il fallait aussi que je le raconte.

12 juillet 2001

Mauvaise journée, mauvaise nouvelle. Ou comment basculer dans l'horreur à l'énoncé d'un verdict qui tombe comme un couperet. Un poison sournois s'est installé dans le corps de mon enfant. Dans ma chair, une déchirure, ma respiration s'arrête, la tête me tourne, une impression étrange m'envahit comme si, moi aussi, j'entrais dans un autre monde. Laurette, ma Laurette, atteinte de leucémie ! « Dame Leucémie ». C'est toi qui appelles ainsi celle qui va te tuer à petit feu.

L'annonce faite par le médecin de l'hôpital Saint-Louis de Paris est d'une telle violence qu'aujourd'hui encore, chaque fois que j'y pense, un pincement me noue le ventre et j'ai le cœur en larmes.

Choquée, anéantie, tu comprends que cette immense fatigue qui te ronge depuis plusieurs semaines cachait une maladie qui, sournoisement, a pris possession de tout ton être. « Cancer », le mot est dit, il fait peur, et moi, je refuse de l'entendre.

La première nuit passée dans le service d'hématologie est terrible ; tu cries, tu te débats, tu sanglotes, envoyant des coups de poing violents contre ton lit qui pue la maladie et la souffrance.

Je te prends très tendrement dans mes bras. Blotties l'une contre l'autre, nous avançons dans la nuit noire. Ton corps est terriblement agité. Toute la nuit, je te serre contre moi, je sens ton chagrin, tu trembles, tes larmes inondent tes joues, les miennes. J'aimerais tant te faire entrer à l'intérieur de ma chair, t'aspirer, te fondre en moi et que tout recommence depuis le début. Ma fille, ma vie, mon bébé. Je retiens mon souffle, ma peine. Envie de hurler à mon tour.

Les tranquillisants avalés, tu es plus calme, tes grands yeux hagards se plongent dans les miens, nos regards se comprennent : nous sommes en enfer, notre vie va bifurquer à 180 degrés, nous savons que la guerre sera longue et violente.

On m'installe un lit de camp dans ta chambre. Durant toute ta maladie, je ne vais plus te quitter, jamais ; mes yeux sur toi, ma peau contre la tienne, nos corps serrés, pressés, agités ou calmes, ensemble. Tout ensemble, toi et moi, désormais.

Très tôt le matin, les bruits métalliques dans le couloir, les chariots, les voix des médecins et infirmières qui se succèdent dans ta chambre. On t'observe, on te détaille, on te scrute. Tu es questionnée et presque rassurée. Il faut faire très vite les premiers examens afin de déterminer le type de leucémie, ainsi que le meilleur protocole de chimiothérapie, celui qui s'apparente à une bombe atomique et qui devra partir en guerre contre les mauvaises cellules appelées blastes.

Des mots nouveaux entrent dans notre vocabulaire qui vont devenir notre langue unique. Il n'y a malheureusement pas de doute ni d'erreur de diagnostic : leucémie aiguë myéloblastique foudroyante. Inclassable. C'est la souffrance, l'inconnu. Ma place est à tes côtés pour te défendre, je resterai accrochée à ton corps, je vais vivre à ton souffle, je te donnerai tout mon amour, je serai ta force, tes racines. Si seulement j'avais le pouvoir de te soulager, ne pas être simplement spectatrice ! Cette impuissance me détruit, mais mon énergie me semble inépuisable. Maintenant il faut lutter contre cette saleté, se battre et faire confiance à la médecine. L'espoir est notre arme la plus forte.

17 juillet 2001

Première cure de chimio. Très vite, tu me demandes de tout arrêter, pensant ne pas pouvoir la supporter. Je regarde ton visage se défaire de seconde en seconde, tu deviens toute petite dans la douleur. Comment t'aider sinon te conseiller de t'approprier l'énergie et le dépassement que les sportifs de haut niveau utilisent pour atteindre leurs objectifs. Tu te renfermes, te recroquevilles. Puisque je ne peux rien faire, je vais devenir un roc. Je ne vais pas fléchir, je ne dois pas mollir.

Je te découvre, ma princesse, petit soldat, courageuse et confiante, apprenant tout doucement à gérer ta souffrance du mieux possible.

Le moral, garder le moral, c'est ce que nous disent les médecins. Facile à dire, j'ai tellement peur.

Les nombreux effets secondaires de la chimiothérapie apparaissent tout de suite : chute de cheveux, fatigue écrasante, nausées, prurit sur tout le corps, et douleurs de toutes sortes. Pour ne pas voir tomber tes cheveux, tu décides de les raser. C'est tout toi, ça, prendre les devants… et c'est moi que tu choisis pour cette transformation. Terrible mission. Avec une énorme boule dans la gorge, je prends la tondeuse pour attaquer ta belle chevelure noire. Je respire très fort pour retenir mes larmes et ne pas laisser paraître ma tristesse. Heureusement, Marie, ta sœur aînée, est avec nous. Nous décidons d'en faire un jeu. Ma main tremble. Dans un grand éclat de rire, tu m'encourages : « Allez maman, vas-y ! »

Je commence par créer un énorme sillon sur le dessus de ta tête, tes belles mèches tombent sur le carrelage de la chambre. Tu les ramasses aussitôt pour t'en faire des moustaches et singer Charlie Chaplin. Tu te dandines en roulant des yeux. On rit. Tu es merveilleuse. Ensuite, je dessine des formes sur ton crâne en conservant une petite mèche sur le côté. Une fois le travail terminé, je recule et te regarde, effondrée de te voir ainsi. Pourtant, tu es magnifique la tête rasée, si belle, ma princesse. Je repense à tous ces moments où je vous déguisais, ta sœur et toi, imaginant des personnages, des scènes loufoques, Marie en duchesse, toi en diablotin avec des maquillages effrayants. Au cœur de l'absurde et de l'abominable, on s'approprie des petits bouts de rires pour les transformer en moments de bonheur furtifs, rendant ainsi la réalité plus légère.

Tu es en aplasie, période délicate où tu n'as plus aucune défense immunitaire. Dans la chambre, les règles d'aseptisation sont strictes : port d'un masque, d'une charlotte sur la tête, d'une blouse stérile et nettoyage des mains avant d'entrer. Ce que nous apportons de l'extérieur doit être désinfecté avant d'être introduit dans la pièce. Les médecins me demandent de ne plus dormir à tes côtés. Tes yeux s'affolent. Se retrouver seule la nuit t'angoisse beaucoup. J'insiste auprès du corps médical pour rester, en promettant de ne jamais enfreindre les règles imposées pour la sécurité des patients. Finalement, ils acceptent. Je n'imagine pas rester une seconde loin de toi.

Un mois que nous sommes ici avec, chaque jour, l'espoir de sortir. Mais ton état ne le permet pas. La maladie sera longue, mais long, c'est combien ? Accroche-toi, ma fille, bats-toi, tu vas gagner. J'essaie de faire des projets, te parle de nos prochaines vacances, te rappelle celles que nous passions dans notre maison familiale en Corse, sur cette île que tu aimes tant. Je te parle de Marie, ta complice, de ton petit frère, Alexis, qui est un peu ton bébé. Tout ce qui peut te retenir près de nous.

Bientôt, nous comprenons que l'été se passera ici, dans cette toute petite chambre aux peintures blafardes avec, pour seule lumière, le rayon de soleil qui traverse de temps à autre la petite vitre donnant sur le jardin de l'hôpital.

10 août 2001

Bon anniversaire, mon amour, tu as 22 ans. Entre deux séances de chimiothérapie, nous organisons un semblant de fête dans ta chambre. Les infirmières cagoulées, les docteurs chapeautés et masqués poussent un chariot sur lequel est posé un gâteau enveloppé dans du papier d'aluminium avec une petite bougie qui scintille. Cette scène est surréaliste. Toi, reliée à ta potence qui te distille le traitement directement dans les veines. Tu es triste mais émue, tu souffres et ne le montres pas, ton visage est creusé, tu prends sur toi pour nous offrir ce petit sourire qui cache tes larmes. Je m'accroche à ces moments même si le cœur n'y est pas, j'aime tant te voir sourire. Clic-clac, j'appuie sur le déclencheur de mon appareil photo pour pouvoir rire un jour, je l'espère, de cet anniversaire fantomatique. Ces photos qui me serrent le cœur quand je les regarde aujourd'hui…

Les jours passent lentement, aucun ne se ressemble. Tantôt tu es en forme et le lendemain tu as mal partout. Ton corps est meurtri, il doit sortir d'aplasie et refabriquer ses propres cellules pour sa défense immunitaire. Nous sommes déjà au trente-huitième jour après la première chimiothérapie et toujours pas de remontée des globules blancs. Nous attendons avec une impatience qui me rappelle notre attente le jour du bac.

Le baccalauréat, tu étais sûre de l'avoir. Tu y étais allée « les doigts dans le nez », comme tu disais, décontractée. Tu savais qu'une fois le bac en poche, tu fermerais la porte de l'enfance et entamerais une carrière artistique. Le jour du résultat, avec Agathe et Charlotte, tes copines, vous vous étiez donné rendez-vous à ton lycée pour consulter la liste des noms et soutenir, éventuellement, celle qui ne l'aurait pas. Le temps de trouver ton nom, tu avais eu un peu chaud et ensuite tu t'étais mise à sauter et à danser avec tes amies : vous étiez toutes reçues. Premier coup de fil pour moi qui attendais en tournant dans la maison. « Je l'ai ! » C'est tout. Trois petits mots qui libéraient mon angoisse. Je crois que j'étais encore plus soulagée que toi. Je me souviens des hurlements de joie de tes amies dans le téléphone. Mon bébé avait son bac. Pour toi, c'était la clef qui te libérait des études et te projetait dans la vie adulte.

De la même façon, la numération sanguine satisfaisante que nous espérons tous sera la clef de ta sortie de l'hôpital. Ras-le-bol de la chambre stérile. Régulièrement, tu es transfusée et l'on te rajoute des plaquettes sanguines. Ces fameuses plaquettes que l'on recherche abondamment tant elles sont nécessaires aux maladies et qui contribuent à la coagulation du sang. Sans elles, c'est l'hémorragie.

C'est une découverte pour moi : il y a pénurie de plaquettes dans les hôpitaux. Même moi qui suis donneuse de sang, j'ignorais que l'on pouvait aussi donner ses plaquettes sanguines.

Devant la panique du service face à cette pénurie, je lance un SOS à nos proches. Durant tout l'été, l'hôpital verra défiler des donneurs pour toi. Marie, Karim, Gwen, Maïa, Sonia, tes amis, battent le rappel et rappliquent un peu inquiets mais avec l'envie folle de t'aider. Karim me demande doucement : « Qu'est-ce qu'on va me faire ? » Je souris. Pas grand-chose, mon Karim, y'a pas de quoi tomber dans les pommes. Les garçons sont plus émotifs que les filles devant la piqûre mais ils prennent sur eux et ils ouvrent le bal : « Courage ! Ça fait même pas mal. » Tous ressortent heureux et, même si ces plaquettes ne te sont pas directement destinées – le don du sang est anonyme –, ils ont pris conscience de la nécessité d'être donneur pour aider tous les malades. Tu as été très fière d'eux quand je t'ai raconté. Ce que tu ne sais pas, c'est qu'à partir de ce jour, tous sont devenus des donneurs réguliers…

Résultat de ta numération sanguine. C'est Albert, l'interne, ton médecin préféré, qui vient te l'annoncer. Albert, calme, tellement calme, que tu l'as surnommé « deux de tension » ! Brun, très grand, j'ai tout de suite vu dans tes yeux que tu le trouvais « beau mec ». Sa première visite du matin te donne le sourire, tu l'attends, impatiente. Je crois même que tu te fais jolie pour lui. Ce qui ne t'empêche pas de l'envoyer bouler quand il t'apporte des nouvelles qui ne te plaisent pas. Et aujourd'hui, c'est le cas.

Il sait à l'avance que tu vas être triste et furieuse devant ces chiffres qui ne sont pas ceux que tu espérais.

Ta réaction ne se fait pas attendre ! Tu craques, tu t'énerves, tu pleures, tu bascules le support de ta perfusion et décides de partir. Tu te lèves comme une furie vers la sortie de la chambre, je te barre le passage et te laisse seule avec lui qui tente de te calmer.

Moi, je vais m'effondrer dans le couloir du service, seul refuge pour respirer et souvent pour pleurer. Des malades se croisent, poussant leur potence sur laquelle pendent des poches de toutes les couleurs, rouge pour le sang, miel pour les plaquettes sanguines et transparent pour le glucose. Ils ont en commun leur crâne rasé, ce teint très particulier un peu gris et livide, ces yeux cernés et tristes, une difficulté à marcher. Et tous, dans le regard, autant de peine que d'espoir.

Alors qu'Albert t'avait interdit de sortir dans le service vu les mauvais résultats, je vous vois arriver dans le couloir, bras dessus bras dessous, et je devine un petit sourire derrière le masque qui cache ta bouche. Albert a fondu pour sa « petite bombe » comme il t'appelle. Tu tiens à peine sur tes jambes tant la force te manque mais, pour l'instant, tu es ravie de t'être évadée de ta cellule.

Le soir, je dois passer à la maison pour régler quelques problèmes administratifs. Je sais que le moulin est vide de ses occupants : ton père est en tournée ; Alexis, en vacances chez des amis et Marie, en tournage. Ils me manquent, mais s'ils étaient là, je ne pourrais pas m'en occuper autant que je le voudrais. Ma seule préoccupation, c'est toi, te soutenir, être toute à toi.

Après un baiser « papier », masque oblige, je rentre, lourde, triste, infiniment lasse. Je me sens seule. Comme un automate, je trace la route, ou plutôt ma voiture me rentre. Dehors, il fait une douce chaleur parisienne. Je repense aux moments de bonheur que nous avons eu la chance de vivre, nos fous rires. Les moments aussi où l'on regarde la maladie de façon lointaine en espérant qu'elle ne nous attrapera jamais. Je revois ta jolie frimousse de petite fille espiègle. Comme j'aimerais me réveiller de ce cauchemar, que rien de tout cela ne soit jamais arrivé.

Paris 19e. Traversée des quartiers africains. J'aime ces femmes et ces hommes au large sourire, leurs grands éclats de rire, ils sont magnifiques. Je pense à l'Afrique, ses odeurs, sa moiteur et sa douceur, aux voyages que nous avons partagés, j'aimerais tant repartir, toi encore à mes côtés. Laurette, lorsque tu seras guérie, nous ferons le tour du monde. Je veux y croire, jusqu'au bout, je ne peux me résoudre à te perdre.

Dès que j'arrive au moulin, notre maison, je t'envoie un dernier coucou au téléphone, il te rassure et je suis heureuse d'entendre ta petite voix me dire le dernier « Je t'aime, maman ». Moi aussi, je t'aime, ma princesse. Je mesure encore davantage la force de ces instants d'amour que nous nous offrons chaque fois que nous le pouvons. Ces mots ont un autre sens aujourd'hui que tu souffres, je voudrais que tu saches que mon amour sera un rempart au doute, à ta peur.

Ma nuit n'est pas meilleure que les précédentes. Loin de toi, je me décompose. À tes côtés, je me sens forte, à ma place : je suis ta maman, celle qui te protège.

27 août 2001

Je me lève péniblement, j'ai la migraine, mal au dos, envie de pleurer. Une main d'acier me tord le ventre : comment ne pas songer au pire ?

Le téléphone sonne : c'est toi. Tu me demandes de m'asseoir pour m'annoncer une mauvaise nouvelle. Je n'en suis plus à une près. De ta toute petite voix, tu m'informes que le professeur t'autorise à sortir quelques jours. Tu éclates de rire et me dis de venir te chercher très vite. Folle de joie, je fonce vers toi. Une permission avant la suite pour te permettre de récupérer, de reprendre des forces auprès de nous. Quel bonheur après quarante jours d'enfermement !

Il ne me faut pas longtemps pour vider ta chambre que je t'ai aménagée et décorée avec des photos et tes objets personnels, ton Teddy en tissu à carreaux bleus, sans compter tous les petits cadeaux apportés au fil des visites. Je m'active, tu es tellement pressée de partir et moi de t'enlever.

Franchir le seuil du service, tu en as tellement rêvé. Des larmes de joie coulent derrière ton masque. Le trajet est ensoleillé et calme dans ce Paris vidé de ses habitants. Si ce n'était ton crâne rasé, ta petite mine et tes vêtements devenus trop larges, je pourrais imaginer que nous rentrons de balade. Nous ne parlons pas, je veux simplement entendre nos silences, cette respiration, cette sensation qui me parcourt, ce sentiment de liberté. Nos regards complices illustrent le bonheur immense du moment partagé.

Nous arrivons enfin au moulin. C'est ta Mamie Kokkinos, ma maman, qui nous accueille de son sourire si tendre et si malheureux depuis bientôt deux mois. Elle t'enveloppe de ses bras rassurants comme lorsque, enfant, tu venais chercher ton goûter après l'école ou faire une partie de Monopoly, en te laissant tricher tant ça la faisait rire. Ta Mamie qui ne comprend pas pourquoi la maladie est tombée sur toi alors qu'il eût été normal, dit-elle, que ce soit elle, avec ses 80 ans, qui endosse ce calvaire. Pour dissiper sa tristesse, sur un ton qui se veut très rassurant, tu lui assènes un : « T'inquiète, Mamie, je ne vais pas me laisser bouffer. Nous gagnerons ! »

Euphorie de te voir marcher dans la maison. Tu découvres, ravie, ta chambre entièrement refaite : les murs ont la couleur du soleil, du parquet a remplacé la moquette, tes affaires sont rangées dans des boîtes pour éviter toute contamination avec la poussière. Sortie de l'enceinte de l'hôpital, tu deviens plus fragile et les consignes ont été strictes : tout matériel susceptible d'être porteur de microbe doit être changé, stérilisé, d'autant qu'à la campagne, les pollens et les acariens pullulent. Les animaux sont interdits à la maison, il faut tout passer au produit désinfectant, les sols, les murs, chaque poignée de porte. Pour la nourriture, c'est la même chose : je prépare tes plats avec des gants ; les légumes et les fruits sont bouillis ; la viande blanche, cuite, recuite, transportée dans du papier aluminium du four à l'assiette. Des heures de préparation et tu ne manges presque rien.

Le soir, « gueuleton » aseptisé en tête à tête, câlins, fous rires. Ton père, Marie et Alexis nous attendent en Corse. J'ai préféré rester deux, trois jours à la maison au cas où la Corse n'offrirait pas toutes les garanties de sécurité en cas d'urgence.

Le lendemain matin, le soleil brille sur notre campagne, tu me demandes d'aller faire les magasins pour acheter des chapeaux. Je ne suis pas certaine que ce soit une bonne idée, j'ai peur que tu te fatigues mais, après quarante jours d'enfermement, je comprends que tu aies envie de vivre normalement. C'est ta première sortie. Tu n'as mis ni chapeau ni foulard, tu y vas crâne nu, brute de décoffrage. Tu assumes et c'est aussi ton petit côté provoc. Tu as envie de sous-vêtements chics, de jolie lingerie et je cède à tout. Je suis si heureuse de te voir dans la vie, de refaire des choses avec toi. Autour de nous, les coups d'œil t'interrogent. Beaucoup pensent que tu as le sida et je vois une femme tirer son enfant par la main pour qu'il ne t'approche pas. Contagieuse, pense-t-elle, donc pestiférée. Les regards pesants des gens, entre pitié et curiosité, t'agacent et on rentre plus tôt que prévu. Mais tu as eu le temps de faire ta provision de vêtements. À l'hôpital, tu tiens à te changer tous les jours. Coquette, séductrice jusqu'au bout.

Deuxième journée. Une grosse fatigue s'installe, nous appelons Albert, ton médecin, qui nous demande de faire une numération : les plaquettes sanguines et l'hémoglobine sont basses. Je dois te reconduire à l'hôpital pour y être transfusée. Avec ce plein de carburant, nous pourrons enfin partir pour la Corse et je compte sur toi pour te fabriquer de nouvelles réserves. Quoi qu'il en soit, tu profiteras de chaque seconde et tu respireras à fond les odeurs du maquis pour en imprégner la plus petite de tes cellules.

Corse : liberté, parfums de bruyère, de myrte, de chêne vert. Mon cœur fait des roulés-boulés, joie et émotion me submergent. J'ai sans cesse envie d'arrêter le temps. Si seulement nous pouvions en finir avec ces douleurs, cet enfer, tout de suite, là, dès l'aéroport de Calvi !

Tu n'es pas très en forme après le voyage, mais tellement heureuse d'avoir pu larguer l'hôpital. Alexis et Marie t'accueillent avec des hurlements de joie, suivis de Richard, mon futur gendre, et de ton père. Il fait très beau, très chaud. Nous sommes en vacances et même si cette respiration ne durera qu'une petite semaine, c'est toujours ça de pris pour la suite.

La vie en Corse s'écoule doucement, ponctuée par les numérations obligatoires et les repos que la fatigue t'impose. Les résultats sont assez satisfaisants pour se passer d'une nouvelle transfusion. Après une nuit tranquille et une petite balade, histoire de capter la moindre couleur, le plus subtil des parfums, excursion à L'Île-Rousse. On flâne, on respire, on prend notre temps, ce fameux temps qui n'a rien à voir avec celui d'avant. Chaque seconde que la vie nous donne est importante, remplie du bonheur d'exister, on en profite à fond. C'est du temps arraché à la maladie, gagné sur l'adversité. On réalise combien il est devenu précieux et on ne parle que de l'essentiel. Rien n'est remis à demain, on vit le moment. Il n'y a plus de projet. Avant nous étions immortels, aujourd'hui, on savoure l'instant.

Tout est changé. Pour toi comme pour nous. Il faut apprendre à cohabiter avec cet intrus. J'y pense sans cesse et refuse de perdre contre cette maladie. À plusieurs, on devrait pouvoir lui tenir tête, non ?

Et toi, comment vois-tu ta vie, maintenant ? Il y a des sujets que je devrais sûrement aborder et je n'ose pas. Peut-être, ne voulant pas me faire de peine, gardes-tu pour toi des questions qui resteraient sans réponses. Est-ce que je vais mourir ? Est-ce qu'il reste encore de l'espoir ? Comment vais-je me sortir de tout ça ? Toutes ces questions que tu te poses sûrement et auxquelles je ne peux pas répondre. Peut-être parce que je me dis qu'en évitant ce questionnement infernal, je te protège de la mort. Je n'ai qu'une ligne de pensée et je la tiens : si on arrive à se convaincre qu'on sera les plus forts, on gagnera, c'est certain. Même si, parfois, je suis tiraillée par l'envie d'aller plus loin, je ne suis pas certaine de savoir le faire. Pour le moment, je te donne mon amour, ma présence, mon énergie et un regard plein de confiance. Je vis à l'écoute de ton quotidien, je marche comme un soldat derrière sa guerrière, celle qui m'apprend la vie en accéléré, me fait toucher l'essentiel du doigt, cette combattante que j'admire plus que tout.

Le pire, c'est de ne pas savoir, de ne pas pouvoir se projeter dans la guérison. Aucun médecin n'abordant le sujet, j'ai cherché à entrer en contact avec les familles de malades que je croise dans le service ou ailleurs. Nous, les mamans, nous avons toutes quelque chose en commun dans le regard, l'espoir et la lucidité, la même façon de marcher, toujours à l'affût du moindre détail, du moindre miracle.

Nous portons la même détresse de perdre notre enfant. On n'a même pas besoin de se parler pour se comprendre. On a le même vêtement, la même carapace. Le même poids parce que notre baluchon de peur est tellement lourd à porter. Et on ne lâche pas. Combien d'entre nous pensaient ne pas arriver à tenir, et découvrent leur énergie, leur capacité : des nuits entières sans dormir, des journées sans manger à regarder notre enfant dormir, immobiles, sans bouger de peur de lui communiquer notre angoisse. On a tout oublié de ce qui nous entoure, de ceux « du dehors », notre seule priorité est de préserver la vie qu'on a donnée à cet enfant qu'on risque de perdre d'un instant à l'autre.

Notre semaine de vacances touche à sa fin. Une dernière belle et grande promenade s'impose, celle que nous aimons faire « en temps normal » : grimper jusqu'au phare d'Île-Rousse parmi les roches rouges, inhaler les multiples essences, dominer la mer immense, admirer le tournoiement incessant des oiseaux, regarder les bateaux glisser sur l'eau, à perte de vue.

Arrivée près du phare, tu t'assieds sur les rochers, la tête dans le bleu du ciel. Ton regard est triste, à quoi penses-tu à ce moment précis ? J'ai la gorge nouée et détourne la tête pour que tu ne voies pas mon émotion. Alexis nous rejoint, heureux d'avoir sa maman et sa sœur pour lui tout seul. Il fait le clown, nous invite dans ses jeux d'enfant de 8 ans. Se rapprochant de toi, il se glisse entre tes genoux et me regarde. J'ai envie de faire cette photo, fixer ce moment. Parce que je ne peux m'empêcher de penser au pire, même si mon cœur est plein d'espoir. Tu es magnifique avec ton bonnet enfoncé sur ta petite tête. Tu serres Alexis contre toi et ton plus joli sourire déclenche le déclic. Ce que je ressens est étrange. Et si c'était la dernière fois ?

3 septembre 2001

C'est la rentrée, celle d'Alexis en CE2, la tienne à l'hôpital.

Myélogramme de contrôle plus numération. Le verdict tombe : la moelle osseuse est encore très chargée, la première chimio a été inefficace. Laurette, ma rebelle, tu es aussi chimiorésistante ! Nous avions espéré une deuxième hospitalisation plus courte, elle sera aussi longue que la précédente avec un protocole différent sur huit jours.

La guerre, très vite, c'est la guerre ; tu n'y es pas prête, tu refuses cette seconde hospitalisation. Comme je te comprends ! Je suis de plus en plus inquiète, ne sachant pas ce qu'il y a derrière le regard des médecins. Je voudrais voler leurs silences, connaître leurs pensées mais, en définitive, savent-ils vraiment ou avancent-ils en aveugle avec l'espoir que chaque malade se défendra au mieux contre les bombes qu'ils leur envoient ?

À mon inquiétude, ils répondent invariablement : « C'est une forme très aiguë… » Et moi je n'ai qu'une envie, les frapper pour me défouler, qu'ils me disent autre chose.

Tu te renfermes et ne parles plus. Tu ressembles à une poupée de chiffon abandonnée dans un lit trop grand. Jamais je n'aurais imaginé que l'on puisse souffrir autant.

Je hais la vie en dehors de l'hôpital, rien ne m'intéresse vraiment. Le 12 juillet, ma vie s'est arrêtée, je suis figée sur ta maladie qui est devenue mienne. Je lâche tout pour toi. Ce combat est tellement énorme que je ne peux pas m'y donner à moitié. Il me prend tout mon temps, tout mon esprit, toutes mes forces. Je sais que le monde peut continuer de tourner sans moi mais je refuse qu'il continue à tourner sans toi. Et je n'ai rien choisi, rien décidé. La maladie s'impose à moi et me prend aussi ma vie. Puisque je ne peux pas être sur deux urgences à la fois, je me suis focalisée sur cette priorité vitale que rien ne peut égaler.

Comme un robot, j'effectue le quotidien, c'est une routine sans saveur. J'en veux presque à ceux qui vont bien. Je réalise que les épreuves me sculptent et me bousculent, je suis complètement déchirée, je suis tempête et volcan, je suis lionne et ne lâcherai jamais.

Chaque étape à franchir demande tellement d'énergie ! J'ai l'impression que nous avons déjà épuisé toutes nos réserves. Souvent je pense aux limites que nous croyons avoir. Alors qu'en 1996, je participais à la course du

Paris-Dakar, une aventure physiquement et moralement éprouvante, il m'arrivait de conduire pendant trois jours en dormant seulement quelques heures. On n'imagine pas la puissance qu'on peut déployer quand on se lance des défis. Je m'étonnais moi-même de crever de chaleur, de rouler le jour, m'occupant de la voiture la nuit et repartant au matin. Et mon énergie ne retombait jamais. Mon challenge était de ne pas abandonner et je n'en démordais pas. Même hors classement, je voulais franchir la ligne d'arrivée. J'ai découvert à 38 ans que je pouvais me dépasser et déclencher des réserves que je n'imaginais pas. Et aujourd'hui, je puise dans cette expérience pour retrouver ce moteur et je me dis que si j'ai été capable de réaliser cet exploit, je peux t'aider à venir à bout de cette épreuve extrême qu'est ton combat contre la maladie. Ce moteur, il s'est mis en route pour tenir près de toi. Pourvu qu'il ne me lâche pas !

11 septembre 2001

La guerre est dans ta chambre, à double titre. Sur l'écran de ta télévision, nous regardons, effarées, les avions heurter les tours jumelles, les gratte-ciel s'effondrer, les gens s'enfuir en hurlant. Toi, tu luttes chaque seconde pour vivre, d'autres se tuent pour semer la mort, la peur. Il n'y a rien à dire, rien d'autre à faire que laisser nos mains s'étreindre sur le drap.

4 octobre 2001

Ce matin, tu te tords de douleur avec, depuis deux jours, une fièvre de cheval qui grimpe jusqu'à 40 °C :

tu as attrapé une infection pulmonaire, l'aspergillose, un champignon très difficile à traiter.

Tu espérais tellement être dehors pour assister au concert de ton père ou, au moins, obtenir une permission de sortie pour un soir accompagnée d'Albert. Tu en rêvais tant !

Tu respires de plus en plus difficilement. L'infirmière vient te brancher la pompe à morphine contre les douleurs et te donne des doses impressionnantes de Viscéralgine pour faire tomber la fièvre.

Dans la pénombre de ta chambre, je regarde ton petit visage endormi, crispé régulièrement par des douleurs intenses. J'ai envie de crier ma peine, mon impuissance, je n'en peux plus de te voir souffrir, je donnerais ma vie pour te voir sourire, j'irais au bout du monde à la recherche de l'hypothétique traitement qui te mettrait hors de danger, je... Je presse doucement ta main pour te transmettre ma force, tout ce qui me reste d'énergie, mais rien ne se passe, ton souffle est si faible.

Je regarde l'infirmière mesurer ta respiration et je reste accrochée à la décision qui va être prise en urgence. Finalement, la fièvre tombe, tu passeras la nuit sous haute surveillance.

Je respire au rythme de ton souffle. Les heures défilent très lentement et, au petit matin, je suis toujours dans la même position, agrippée à ta main, mes yeux rivés au soulèvement de ton thorax. Je ne sais plus si je suis exténuée ou heureuse de voir ton regard se tourner vers moi, signe que tu as eu la peau de cette satanée fièvre.

6 octobre 2001

Premier concert de ton père à Colombes avant l'Olympia. Après bien des hésitations, tiraillée entre le besoin d'être auprès de lui et celui de ne pas te laisser, je pars vers 18 heures pour le rejoindre. Je devrais être contente de découvrir le spectacle mais, à peine sortie, je regrette déjà de t'avoir quittée.

Installée au fond de la salle auprès de mes amis, la musique démarre, la magie s'installe. Je scrute sans cesse mon téléphone. Dès qu'il vibre, je sors de la salle comme une fusée. C'est toi. Je tremble. « Allo ? » Ta toute petite voix, déchirée par la morphine qu'on te diffuse depuis trois jours, me susurre : « Maman, est-ce que pour demain tu peux me préparer du bifteck haché avec de la purée ? » Mon cœur s'emballe puis se calme. Ouf ! ma Laurette, tu m'as fait si peur !

Le spectacle se déroule comme une première, avec des imperfections, mais toujours dans la bonne humeur. Les spectateurs sont debout et chantent. Ils sont heureux. Dans le noir, je peux enfin laisser aller mes larmes. Je t'imagine seule dans cette pièce stérile. Je sanglote silencieusement. C'est trop dur d'être ailleurs sans toi.

7 octobre 2001

Ton état ne s'arrange pas. Ta respiration est altérée. Les médecins parlent d'infection pulmonaire lourde, tu as des œdèmes importants dus au mauvais fonctionnement du rein. Tu ne manges plus, les fortes doses de morphine te donnent des hallucinations. Je ne comprends plus un mot de ce que tu essaies de me dire. Inquiets, les médecins décident de te descendre en réanimation de toute urgence. Il est minuit.

Comme à chaque décision nouvelle et importante, on me prend à part pour m'expliquer. Je sais que ta vie est en danger.

On m'avait prévenue mais je n'imaginais pas ce lieu aussi glauque et déprimant. C'est une grande salle éclairée par des néons blafards, rythmée par des sonneries constantes et stridentes. Les malades sont côte à côte, une partie dans le coma ou intubés. Tu les regardes, désemparée. Au centre de la salle, en arc de cercle, un poste de surveillance avec médecins réanimateurs présents 24 heures sur 24, des boxes avec des malades en réanimation. Ici, le personnel soignant travaille dans l'urgence : pas de temps pour les sentiments, chacun est un numéro qu'il faut tenir en vie. Tu es angoissée, inquiète, nerveuse. Quant à moi, j'accuse un choc supplémentaire.

Tu es installée nue dans un lit, entourée et accrochée à de multiples tuyaux. Je dois insister auprès du médecin pour que l'on te pose un paravent qui te mettra à l'abri du regard des familles circulant pour rejoindre leur malade.

On me demande de sortir le temps de commencer les premiers soins en urgence. Je suis alors happée par la réanimatrice qui, durant une heure, va m'informer des risques encourus lorsque l'on se retrouve dans ce service. Tu peux être mise en état de coma pour être intubée à ton tour si besoin est. Elle me demande ensuite de partir, les visites étant autorisées deux heures par jour, une heure le matin, une heure le soir. L'enfer pour moi.

Jamais je n'aurais imaginé devoir supporter tant de souffrances, comme si la vie nous punissait, que notre bonheur avait assez duré. Notre vie, je croyais qu'il suffisait de décider de ce que l'on voulait en faire. Chaque jour de ma vie d'adulte, j'ai bâti ce joyau d'amour. Le bonheur, c'est ma priorité ; l'amour, mon équilibre ; l'amitié, mon oxygène. J'en suis naturellement devenue le pilier. Aujourd'hui, les règles du jeu ont changé, toutes les cartes sont redistribuées. Le bateau continue à naviguer mais je n'en suis plus le capitaine.

Quoi qu'il en soit, il n'est pas question de perdre cette guerre, nous allons la gagner, ma Laurette, tu vas lui faire la peau à cette maladie, tu as les armes ; courage, mon amour, je combats à tes côtés.

Ces journées en réanimation sont très éprouvantes, je m'effondre souvent en sortant du service. Le cœur serré, j'erre dans le hall de l'hôpital, absente, vidée, je n'arrive plus à réfléchir, ma tête n'est remplie que de toi. J'en oublie même de boire et de manger, mon corps refuse tout équilibre que tu ne peux avoir. Je veux être seule pour comprendre ce qui nous arrive, me dire que si les traitements ne fonctionnent pas forcément sur d'autres malades, toi, tu seras l'exception, tu feras partie du petit pourcentage de réussite.

Après cinq jours passés en réanimation, ton état s'est légèrement amélioré, tu es hors de danger. Je sais que, d'ici, on ne sort pas forcément vivant. C'est une étape supplémentaire, toute réussite est un pas de plus vers la victoire.

Tu vas pouvoir réintégrer le service d'hématologie appelé « Myosotis ». Il y a tellement d'attentions et d'amitié, là-bas ; c'est notre seconde famille. L'accueil qui t'est réservé est à la hauteur de la tendresse que nous partageons avec cette équipe magnifique d'hommes et de femmes qui y travaillent. Comme c'est bon de pouvoir reprendre ta main et plonger à nouveau mon regard dans le tien, si pur, si profond, si lourd, parfois. Au fait, t'ai-je assez dit que je t'aimais, ma princesse ?

17 octobre 2001

Tu as perdu beaucoup de kilos, en revanche tu retrouves le sourire. Tu continues d'espérer sortir pour assister au concert de ton père. Il faut qu'en trois jours tu reprennes un peu de poids et de force. L'Olympia se termine dimanche 21. Je te fais confiance, tu seras dehors pour le dernier jour.

Pari gagné. Accompagnées d'Albert et de Nadiège, ton infirmière, nous voici de sortie. Avec quelques précautions, tout de même : un fauteuil roulant, de l'oxygène et le nécessaire d'urgence. Tu te fais belle, tu es magnifique, mettant un point d'honneur à ne pas « faire » malade, en recouvrant ton petit crâne rasé d'une jolie écharpe.

Je suis tellement heureuse pour toi. Chaque seconde vécue est d'une intensité incroyable, c'est indescriptible. C'est fou comme les épreuves nous révèlent l'essence des choses !

Nous arrivons à l'Olympia. Ton père t'attrape et te serre de toutes ses forces. Pourvu qu'il ne te casse pas ! Dans la salle, l'émotion est forte, perceptible. Tous les amis viennent te faire la fête, t'embrasser, certains un peu mal à l'aise devant ta petite mine et ta fragilité. Et toi, tu trouves la force de blaguer et même de commander un sandwich. Une leçon de vie à toi toute seule !

Ta frimousse est illuminée ; ton sourire, un baume apaisant pour moi et tous ceux qui t'aiment. Albert et Nadiège assistent au défilé d'amis et aux embrassades ; on se bisouille beaucoup dans ce métier, c'est vrai, mais ce soir, ils ont un autre goût, ces baisers, celui de la sincérité. L'amour et la tendresse sont les maîtres de cérémonie, le spectacle qui va suivre sur scène en est la preuve vivante.

Nous nous installons dans le noir pour ne pas attirer l'attention du public. Pourvu qu'il ne t'arrive rien pendant le spectacle, je voudrais tellement que tu en profites jusqu'au bout.

L'émotion est trop grande : déjà des larmes coulent sur tes petites joues. Après dix minutes de spectacle, ton dos te fait mal, tu vas prendre deux doses de morphine, puis très vite tu retrouves ta joie, tu chantes, tu ris, tu t'amuses.

Le spectacle s'achève, la salle explose en applaudissements. Tu es debout, accrochée à la potence qui distille son oxygène, et tu te dandines sur tes petites jambes maigres. Tu chantes et reprends en cœur : « Chante, la vie chante… » Marie et Alexis t'accompagnent. Je vous regarde, figée par l'émotion, mes trois enfants réunis et heureux. Aucun son ne sort de ma gorge. Je voudrais que ce moment ne s'arrête jamais !

Comme si mon émotion n'était pas assez grande, à la toute fin ton père revient sur scène pour te dédier son spectacle. Un grand silence se fait dans la salle avant que ses mots circulent, comme une onde, et soient suivis d'un tonnerre d'applaudissements. Un pur moment de grâce. L'équipe technique, les musiciens, les amis, la famille, tous sont en larmes.

Les projecteurs se sont éteints, le rideau est retombé, la magie a pris fin. Retour au domicile secondaire, l'hôpital Saint-Louis. Albert nous raccompagne jusqu'à la chambre. Nous t'installons dans ton lit. Il y a dans ton regard autant de joie que de tristesse. Mais tu ne te plains jamais. Où trouves-tu ce courage ? Assise près de toi, je te regarde t'endormir et je me rappelle que je suis là pour te soutenir, pas pour me lamenter sur ton sort. Je pose ma main sur ta tête comme lorsque tu étais petite et que tu me disais : « Maman, fais-moi des crapouillis. » J'aimais ces moments où, confiante, tu fermais tes grands yeux coquins.

Je te souhaite une douce nuit pleine de jolis rêves… En fais-tu parfois des jolis rêves depuis ta maladie, ma Laurette ? J'aimerais tant lire dans tes pensées, pouvoir parler avec toi de ce qui t'inquiète dans ton silence ; est-ce que je le fais assez, parler peut-être de la mort, je n'ose même pas prononcer le mot, nous n'en parlons jamais, je l'ai dit, je ne sais pas aborder le sujet…

J'ai promis de rejoindre ton père et l'équipe qui fêtent la dernière de l'Olympia au restaurant de l'Étoile chez notre ami Tony. Une dernière fois, je m'assure que ta température est basse, que tu respires calmement. Les yeux clos, tu dors comme un ange. Il faut me faire violence pour quitter ta chambre, je me sens tellement décalée lorsque je suis dehors, même si je dois de temps en temps me recharger pour revenir à toi encore plus forte. C'est si difficile, pourquoi devrais-je me forcer ? Toi, tu ne quittes jamais la maladie ne serait-ce qu'une seconde. Ce soir, je voudrais rester dans ma bulle. Après un bref passage à la fête, quelques sourires par-ci, par-là, je m'enfuis et retourne au silence de l'hôpital.

Les jours qui suivent sont rythmés par des douleurs violentes qui annoncent en général la repousse des cellules de la moelle osseuse. Stimulés, les globules blancs remontent plus vite que lors de la première aplasie. Tu ne devrais pas tarder à en sortir.

26 octobre 2001

Chaque sortie de l'hôpital est un bonheur, une étape gagnée sur la maladie, ce n'est pas grand-chose, mais ces petits bouts de vie sont vécus intensément. Comment expliquer à ceux qui ont la santé qu'ils ont le plus beau cadeau de la vie ? Comment parler de nos migraines ou du mauvais temps à celui dont la vie ne tient qu'à un fil ?

Avec tes quarante et un kilos, tu n'es pas très solide mais tu retrouves avec plaisir ta chambre et la maison.

Tu as envie de manger, de rire, de sortir, de voir tes amis. Le temps est magnifique, chaque jour nous faisons une balade dans la forêt, les arbres sont en feu ; les odeurs de l'automne, enivrantes. Là, comme jamais nous ne l'avions fait auparavant, nous captons avec tous nos sens ce privilège qui nous est accordé. Même si ce n'est qu'un répit.

Avant la suite de la chimio, tu dois subir une opération du poumon : il faut impérativement enlever l'aspergillose qui réapparaîtra dès la prochaine aplasie. Et prendre des précautions considérables. Ton organisme très affaibli par la chimio ne peut pas se défendre contre les microbes et virus environnants. On pourrait croire à une mauvaise histoire mais, non, c'est l'enchaînement inéluctable. On soigne d'un côté, ça craque de l'autre. Laurette, je te savais casse-cou et originale, mais là, franchement tu en fais trop !

C'est le professeur G. qui t'opérera. Après l'entretien préalable et une prise de contact avec l'environnement, tu es rapidement hospitalisée. L'Institut Mutualiste Montsouris est un endroit moderne, très design, le personnel aussi froid que les éléments métalliques de la décoration.

L'intervention sera réalisée le 21 novembre. Voyant ton inquiétude grandir, je demande l'autorisation de dormir près de toi, la veille de l'intervention. Après un peu de forcing, on m'apporte un lit. Tu as peur. J'ai la gorge nouée, moi aussi. Je me reprends immédiatement, te serre dans mes bras, te rassure. Je ne te quitte pas, je ne te quitterai jamais.

Tu as une grosse crise de larmes. Je suis si malheureuse de te voir souffrir ainsi. Mais je suis sûre que la force et le courant qui nous unissent auront raison de cette maladie. Chaque jour qui passe, mon énergie décuple, ma confiance grandit, je pourrais faire face à la mort des jours entiers sans jamais lui laisser le passage. Laurette, je ne peux pas envisager l'avenir sans toi.

L'infirmier de nuit vient te donner les directives pour la préparation du lendemain, le tout sur un ton mécanique, dénué de la moindre tendresse. Connard !

Quelle dose de courage il faut pour encaisser tout ça, quelle sacrée petite bonne femme tu fais, ma princesse !

Je m'allonge près de toi et te prends la main. Nous échangeons quelques blagues, histoire de penser à autre chose, petite rigolade qui se conclut par un : « Je t'aime, maman. » Je t'aime, mon bébé.

21 novembre 2001

7 heures du matin. Comme convenu, l'infirmier arrive avec les produits antiseptiques pour ta douche, des médicaments pour te détendre et nous attendons 10 h 30, heure à laquelle les brancardiers viendront te chercher. Ton regard me fouille, un regard chargé de peur, d'amour, et de courage. Je te souris et te rassure avec des mots tendres. À vite, ma chérie.

Je me retrouve seule dans la chambre, à en faire vingt fois le tour comme un zombie. Puis je rentre à la maison pour attendre. Il fait beau, les rues sont animées, je me sens étrangère dans ce paysage, moi qui aime tant Paris le matin.

Il est 14 heures lorsque je compose le numéro du service, le ventre noué, l'infirmière me répond qu'elle n'a toujours pas de nouvelles du bloc. « Rappelez dans une heure… » Comme si j'allais attendre encore une heure ! Même dix minutes, je ne peux pas. Le médecin du service que je rappelle me dit que tu n'es pas encore remontée et qu'il n'est pas en mesure de me dire comment s'est déroulée l'opération. Je commence à m'énerver, j'exige qu'on me passe le bloc directement. Après une longue attente, une infirmière me répond… qu'elle n'en sait pas davantage et va se renseigner. J'attends encore une bonne minute, c'est long au téléphone. Finalement les nouvelles sont bonnes : l'opération s'est bien passée. Je m'étonne que tu sois toujours en salle de réveil, et décide de te rejoindre. Il ne me faut pas longtemps pour faire la route jusqu'à l'hôpital et je ne suis pas certaine de m'être arrêtée à tous les feux rouges.

Je suis contente d'être dans la chambre avant toi, il est 15 h 30, je m'installe. Le temps passe, tu ne reviens pas. Trois longues heures à tourner dans cet espace minuscule – je suis devenue extrêmement intolérante à l'attente – sans un mot de qui que ce soit. Nous sommes loin de l'humanité et de la chaleur du service Myosotis de l'hôpital Saint-Louis. On te ramènera à 18 heures.

Tu es enfin là près de moi, tu pleures, tu as mal. L'infirmière me demande de sortir quelques minutes pour les soins. Je croise alors le professeur G. appuyé sur le chambranle de la porte, il me regarde un peu tristement : « Je suis désolé, l'opération a duré plus de deux heures, ce n'était pas facile. »

Quoi qu'il en soit, tu as gagné cette étape, et je suis bien contente de te retrouver près de moi.

Les suites sont celles des lendemains difficiles d'opération : douleurs, migraines, tristesse. J'aurais pu espérer que cette épreuve soit la dernière mais non : une suite est prévue avec petite coupure de dix jours pour la convalescence avant le retour à Saint-Louis.

À la maison, le programme est toujours le même et je ne m'en lasse pas : câlins et bons petits plats.

Emmanuel Raffoux, chef de service, un des médecins qui te suit, nous appelle régulièrement pour avoir des nouvelles. Il semble satisfait des résultats de l'opération. C'est comme un long puzzle à reconstituer, chaque petite pièce est importante, il ne faut en négliger aucune pour que la victoire soit totale

Souvent, quand je pense à tout ce que tu subis, ce temps perdu, cette vie arrêtée, j'espère que ces souffrances serviront à quelque chose. Avec cette terrible maladie, on ne sait jamais où l'on va, il est impossible de se projeter dans l'avenir. Quel sera le tien ? En attendant, tes amis passent te voir à la maison, à tour de rôle, pour éviter les risques de contamination.

4 décembre 2001

Dix jours plus tard, nous retournons à l'hôpital pour une petite chimio de trois jours. Sachant que l'aplasie se fera à la maison, tu es moins triste.

Examens d'entrée : numération médiocre, trop de mauvaises cellules dans la moelle. Je suis très déçue. La chimio n'a pas été efficace. Tout ce mal pour rien, quel enfer. J'ai envie de crier ma haine. Je te cache ces mauvais résultats pour que tu restes battante, confiante, optimiste. À quoi bon te rajouter une déception supplémentaire...

Il ne nous reste plus qu'un joker : la greffe de moelle osseuse. Les chances sont considérablement réduites. J'en ai froid dans le corps, je panique, je ne veux pas me résoudre à la fin, pas ma fille, pas sa vie, je veux continuer d'espérer, il faut qu'elle se batte, encore, encore.

Je cherche une réponse dans les yeux d'Emmanuel Raffoux, je harcèle Albert, je voudrais tellement qu'ils me rassurent, mais rien, toujours rien, ni dans leurs regards ni dans leurs sourires. Ce qu'il y a derrière, ce qu'ils savent, ils ne le laissent pas passer. Ils me renvoient de la tendresse, de la gentillesse, du réconfort, je sais qu'ils espèrent tellement fort pour toi, ils t'aiment tant. Mais ils ont compris que la partie sera ardue et l'espoir infime.

On t'a installée dans la chambre 40. Comme dans une chorégraphie bien rodée, les infirmières passent et repassent pour la préparation et le départ de la troisième cure de chimio. Tu attends, détendue, plaisantant avec Nadiège qui nettoie le cathéter. Tu t'enquiers auprès d'Emmanuel Raffoux du protocole qui te sera administré, des effets secondaires, et du temps que durera l'aplasie. Un vrai petit chef d'entreprise.

Je sens dans le regard d'Emmanuel qu'il va t'annoncer une mauvaise nouvelle : il y aura deux jours supplémentaires de chimio. Malgré la douceur et la diplomatie du docteur, c'est une douche froide, mais tu accuses le coup et retiens ta colère.

18 décembre 2001

Devant l'inefficacité de la chimiothérapie, il a été décidé qu'on te grefferait une nouvelle moelle osseuse. Reste maintenant à trouver un donneur compatible. Prochaine étape. Autre paire de manches.

Marie et Alexis seront typés. J'apprends qu'il existe une chance sur quatre d'être compatible dans la fratrie ; c'est peu mais nous voulons y croire.

Du haut de ses 8 ans, Alexis accepte avec beaucoup de fierté de se prêter à l'examen. Je lui détaille toute la démarche en dédramatisant autant que possible. Comment expliquer à un enfant de 8 ans, sans utiliser de termes techniques, l'importance de l'enjeu ? Même s'il ne comprend pas tout, il sait qu'il va peut-être contribuer à te sauver. C'est la dernière chance pour toi, mais ça, je ne lui dis pas, c'est trop de responsabilité pour lui. Marie, elle, sait déjà et, la voyant tellement heureuse de contribuer à ta guérison, il accepte tout de suite. Remplis d'espoir, ils partent au centre de prélèvements. Marie passe en premier pour montrer l'exemple. Alexis la regarde, béat, et elle lui sourit pour lui dire que ça ne fait pas mal. Quand ce sera son tour, il me regardera avec la même intensité et je comprendrai que, pour lui, il s'agit là de l'acte le plus grave de sa petite vie.

L'attente est terrible. Aujourd'hui, je mesure davantage l'inquiétude qui fut la leur, frère et sœur, de vivre la joie ou la déception d'être ou non le donneur. Chaque jour qui passe est un supplice, rien d'autre ne nous occupe l'esprit. Tout ce qui est étranger à ta chambre est étranger à la planète. Jamais je n'ai autant appelé la chance à nos côtés. À croire qu'elle devait être sourde ces jours-là car la réponse est négative : ni Marie ni Alexis ne sont compatibles.

La tristesse de Marie qui ne pourra pas devenir ta jumelle de sang est immense. Alexis est très déçu. Pour le consoler, je lui explique que, même si on ne te greffera pas avec ses cellules, son sang te permettra malgré tout de continuer la bagarre. « La bagarre », c'est un mot qui lui parle à notre petit Alex…

Aujourd'hui, il a 18 ans. Il m'a avoué récemment sa détresse de n'avoir pu te sauver et le poids qu'il a porté pendant des années sans jamais m'en parler. Que de non-dits durant toute cette période, comment suis-je passée à côté d'eux ainsi ? Mais ma seule préoccupation était de te sauver, ma Laurette. Je n'avais pas le mode d'emploi pour épargner mes proches, tout se passait dans l'urgence, j'étais accaparée. Il m'était difficile de parler d'avantage à Alexis, et ce que je lui ai dit était suffisant, me semble-t-il, pour qu'il comprenne. J'ai cherché les mots les plus apaisants pour un enfant si jeune. Je n'imaginais pas qu'il souffrirait aussi longtemps de ne pas avoir été compatible et qu'il tairait une forme de culpabilité.

Les chances de gagner se réduisent puisqu'il faut à présent trouver sur le fichier international quelqu'un qui s'apparente à ton typage HLA, la carte d'identité tissulaire. Avec un donneur non apparenté, il y a une chance sur un million d'être compatible. Autant chercher une aiguille dans une botte de foin !

Jour et nuit, j'ai prié, espéré, brûlé des cierges, consulté des magnétiseurs, interrogé ma descendance familiale ; il y a tant de mixités dans nos familles, dans la mienne du sang gréco-turc par mon papa, italien du côté de ton père, tout cela complique les recherches. Malgré tout, jusqu'au bout j'ai cru au miracle de trouver ce « héros », le donneur providentiel.

Nous attendons encore, c'est interminable. Et, enfin, la réponse tant attendue ! Bonne pioche : dans le monde, tu as quatre donneurs compatibles avec toi, un Américain, deux Anglais et un Allemand. C'est le donneur allemand qui est retenu car le plus proche de ton typage HLA.

De toute évidence, les étrangers sont mieux informés que nous, qui sommes très en retard sur la problématique du don. En France, on est peu éduqués en la matière, à peine dans les familles, pas du tout à l'école. On en parlait autrefois dans les cours d'éducation civique mais ce n'était pas une priorité. Les progrès de la médecine ont permis de sensibiliser le public au don du sang mais, dans les années 1980, le scandale du sang contaminé a vidé les centres de prélèvements. Il y a eu pénurie. Tout le monde avait peur jusqu'à ce que les donneurs comprennent qu'il n'y avait aucun risque et qu'ils reprennent peu à peu le chemin des centres. Toi aussi, Laurette, ça t'avait marquée d'apprendre que l'éducation au don était naturelle dans certains pays européens. Je me souviens, tu m'avais dit : « Maman, quand je sortirai de l'hôpital, j'informerai les jeunes de mon âge pour leur faire comprendre l'urgence de devenir donneur. » Tu étais loin de t'en douter alors mais, par ces mots, tu m'as montré le chemin.

Avant le moment crucial de la greffe, nous décidons, avec l'accord des médecins, de partir quelques jours à la montagne. Pour que tu reprennes des forces et, surtout, que tu te changes les idées. Compte tenu de ton peu de défenses immunitaires, l'avion de ligne est exclu, et le voyage en voiture est trop long, trop fatiguant. Je demande à Yves, un ami pilote, s'il peut venir nous chercher en petit avion privé. Soyons fous, vivons !

Nous allons passer quelques jours au Grand-Bornand chez nos amis Christel et François, dans un charmant petit chalet accueillant et chaleureux. Toute la famille s'est mobilisée pour nous recevoir, je suis très touchée par leurs attentions, leur fidélité. Depuis six mois, ma famille d'amis est omniprésente, ils pensent à toi chaque jour, ils prient peut-être, nous soutiennent à leur manière. Et moi, je me ressource dans leurs regards, leurs mots, j'ai besoin de leur amour, ils sont ma force vitale.

Nous avons rendez-vous à 14 heures à l'aérodrome de Toussus-le-Noble. Yves nous invite à embarquer. On s'élève, on s'envole. À ce moment précis, la vie reprend le dessus, j'oublie le reste. On vole dans les nuages et je reprends confiance. Je me martèle comme un leitmotiv : « Ne jamais perdre courage, y croire toujours, être certaine que tu vas t'en sortir. » Grâce à toi, ma Laurette, je me découvre calme, tenace, endurante, impulsive, têtue, animale.

Tu es aux commandes près d'Yves, tu prends le manche et, très sérieusement, te concentres sur la navigation. Nous volons depuis bientôt deux heures. Le temps est magnifique dans le bleu du ciel, au-dessus des nuages et des montagnes enneigées. Un moment de bien-être absolu, arraché au reste, que je vis intensément. Yves se signale à la tour de contrôle, la piste se rapproche, encore quelques secondes et les roues touchent le tarmac. Tu te retournes vers moi, ton sourire éclate. Cet instant, cette image, je les prends, les empile au fond de mon cœur.

Dans la voiture qui nous mène au Chinaillon, chez mes amis, Alexis est assis près de moi à l'arrière, sa petite main dans la mienne. Il me regarde avec beaucoup de tendresse, son sourire se veut rassurant. Il s'approche de moi, me serre dans ses bras : « Je t'aime, maman. »

Je t'installe dans ta chambre. Moi, dans celle d'à côté, prête à intervenir si besoin est. Il y a longtemps que je ne dors plus d'un sommeil profond. L'odeur du bois dans le chalet est apaisante, un petit feu brûle dans la cheminée, tout est calme, chaud et doux. Tu te détends. Ce soir, nous oublions l'enfer. Nous oublions tout.

Tu as passé une bonne nuit. Après un très léger petit déjeuner et les nombreux médicaments en accompagnement, nous décidons d'aller marcher. Tu t'habilles comme pour le pôle Nord, tu es superbe avec ton bonnet péruvien. Une gamelle sur la tête, tu serais toujours aussi jolie !

Nous traversons le vieux village et ses authentiques chalets dc bois. Une petite chapelle est ouverte jour et nuit. Tu veux y entrer et t'y poser quelques instants. Au fond de la chapelle, j'allume un cierge pour toi. Quand je te rejoins, tu murmures : « S'il y a un Dieu, il entendra peut-être ma souffrance… » Nous restons immobiles et silencieuses. Une question, une de plus, à laquelle je n'ai pas de réponse.

Rapidement, la fatigue se fait sentir, tu es à la limite du malaise et je te ramène au chalet. Déjeuner suivi d'une sieste près de la cheminée. Tu t'abandonnes à ce moment de paix. Je te regarde dans ton sommeil, la maladie n'a en rien altéré ta beauté si ce n'est ces cernes noirs qui soulignent tes yeux, ton teint naturellement doré bruni par les séances de radiothérapie, comme si tu avais pris un coup de soleil. Ta jolie bouche en cœur appelle les bisous que je dépose, légers comme un papillon, pour ne pas troubler ton repos.

Pendant ce temps, Alexis s'amuse seul sur la piste de luge, derrière le chalet. Il sait que si je le délaisse un peu c'est pour mieux m'occuper de toi. Je lui demande de comprendre et de grandir d'un coup. Ce n'est pas facile pour un petit garçon de 8 ans, mais nous n'avons pas le choix.

Le lendemain, tu décides de faire un peu de ski. Je te persuade d'aller sur une piste basse réservée aux débutants, après avoir pris soin de mettre tout autour de toi un cordon de sécurité, composé de Christel, d'Ingrid et d'autres amis, pour qu'aucun skieur ne vienne entraver ta descente. Tu te lances pour quelques slaloms, élégante, fluide, et j'en profite pour te filmer, m'avaler encore une belle grosse bouffée de bonheur. Le temps est glacial, le ciel bleu sans nuages, magnifique, comme notre journée.

Dans le chalet, nous préparons la soirée de Noël qui sera avancée d'un jour puisque le retour à l'hôpital est prévu pour le 26 décembre. Tu mets la musique à fond et sur une chanson d'Édith Piaf, « Non rien de rien, non, je ne regrette rien », tu attrapes ton frère, le soulèves du sol et le fais danser en chantant à tue-tête. Tu parais pourtant si fragile, mais où trouves-tu cette énergie ? Autour d'un thé chaud, nous faisons des projets d'avenir, de voyages, nous plaisantons. Je couche ensuite mon petit monde et vais enfin me détendre, retrouver mes innombrables pensées. Mes journées sont longues, tendues et très remplies, j'ai besoin de ces moments de solitude, d'abandon pour ne pas me perdre. Je respire calmement savourant le silence de la nuit. Je reste ainsi un long moment, les yeux noyés dans le feu, avant que le voile du sommeil ne me recouvre.

La neige est tombée toute la nuit, le paysage est vierge, scintillant. Pas une trace, pas un bruit. Comme un premier matin. Alexis et toi décidez d'aller faire des glissades en luge, je vous emboîte le pas pour fixer encore et encore ces moments heureux. Alexis profite de ta présence et, toi, tu joues avec lui comme une petite fille. Vos cris et vos rires réveillent le désert blanc. Je voudrais arrêter le temps, faire « pause » sur ton sourire... même si je sais que, l'après-midi, nous irons, comme prévu, au centre de transfusion d'Annecy : tu manques de plaquettes sanguines et, sans ton « carburant », tu ne tiendras pas jusqu'à notre retour. Durant quelques heures, nous retrouvons la civilisation et l'effervescence des veilles de fêtes. Parenthèse obligatoire.

Le lendemain, c'est décidé, nous prenons le télésiège et allons skier en altitude. La balade est agréable, tu es fière de t'être dépassée et de glisser sur une piste plus difficile. Nous skions ainsi jusqu'à la fermeture. Tu rentres, fourbue, avec une mine superbe et des étoiles plein les yeux. Au chalet, quel n'est pas notre étonnement en arrivant ! Ton père, Marie et Richard nous attendent, cachés pour nous faire la surprise. La soirée est détendue, joyeuse, animée. Cette nuit-là, chacun emportera dans son sommeil un espoir commun : ta guérison pour demain.

25 décembre 2001

Nous regardons défiler les montagnes derrière nous, comme si nous ne devions plus revenir. Embarquement pour le retour. Sur l'aéroport, le vent nous fouette le visage ; ou est-ce le froid qui parcourt notre corps pour nous prévenir que le retour à Paris sera glacial ?

Le vol au-dessus des nuages est calme. Tu es assise en face de Marie ; moi, face à Michel. Chacun est silencieux. De temps en temps, je t'interroge, m'assure que tu te portes bien. Tu me souris, rassurante, mais je sais que nos pensées sont les mêmes.

La rentrée à l'hôpital se faisant tôt le lendemain, je décide de dormir avec toi pour profiter de chaque seconde. J'ai l'impression de jongler, avec la vie dans la main gauche et la mort dans la main droite. Des images me reviennent comme des flashs, celle d'un couloir qui se resserre sans cesse avec, de temps en temps, de minuscules poches d'air pour reprendre une petite respiration.

Ton père vient nous faire un câlin dans ta chambre. Drôle de situation : en trente années de mariage, je n'ai pas le souvenir d'avoir quitté le lit conjugal. Mais je ne veux pas que tu sois seule avec des pensées noires. Nous papotons, enchevêtrées l'une dans l'autre. C'est aussi fort que douloureux.

26 décembre 2001

Le lever est difficile, j'ai l'impression de t'emmener à l'abattoir. En même temps, je me dis qu'on avance vers une étape décisive.

Une dernière douche. Tu laisses couler l'eau chaude sur ton corps très amaigri. Il n'y en aura pas d'autre avant au moins deux mois. Un rapide petit déjeuner, avalé sans appétit. Tu me regardes tristement, tu n'as pas besoin de parler pour que je comprenne que tu n'en peux plus. Y crois-tu encore à la réussite de cette greffe ? Tout est confus. Je me souviens de ta réaction lors du rendez-vous avec le professeur Gérard Socié en charge de la greffe qui, une fois ayant expliqué le principe de cette lourde intervention, nous avait précisé que, même après guérison, la maladie pouvait resurgir à tout moment. J'ai senti ton esprit ailleurs, j'ai vu tes yeux se fermer, des sanglots lourds que tu retenais encore, sûrement, pour ne pas me dire que tu ne voulais plus te battre. À partir de là, on se pose mille questions. Le voudrions-nous à ta place ? Je me demande ce qui se passe dans ta tête et, au fond de moi, je me persuade que tu ne lâcheras jamais, que tu ne veux pas perdre face à la mort.

Comme prévu, nous arrivons tôt aux urgences. Il me faut un grand chariot pour monter tes deux gros sacs et ta télévision. Celle de la chambre est petite, tant qu'à passer des mois dans ta bulle, autant que ce soit dans les meilleures conditions. À notre arrivée, voyant notre équipage, nous avons droit à quelques blagues du personnel soignant circulant dans les couloirs. Après avoir enfilé les sur-chaussures devant l'entrée du service Trèfle 3, nous croisons la responsable cadre infirmière, éberluée de nous voir arriver ainsi : « Alors, on déménage ? » lance-t-elle. Tu ne souris pas, il n'y a pas grand-chose qui nous amuse aujourd'hui.

On nous demande d'enfiler une blouse stérile avant de pénétrer dans le service, et on nous dirige vers la chambre 28. Au milieu, le lit entouré d'un rideau en plastique épais et transparent, ouvert pour le moment.

Il se refermera pour te protéger quand tu seras à nouveau en aplasie. Deux mètres carrés à l'intérieur desquels seront entassées tes petites affaires dites « de distraction ». Au-dessus du lit, un plafond bas d'où sort de l'air expulsant en permanence vers le sol tout microbe éventuel. Près du lit, un siège percé servant de WC, protégé des regards par un rideau posé sur le plastique. Le tout donne une impression de bricolage qui contraste singulièrement avec le sérieux de la situation.

Dans un angle, un petit coin lavabo au-dessus duquel sort également un air pulsé. Ce sont les seuls endroits où tu pourras te déplacer. Dans l'autre angle, derrière le rideau, se trouvent ta télévision et ton lecteur de DVD. Je t'aide à ranger tes affaires dans ton placard : rien ne peut être remisé sans l'accord de l'infirmière. Avant l'enfermement dans la bulle, tout sera stérilisé, les tissus doivent être 100 % coton, les objets seront passés au formol et ne pourront plus sortir de cet espace aseptisé. Les vêtements propres que je t'apporterai seront déposés au bureau dans des pochettes spéciales, en attendant de passer en haute stérilisation. Les règles sont draconiennes. J'ai l'impression de passer un examen de paquetage au service militaire, les lieutenants d'un côté, les soldats de l'autre. Exécution !

Les premiers examens commencent, ainsi que la préparation du conditionnement à la greffe qui implique l'irradiation sous forme de prise de cent comprimés par jour, associés à un traitement de GVA (médicaments antirejet de la greffe) et, en perfusion, du SAL, un médicament destiné à détruire le plus grand nombre de lymphocytes. Je suis toujours surprise de la résistance d'un corps à pouvoir absorber autant de poisons.

L'ambiance du service est plutôt froide, on se sent isolés, le port du masque, de la charlotte sur la tête et des blouses chirurgicales annulant tout signe d'affection. Médecins, infirmières, aides-soignants sont plutôt attentifs mais, confrontés au quotidien à la souffrance et à la mort, ils doivent se préserver pour ne pas être vampirisés par les malades qui aimeraient que leur médecin soit tout à eux. Voir chaque jour des gens mourir, on ne s'y fait jamais, ils le disent. Le soir, en sortant de l'hôpital, ils quittent la blouse de la tristesse et du malheur pour ne pas arriver fragilisés à leur famille. Je le comprends, même si je ne peux me l'appliquer à moi-même.

La journée et son cortège d'examens arrivent à leur fin. Je me prépare à l'idée de rentrer à la maison et de t'abandonner pour la nuit. Ce n'est pas de gaieté de cœur, mais j'accepte cette contrainte si elle permet de mieux te protéger. Un dernier baiser à travers nos masques et un regard chargé de complicité mais surtout de tristesse. Tu me pilles littéralement quand tu me dévisages, à la recherche de mes émotions. Tu sens ma force, mes fragilités.

Après être retournée plusieurs fois dans tes bras, je quitte la bulle et t'adresse un dernier bonsoir derrière la fenêtre du sas. Ma petite fille, si tu savais combien je voudrais te garder dans mes bras, t'arracher à ces interminables tortures, t'enlever de cette chambre sans âme. Je t'aime tant.

Les couloirs du service traversés, je me retrouve dans le vestiaire avec quelques mamans. Nous avons toutes dans le regard la même lourdeur, mélange de désespoir et de fatigue. Immédiatement, l'émotion passe entre nous. Dans un même geste lent et mécanique, nous ôtons nos blouses, nos sur-chaussures, et osons un petit « Ça va ? » La réponse évasive ressemble à un « Bof... » L'ascenseur et sa lumière blafarde nous transportent dans le grand hall, nos talons résonnent en cadence, et chacune s'éloigne avec un petit sourire accompagné d'un geste de la main. À demain.

Je rejoins ma voiture, mon refuge, mon sas de décompression. Je ne démarre pas tout de suite, j'ai besoin de ces moments de solitude, j'essaie de ne plus penser, j'écoute le silence.

27 décembre 2001

Tu es exténuée, envahie par d'impressionnantes douleurs, tu as beaucoup de mal à te mouvoir, ton visage est creusé, tes yeux sont rouges.

Je te serre dans mes bras, respirant à peine de peur de t'importuner.

La guerre a repris de plus belle, sans restriction aucune. Ton petit corps maigre ressemble à un champ de bataille : il faut pulvériser toutes tes cellules, bonnes et mauvaises, le terrain doit être libre pour recevoir la moelle du donneur.

La journée est interminable, je te regarde, je suis accablée, brisée, impuissante une fois de plus. Il m'arrive de ne pas parler de la journée, d'essayer simplement de souffler à ton rythme, chaque minute, chaque seconde vécue démesurément.

Comme chaque soir, je m'arrache à toi, et dès que je te quitte tu me manques. Je m'engouffre dans l'ascenseur imprégné par l'odeur de la tristesse de toutes les familles meurtries qui l'empruntent chaque jour.

28 décembre 2001

Ce troisième jour a failli mal tourner. Après une nuit très agitée par de violentes douleurs, tu décides de renoncer à la prise des comprimés – impossibles à avaler tant ils t'écorchent la gorge –, qui est programmée sur toute la matinée, ces médicaments qui nettoient en profondeur ta moelle.

J'ai bien senti dans ton appel ce matin que tu étais déterminée à quitter l'hôpital : d'abord, c'était le bruit qui te gênait, ensuite le personnel qui n'allait pas. Tu craquais. J'ai essayé de te rassurer, tu m'as raccroché au nez, en larmes. J'ai tenté de te rappeler, tu n'as pas répondu. Mon cœur s'est serré de ne pouvoir être tout de suite près de toi – nous sommes séparées par une bonne heure de route lorsque la circulation est fluide. J'ai appelé Marie qui est à Paris et lui ai demandé de te rejoindre rapidement. Puis, avec ton père, nous avons pris la route. À cet instant, j'ai reçu un appel de la surveillante générale me disant que le professeur G., chef du service, souhaitait nous rencontrer dès notre arrivée. J'étais loin d'imaginer l'entretien qui allait suivre.

Nous sommes introduits dans le bureau du professeur, petite femme d'une soixantaine d'années au regard vif et autoritaire. Après un rapide sourire du coin des lèvres en guise de bonjour, elle nous invite à prendre place en face d'elle, puis entre dans le vif du sujet. Sans détour, elle nous informe que tu as refusé de prendre ton traitement du matin, et qu'en conséquence, tu mets en péril non seulement la bonne marche de la suite du traitement mais, également, la vie du donneur qui, généreusement, un lendemain de Noël, se fait hospitaliser pour te donner sa moelle. Sur un ton agacé, elle ajoute qu'elle était hostile à te recevoir dans son service en vue de la greffe, mais que devant l'insistance des médecins de Myosotis 3, elle a bien voulu revoir ton dossier. Trois points importants ont joué en ta faveur : un, tu as très bien résisté aux violentes cures de chimio depuis le mois de juillet ; deux, ton jeune âge est un avantage et, trois, tu as du caractère. Dans la circonstance, un atout majeur pour te battre. Ouf, ma Laurette, tu as bien fait d'être chiante !

Ce discours est loin d'être rassurant. Je tente de répondre que tu as probablement agi par peur et qu'il suffira de te parler pour te convaincre de continuer. « Votre fille est majeure, elle est en droit d'arrêter son traitement si c'est son souhait… » me répond-elle. Cette réponse me cueille et me coupe le sifflet. Michel alors insiste : « Mais madame, pourquoi ne veut-elle pas de cette greffe ? » « Tous les traitements effectués sur votre fille depuis six mois n'ont eu aucun effet sur la maladie, et pour optimiser les chances de réussite, il faut arriver en rémission complète, sinon nous perdons notre temps et faisons souffrir les malades pour rien. Sans compter qu'une greffe coûte plus d'un million et demi de francs à la Sécurité sociale. Bref, si Laurette ne se décide pas à reprendre son traitement dans la demi-heure qui suit, nous arrêtons tout et vous pouvez la ramener chez vous. » « Pour en faire quoi ? » crie Michel. Sentant que la discussion prend une mauvaise tournure, je me lève pour aller te rassurer avant qu'il ne soit trop tard. Chaque seconde est vitale, et connaissant ton caractère buté, je me dis que ce n'est pas gagné.

Nous traversons le service à toute allure et retrouvons Marie, très inquiète. Après le rituel du nettoyage des mains et de l'habillage, je me précipite près de toi. Tu es complètement recroquevillée, tes maigres petits bras accrochés au-dessus de ta tête. Je m'approche doucement et te serre contre moi. Dos tourné, tu ne bouges pas. Devant ton inertie et le temps qui nous est compté, je te supplie de réagir. J'ai chaud, j'ai peur, je t'explique que la greffe est ta dernière chance, si tu passes à côté, tout sera fichu. Aucune réaction.

Alors, une énorme bouffée d'énergie me monte du ventre : « Ma Laurette, mon amour, ta vie ne tient qu'à un fil ! » Je crie, rien n'y fait. Jusqu'au moment où je te tourne de force pour que tu me regardes. Tu hurles, tu te débats avec une telle violence que j'ai du mal à te maîtriser. Tes mots sont terribles : « Je ne veux plus me battre, foutez-moi la paix, c'est vous qui voulez que je vive ; moi, j'en ai rien à faire, je ne veux plus souffrir, c'est trop long, je n'y crois plus ! » À cet instant, je comprends que tu me détestes, moi et mon foutu espoir, je ne t'ai jamais vue aussi désespérée. Voilà. Tu refuses notre acharnement. Le professeur a raison, tu es majeure, tu peux décider de ta vie, tu n'es plus mon bébé. Affolés par tes cris, Michel et Marie accourent dans la chambre, suivis d'une infirmière.

Je suis sortie, abattue, et Michel a pris ma place. Dans ma tête, tout explose, je ne sais plus rien, je n'en peux plus. Ai-je le droit de te forcer à te soigner, à lutter alors que pour toi, chaque effort est une torture ? Moi, je veux juste t'aider à garder confiance, te dire que c'est pour toi d'abord que tu te bats.

Peu après, Michel sort pour me dire que tu acceptes de poursuivre le traitement. Je me sens aussi heureuse que triste. Où allons-nous maintenant ?

Revenue dans la chambre, je m'accroupis près de ton lit. Ton regard meurtri s'enfonce dans le mien, j'y lis toute ta détresse. Sans parler – je suis à court de mots –, je prends ta main et la garde longuement dans la mienne. Je comprends tellement ton désespoir. Mais que dire, que faire…

Les trois jours qui suivent, tu es au paroxysme de la douleur. À tel point que je crains à chaque seconde de te perdre.

Les suites de greffe sont lourdes, compliquées, et quand je vois passer en urgence des malades qui descendent en réanimation, je ne peux m'empêcher de penser : « Va-t-il remonter ? »

Le lendemain, lorsque je passe devant leur chambre, si la porte est condamnée par un collant sur lequel est écrit « Désinfection », ma gorge se serre et je me précipite près de toi.

31 décembre 2001

Chaque soir, le retour vers la maison, épuisée, détachée du monde extérieur, comme une ombre. Parfois, la musique m'accompagne, parfois, je me laisse bercer par le ronron de la voiture. Arrivée dans la cour du moulin, je respire à pleins poumons dans l'obscurité et je scrute les étoiles. Une odeur de bois brûlé se disperse dans la campagne. Il n'y aura pas de réveillon chez nous, cette année. Plus rien n'a d'intérêt sans toi près de nous.

J'ai peur d'entrer dans la maison, je resterais bien seule face à l'immensité de la nuit. Je ravale mes sanglots et retrouve Michel assis devant le feu de cheminée, son ordinateur allumé. Il me sourit et me serre dans ses bras. Je lui donne de tes nouvelles, il a la gorge serrée, il aimerait entendre que tout va bien. Nous avons des façons différentes de gérer cet enfer : je passe sous silence les détails de ta maladie, tes souffrances réelles, les moments difficiles que nous partageons, tes angoisses, ta lassitude, tes doutes. Toi aussi, ma Laurette, tu veux toujours épargner ton père, lui montrer le meilleur de toi-même. Après avoir avalé un yaourt et une pomme, les seuls aliments que j'arrive à ingérer, je me rends dans mon bureau, allume mon ordinateur pour consulter mes mails, histoire de me vider un peu la tête. À minuit pile, Michel me rejoint pour me souhaiter une bonne année. Une année bien amère qui commence. Que nous réserve-t-elle ?

1er janvier 2002

Terminé le temps des vœux, le franc a officiellement vécu et l'euro devient une réalité sonnante pour trois cent quatre millions de consommateurs européens. Je m'en fiche totalement. J'ai tout zappé, le mois de décembre et ses fêtes qui habituellement me rendent si heureuse.

2 janvier 2002

Veille de la greffe. 5 heures du matin. Le téléphone sonne : ta petite voix me sort de mon demi-sommeil. Chaque fois, je suis heureuse de t'entendre, c'est un soulagement : tu vis. Nous échangeons quelques mots et terminons par notre rituel : « Je t'aime, maman. » « Je t'aime, ma princesse. » Je pose ma tête sur l'oreiller, un petit sourire aux lèvres. Tu réveilles mes émotions, tu es là.

Avant de te rejoindre, j'essaie de mettre un peu d'ordre dans mon bureau, je regarde le retard de travail qui s'accumule, moi d'ordinaire si organisée. Tout peut attendre, rien ne compte que toi.

Un coup d'œil par la fenêtre avant de partir : l'herbe est couchée sous le blanc manteau hivernal, sur le lac glacé les canards s'exercent au patinage artistique pendant que les chiennes attendent l'heure de la caresse. Tout est beauté, tendresse, et ces images me ramènent à toi. Ton regard ne me quitte pas. Il me suffit d'y penser pour entendre tes peurs qui se cachent derrière tes soupirs, dans ton sommeil toujours agité. Je rêve à un miracle, à une voix de l'au-delà qui me soufflerait : « Ton enfant va guérir. »

Je te retrouve derrière ta bulle. Toujours la même chorégraphie, je me déshabille, enfile le costume stérile, lave attentivement toute peau apparente. Je passe en dernier les gants et la sur-blouse chirurgicale avant de te serrer dans mes bras. Tu es là, toute frêle et si jolie, ta bouche pulpeuse rosie par la fièvre et tes grands yeux noirs qui s'ouvrent vers moi.

Tu es impatiente, quelques heures te séparent maintenant du moment tant attendu, la greffe. C'est une aubaine d'avoir un donneur, tant de malades n'en ont pas. Même si nous savons que la chance de réussite de cette greffe pour ton cas est seulement de 20 %, je veux y croire. Cette victoire, tu l'auras bien méritée.

3 janvier 2002

Nous y sommes. Ma première pensée est pour le donneur qui depuis hier est hospitalisé quelque part dans un village en Allemagne. Nous ne connaissons ni son sexe ni son âge, les dons sont toujours anonymes, mais du fond du cœur, je le remercie.

J'aurais aimé que ce moment soit une fête pour toi, mais je te retrouve tendue. Tu veux dormir, rien d'autre. Je m'installe dans mon coin face à la potence qui portera tout à l'heure les cellules de vie. Confort minimum, j'avance un tabouret pour caler mes pieds et je pose mon ordinateur sur mes jambes.

Catherine, ton infirmière, m'informe que la moelle devrait arriver dans l'après-midi. Il est 11 heures, maintenant, la visite du professeur G. ne tardera pas. Je n'arrive pas à me concentrer sur l'écriture et je ne tiens pas en place, le ventre tiraillé par un mélange d'espoir et de peur. Je descends prendre un thé. Le bar se trouve au rez-de-chaussée, les blouses blanches et les visiteurs se croisent et se posent quelques instants pour respirer. Je n'oublierai pas l'odeur très particulière de cette cafétéria, celle du hall et des ivrognes qui y ont élu domicile pendant l'hiver.

Revenue dans la bulle, je vois le professeur G. et sa troupe de médecins pénétrer dans la chambre. C'est elle qui prend la parole avec un sourire de satisfaction très rassurant. Elle nous informe que le messager vient d'arriver avec le trésor de vie : la moelle osseuse. Mon cœur bat à se rompre, j'avais tellement peur des impondérables de dernière minute. Lorsque le professeur nous parle du village dont est originaire le donneur, elle évoque une légende qui y est associée : celle d'un joueur de flûte qui attire une colonne de rats vers un lac en leur jouant de son instrument. J'y vois comme une métaphore : le rat est la maladie et ton donneur magicien va la noyer de son sang.

Tu nous regardes et écoutes sans grand intérêt, tout ça te passe au-dessus de la tête, tu voudrais juste en finir, vite. Je salue la délégation de médecins et me retrouve seule avec toi. Je m'approche doucement de ton visage et pose ma bouche sur ton front. Nos regards plongent si loin l'un dans l'autre, il y a tant de questions que j'en suis troublée. Je t'aime, ma fille, je t'aime tant.

15 heures

Catherine pousse la porte du sas, portant dans ses mains la précieuse pochette. Je me lève et me précipite vers elle. Elle m'explique qu'elle va la brancher directement sur le cathéter comme toutes les autres perfusions. Je suis très émue, la gorge serrée, incapable de sortir un son. Catherine me fait un clin d'œil et pénètre dans la bulle. Il lui faut quelques secondes pour accrocher la pochette et la brancher sur le petit robinet. Pendant tout le passage de cette magnifique moelle, tu sembles dormir. À quoi penses-tu à ce moment, comment vis-tu l'intrusion de cellules étrangères dans ton corps ?

Durant toute la transfusion, mes yeux ne quittent pas la poche, je pense à la donneuse – j'ai réussi à savoir que c'est une femme –, aux raisons qui ont motivé le don anonyme de sa moelle. Se doute-t-elle que son cadeau est le plus beau qu'il soit donné de faire ? Je voudrais qu'elle sache que, quoi qu'il se passe, je lui en serai éternellement reconnaissante.

Il aura fallu vingt-cinq minutes pour que s'écoule la dernière gouttelette de vie. C'est maintenant une nouvelle moelle qui chemine dans ton corps. Ton rhésus sanguin a changé : de A+, il est devenu A-. Je presse sur la poche de toutes mes forces, jusqu'à la dernière petite cellule. L'infirmière me tend la pochette vide, je la serre sur mon cœur, je ne la jetterai jamais.

La fin de la journée se déroule calmement, tu parais soulagée d'avoir franchi ce cap. Deux heures du matin, un baiser sur ton front, je te laisse te détendre. Le service est très silencieux ce soir. Pas d'urgence. Un bref échange complice avec l'infirmière de nuit qui m'encourage à aller me reposer. Habituellement, la route me sert à faire le vide mais, ce soir, mes pensées dansent la sarabande, j'imagine les nouvelles cellules qui te sont étrangères coloniser ton organisme affaibli. Je souffre de savoir que ce que j'avais semé dans ton petit corps à ta naissance a été remplacé par ces semences qui te donneront une identité nouvelle. Étrange impression que je chasse vite de ma tête pour ne m'arrêter qu'à la seule chose qui importe : que tu vives.

La maison est silencieuse. Installé devant la cheminée, Michel attend les dernières nouvelles mais son inquiétude visible me rend muette. Pas le courage de parler, ce soir. Je souris rapidement et me précipite dans la chambre d'Alexis qui dort paisiblement dans son lit. Je m'allonge près de lui, pose mes lèvres sur sa joue, le respire violemment ; c'est tellement bon. Et si frustrant, ce masque obligatoire qui m'empêche de frotter mon nez à tes joues, ma Laurette.

Cet instant d'abandon près de lui est si fort. Il me manque, mon petit garçon, bientôt sept mois sans lui raconter de jolies histoires, sans faire couler son bain, sans parties de cache-cache que nous faisions dans le jardin, sans chansons que je chantais le soir pour l'endormir…

À partir de ce jour, nous avons compté les minutes, les jours, les semaines qui nous séparaient de la victoire. Chaque seconde, je guette la moindre rougeur à l'intérieur de tes mains, sur ta voûte plantaire ou tout autre signe qui montreraient que la fameuse GVH, la réaction du greffon du donneur contre tes cellules, se manifeste. En gros, nous attendons une autre guerre.

Paradoxalement, dans le schéma de réussite, il est souhaitable qu'il y ait une légère réaction qui prouve que les cellules sont actives et que, par là même, les mauvaises sont détruites. Pour bien comprendre le mécanisme, il faut savoir que ton organisme voit arriver des cellules qu'il ne reconnaît pas, qu'elles vont s'installer comme si le terrain leur appartenait, prêtes à œuvrer pour faire redémarrer la machine. Ton corps voudra alors se défendre de cette invasion. Avec violence. Il faut impérativement gérer cette GVH du mieux possible pour éviter une catastrophe pouvant t'être fatale.

Lorsque le donneur est un membre de la fratrie, les réactions de GVH sont moins importantes puisque le corps retrouve un typage identique au sien. Il n'est pas un intrus. En revanche, avec un donneur non apparenté, ce qui est le cas, les risques pour toi sont beaucoup plus grands et les traitements antirejet extrêmement puissants et nocifs pour l'organisme.

Tu n'as pas tardé à avoir les premiers signes d'une GVH intestinale. On te met sous corticoïdes, des immunodépresseurs, et immédiatement à la diète pour ne pas favoriser le transit. La surveillance des médecins est accrue : toutes les heures, ta tension et ton pouls sont relevés ; à la moindre montée de fièvre, ils partent à la recherche de tout virus susceptible de surgir.

J'ai beau être avertie, je trouve chaque étape lourde, douloureuse, inhumaine. Quel courage, mais quel courage tu as, mon enfant ! Tout ce que tu encaisses, je n'en reviens pas. J'ai même honte d'aller bien. J'ose à peine te dire : « Ne t'inquiète pas, mon amour », tant il serait juste que tu t'inquiètes.

Les jours qui suivent se ressemblent : douleurs, fièvre, difficulté respiratoire, immense fatigue. La diète, tu n'en peux plus, tout t'énerve.

Un matin, je suis arrêtée par Gustavo, l'interne qui s'occupe de toi puisque notre ami Albert est momentanément muté en hôpital de jour. J'aurais préféré qu'il continue de te suivre, il te connaît, il te rassure. J'aimais le petit jeu de séduction qui s'était installé entre vous, une complicité amicale et amoureuse bien innocente mais qui te poussait à te redresser, à te battre. S'il s'est éloigné, c'est pour ne plus te voir souffrir. Albert était malheureux à chaque résultat d'analyse et devant l'évolution de ta maladie. « Quand j'ai appris que Laurette était si gravement atteinte, je suis allé revoir ses premières analyses pour être sûr qu'on ne s'était pas trompés. J'aurais voulu qu'on les refasse. Je ne pouvais pas croire qu'une si jolie fille puisse être confrontée à ça… » m'avait-il dit aux premiers jours de ton hospitalisation. Albert… Je regrette son absence, mais je le comprends tellement.

Gustavo me regarde droit dans les yeux pour m'annoncer que l'aspergillose du poumon a redémarré. J'ai l'impression que la terre s'ouvre sous mes pieds, la salive se bloque dans ma gorge. Je voudrais qu'il se trompe, mais non, c'est bien une nouvelle bombe que je prends en pleine face. Nous sommes seulement au douzième jour de greffe, tu es en pleine aplasie, sans aucune défense immunitaire, pas la moindre trace de globules blancs. Je crains le pire. La mutilation du poumon n'a donc servi à rien, le champignon repart au même endroit.

Je ne sais même pas comment je rentre dans ta chambre pour te l'annoncer. J'ai demandé au médecin qu'il me laisse te parler. Pour t'épargner autant que possible. Jamais je n'oublierai ton regard et tes pleurs. On vient de te réveiller, ta voix est toute fine, aucun cri, juste des larmes. Moi, je ne dis rien, je sens juste que je suis morte de peur à l'idée de te perdre.

Gustavo t'annonce les examens qui t'attendent le lendemain matin. Au milieu des échographies et des radios, est prévue une fibroscopie. Là, tu t'insurges, tu refuses catégoriquement cette séance de torture.

Lionel, le chef de service, arrive alors dans la chambre. Comme il est de garde le lendemain matin, je m'assure qu'il prendra bien toutes les précautions nécessaires pour qu'il y ait une préparation avant la fibroscopie, un gaz désinhibant et une médication antistress. Ce cher docteur avec qui le contact ne passe pas vraiment veut faire du zèle en nous jetant au travers de la bulle ses théories toutes faites, sans aucune considération. Excédée, je lui demande de nous épargner ses commentaires et d'essayer plutôt de nous rassurer. L'ambiance dans la chambre est orageuse. Lionel sort. Je sens que tu es contente que je sois intervenue. Moi, soulagée de l'avoir remis à sa place.

Les médecins semblent très pessimistes même s'ils ne le disent pas. J'ai su plus tard, par notre ami Albert, que pour eux, tu étais dans une très mauvaise passe. En gros, ils n'auraient pas été surpris que ta vie s'arrête là.

Médicalement, seuls les globules blancs peuvent venir à bout de cette aspergillose. Tu es toujours en aplasie, nous sommes au treizième jour de greffe donc assez loin de leur remontée. Seul un miracle pourrait nous sortir de là. Je me remémore l'épisode précédent qui t'a conduite à l'opération du poumon, la rapidité de la montée en puissance de ce champignon douloureux et dévastateur.

Tu es tétanisée à l'idée de repartir en réanimation. La saturation de l'oxygène montre des signes d'insuffisance respiratoire et la fièvre commence à s'installer. Nous sommes à nouveau sur le qui-vive.

La nuit est un cauchemar. Prise d'angoisse, tu me téléphones vers 3 heures du matin, respirant très péniblement. Ta voix altérée me bouleverse. Je voudrais tant être là pour te rassurer. Patricia, ton infirmière, promet de me rappeler rapidement pour me faire part de l'évolution : si la saturation peut être gérée uniquement par l'oxygène de la chambre, tu ne descendras pas en réanimation.

Comme à chaque moment grave, le temps est interminable. Je reste prostrée sur mon lit, j'échange des paroles incohérentes avec Michel qui est à mes côtés. Puis le vide, le bruit du vent et les battements de mon cœur qui résonnent dans ma tête.

Je me résigne à ne pas rappeler, et me persuade que la situation s'est améliorée puisque le téléphone ne sonne pas. Mais comment me rendormir te sachant si mal ? Alors, pour ne pas m'enferrer dans l'angoisse, je m'évade et me transporte en Afrique au milieu de la brousse avec tes rires en écho, comme ces voyages dans le désert que j'ai imaginés pour toi. Tu es belle, vivante, tu joues avec Marie et Alexis. Je vous vois et me sens plus légère. Ma main se pose sur celle de Michel, nous n'avons pas besoin de parler, nos silences sont au diapason.

Treizième jour après la greffe

Toute la journée, tu es sous haute surveillance. Ton état suscite la plus vive inquiétude auprès des médecins. Leur comportement devient angoissant. Ils me regardent sans rien dire. Dans l'ensemble, ils ne sont pas très réconfortants et, dans ces moments-là, je suis bien contente d'être d'un optimisme inébranlable. Une bonne fois pour toutes, j'ai décidé que tu ressortirais indemne de cette sale épreuve. Je refuse d'entendre qu'il n'y a plus rien à faire, qu'il faut lâcher prise. Qu'on est arrivés au bout. Je voudrais que ton corps déclenche une guérison miraculeuse, que tu nous surprennes tous. Que tu sois l'exception pour leur montrer qu'ils se sont trompés, que nous avons eu raison d'espérer, envers et contre tout.

Toutes les journées qui suivent sont d'une lenteur incroyable, tu t'accroches sans jamais te plaindre, tu espères sans jamais faiblir, je sens ta force derrière tes sourires et la vie qui petit à petit se réinstalle dans ton corps. Je compte les secondes qui nous séparent de la victoire, celle qui nous est annoncée un matin, le 8 février 2002 : la greffe a réussi ! La joie est si forte que tu pourrais déplacer une montagne. Tu soulèves le drap, saute et danse sur ton lit. Marie et moi chantons à tue-tête autour de toi. Je ne sais plus si je ris, si je pleure, mélange de fatigue et de joie. Tu as gagné, ma Laurette, tu l'as eue cette victoire, il ne nous reste plus qu'à fêter ce jour magnifique.

Dans notre euphorie, nous sommes surpris par l'infirmière stupéfaite qui nous demande de faire moins de bruit. Pardon, pardon : nous avons oublié que nous sommes à l'hôpital !

Ton sac est prêt pour le départ, direction le moulin. Mille recommandations nous sont faites : comment vivre après la greffe, le régime, les règles d'asepsie, tout ce que nous connaissons déjà. Retour vers la vie, même si elle reste bien fragile.

Nous sommes malheureusement très vite rattrapés par les problèmes post-greffe qui nous obligent à repartir à l'hôpital pour une nouvelle ré-hospitalisation de quinze jours. Car un autre virus a fait surface : la mononucléose.

15 mars 2002

Après la sortie de l'hôpital, la surveillance médicale est très stricte. Tu dois te rendre en visite de contrôle deux fois par semaine. Visite des médecins, analyses de sang, radios des poumons et, si besoin est, transfusion de sang et de plaquettes. Les rendez-vous étant fixés à 8 heures du matin, je m'organise avec mon amie Mimie Mathy qui habite à proximité de l'hôpital pour qu'elle nous héberge la veille. Cela nous évite la route du matin dans le flot des voitures polluantes et nous permet de passer une soirée agréable.

Compte tenu de ta faiblesse et de ta difficulté à te déplacer, je commande une ambulance pour ton transport à l'hôpital. Les brancardiers te récupèrent devant l'appartement et te conduisent directement dans le service. Il est maintenant 8 heures.

L'hôpital de jour se trouve au rez-de-chaussée. C'est un lieu lugubre, les chambres sont exiguës avec vue sur une cour intérieure tout aussi triste. Tu es immédiatement prise en charge par une infirmière qui nous accueille avec un sourire réconfortant. À chaque fois, la gentillesse du personnel me bouleverse. Ils ont une écoute, une disponibilité et une patience incroyables, répondant sans se lasser aux demandes constantes des malades inquiets qui souffrent depuis des mois, voire des années. Tous sont admirables.

Après t'avoir prélevé du sang par le cathéter, les petites fioles de toutes les couleurs partent au laboratoire pour y être analysées. Il ne nous reste plus qu'à attendre les résultats, et la visite des médecins. Tu as droit maintenant à un petit déjeuner d'hôpital ; moi, je me contente du distributeur de boissons situé dans l'entrée qui, en échange d'une petite pièce, fait couler un thé au goût synthétique dans un gobelet en plastique. Tandis que je le « déguste », je regarde le déferlement d'hommes et de femmes qui traversent en courant le grand hall de l'hôpital. Ils sont chercheurs, médecins, soignants, tous ouvriers de cette grande usine à malades. Ils s'engouffrent dans les divers ascenseurs et ne réapparaîtront qu'à l'heure du déjeuner et à la pause café.

Lorsque je te retrouve, tu es déjà endormie. Je m'installe dans mon coin et pose mon ordinateur sur la table roulante. J'y tape mes réflexions, mes sensations, mes inquiétudes, mais aussi mes espoirs. Depuis le début de ta maladie, les longues périodes d'attente passées près de toi m'ont permis de réfléchir à la vie qui va toujours trop vite, au piège du stress dans lequel on se laisse glisser par manque de vigilance. Dans cette course incessante, on passe à côté de soi, de ceux qu'on aime. Et brusquement, alors qu'on se croyait heureux, la maladie nous saisit au vol. Trop tard, on n'a rien vu venir.

Il est midi, le médecin vient t'ausculter. Il semble satisfait et nous donne quelques consignes, nous demandant d'attendre les résultats des examens. Après quoi, nous pourrons rentrer chez nous.

En revenant de l'école, Alexis est fou de joie de te retrouver. Après les précautions d'usage, lavage des mains, masque et charlotte sur les cheveux, il te saute dans les bras et reste ainsi blotti sur ton épaule. C'est beaucoup d'émotions pour ce petit bout d'homme. Toi, tu fais tout ce que tu peux pour paraître en forme, mais je sais qu'il est bouleversé par ton apparence. J'ai toujours pris soin de lui expliquer la situation, les étapes difficiles et les marques laissées par la maladie. Le temps de la séparation lui est interminable, il voudrait retrouver sa sœur avec ses cheveux, sans le poison dans son corps. Voilà ce qu'il me dit, un soir, en larmes, avant de s'endormir. Je suis bouleversée. Marie et toi avez vécu une enfance et une adolescence heureuses. Lui, c'est différent. Il restera à jamais cette cassure, ce drame dont j'ignore quelle sera la résonance pour sa vie future.

Malgré tous tes efforts, tu es épuisée et tu quittes la table avant la fin du dîner. Ta chambre étant au bout de la maison, je me suis installée dans ton coin pour intervenir la nuit, si besoin est.

Et justement, la nuit est rude.

Je la passe à tes côtés. Tu as mal partout, tu brûles de fièvre. Avant de t'y emmener quand il fera jour, j'appelle l'hôpital pour savoir quels soins te donner, comment te soulager. Toutes les cinq minutes, tu te lèves dans le noir pour aller aux toilettes, tu passes devant moi marchant sur la pointe des pieds. Tu penses que je dors alors que je me suis allongée parce que je ne tiens plus debout. « Ça va, ma chérie ? » « Oui, oui, ne t'inquiète pas, maman… » et quelques secondes après, je t'entends gémir sur les toilettes tant tu souffres. Alors, je me relève pour t'aider à te recoucher, dix fois, vingt fois.

À l'aube, tu t'habilles pour retourner à l'hôpital. J'ai mis la voiture devant la porte de ta chambre afin que tu n'aies que quelques pas à faire. Tu sors de ta chambre, titubante, emmitouflée dans ton grand manteau kaki, capuche sur la tête. Je t'ouvre la portière de la voiture. Alors que tu t'apprêtais à entrer, tu t'arrêtes, te retournes et regardes la maison intensément. Ce sont des secondes interminables, on dirait que tu veux t'imprégner des murs, de la couleur des pierres, de chaque détail, comme si c'était la dernière fois que tu la voyais. Et moi, à cet instant précis, même si je m'en défends, j'ai le sentiment que tu ne reviendras pas. Ce moment, je ne l'oublierai jamais, je l'ai reçu comme un uppercut en pleine poitrine. La lune éclairait les contours de notre grande maison. Tout avait un goût amer. Triste matin.

Nous roulons dans la campagne silencieuse, la lumière est grise, en harmonie avec mes pensées, mon état d'esprit. Dans la voiture, nous ne parlons pas. J'ai la gorge serrée, toi, tu es épuisée.

19 mars 2002

Les médecins te trouvent trop faible, ils préfèrent te reprendre dans le service pour un suivi et d'autres examens. C'était bien vu puisque, le lendemain matin, c'est une nouvelle déflagration avec l'annonce du virus EBV, trouvé dans les analyses sanguines.

Cette fois, ce sont les lymphocytes qui sont touchés et, dans le contexte actuel, c'est extrêmement grave puisque tes défenses immunitaires sont très basses, ce qui laisse le champ libre au virus.

Maintenant, les médecins craignent un lymphome, ils sont très inquiets. Moi, je suis en apnée, le froid suivi du chaud dans tout le corps, je voudrais m'évanouir, stopper cette machine infernale, puis me réveiller comme d'un mauvais rêve. Une fois le choc accusé, je me ressaisis, regarde les médecins droit dans les yeux et leur hurle avec des sanglots retenus : « Nous devons gagner ! » Plus tard, j'apprendrai que pour le chef de clinique, je ne mesurais pas la gravité de ta maladie. En avais-je simplement envie ?

Dès le lendemain matin, un traitement est mis en place, une fois par semaine. Ce médicament, on l'espère, devrait bloquer la prolifération des marqueurs sur les lymphocytes. On me dira ensuite que le nombre de cellules étaient de plus d'un million, c'est impressionnant.

Je te réinstalle, tu as la chambre numéro 10. Elle n'est pas plus jolie que les autres, peut-être un peu plus lumineuse et, comme chaque fois qu'on te déménage, je refais la décoration.

Huit mois. Déjà huit mois que nous sommes en dehors de la vie, toi à te battre et ceux qui t'aiment, à t'aimer encore plus, à te soutenir, te rassurer et tenter de te sortir de l'enlisement des douleurs. Ma détermination est intacte : plus les incertitudes m'assaillent, plus je m'accroche à ta vie. Il n'est pas question qu'on te la retire.

Ce matin à mon arrivée dans ta chambre, je te sens très distante, ton regard est fuyant. À ma question « comment vas-tu ? », pas de réponse. Je m'approche de toi, tu te retournes avec violence, tes mots sont durs et tu me regardes comme si j'étais étrangère à ta vie. Sentant qu'il se passe quelque chose, je m'empresse d'aller voir ton infirmière qui, devant mon insistance, me dit que ta nuit a été mauvaise, que tu lui as demandé « si ça faisait mal de mourir », si on pouvait t'aider… À cette question bien légitime, elle t'a répondu que tu n'en étais pas là mais que, de toute façon, on ne laissait jamais personne dans la souffrance. Je suis anéantie, je n'ai jamais pu parler de la mort avec toi et pourtant je la redoute. Comment puis-je imaginer la mort de mon enfant, l'accepter ? Cette issue m'est inconcevable.

Laurette, tu as compris avant moi ; tu as demandé à ton infirmière, pas à moi.

Je retourne près de toi et trouve la force de parler de cette terrible inquiétude qui est la tienne, la nôtre. Une fois encore, tu m'en apprends un peu plus de la vie, de celle des malades et de la tienne, si fragile. Tu as compris que tu ne t'en sortirais pas. Nous sommes arrivés au bout du chemin, au moment butoir, au pied du mur. Je le réalise, à présent, tout en continuant de le refuser. Ce moment, je ne l'ai jamais imaginé. Je n'ai pas fait le chemin et je n'ai pas les mots pour me l'expliquer à moi-même. Pendant neuf mois, je t'ai parlé sans relâche ; cette fois, c'est toi qui me dis les choses que je ne voulais pas voir. Nous avons perdu et je ne sais pas comment on passe « de l'autre côté ». Tu vas partir tranquillement, je ne sais même pas comment te le dire…

Il est 3 heures du matin. Devant ta « petite forme », je demande à passer la nuit près de toi. Tu ne dors pas, nous parlons de tout, de rien, en attendant que la nuit qui semble sans fin se termine. Je suis épuisée, le sommeil me gagne, mais je ne veux pas lâcher. Alors que tu sembles enfin endormie et que le jour se lève, je m'allonge sur le lit de camp posé à côté du mur. Je suis à peine couchée que le silence de la chambre est rompu par un bruit terrible. Je me soulève et je te vois te tordre dans tous les sens, comme si tu recevais des milliers de volts dans ton corps, des sons rauques sortent de ta gorge. Tu fais une crise de convulsions.

Dans l'affolement, je cherche le bouton d'urgence, je ne sais plus ce qui se passe, je panique. Laurette, pas ça, s'il te plaît, pas ça ! Le médecin de nuit et l'infirmière qui lui emboîte le pas arrivent calmement, j'ai l'impression qu'ils marchent au ralenti comme dans un film où l'on refait défiler la scène pour mieux la comprendre. Ils ne semblent pas paniqués, peut-être veulent-ils me rassurer. La peur me ronge le ventre. J'ai envie de leur hurler : « Mais dépêchez-vous ! »

La crise est passée, tu envoies tout le monde bouler parce qu'on te dérange et que tu voudrais dormir.

Je suis épuisée mais heureuse de voir que tu as encore la force de râler. Malheureusement, une seconde crise beaucoup plus forte arrive et, cette fois, les médecins me font sortir de la chambre, le temps de décider de ce qui va suivre.

À partir de ce moment-là, j'aurais dû accepter ta fin. Mais je m'obstine à vouloir te garder près de moi, pour moi toute seule, pour réaliser tout que nous n'avons pas eu le temps de faire dans cette vie trop courte. Tu es trop jeune pour partir, c'est absurde de mourir à 22 ans ! Les images des moments heureux s'entrechoquent avec celles de tout ce que tu aurais dû vivre. Nous avions tant de bonheurs à partager encore ! C'est impossible que ta vie s'arrête maintenant. Mais le temps est compté, les secondes s'égrènent et me filent entre les doigts sans que je ne puisse rien retenir.

18 mai 2002

Depuis deux jours, tu ne parles plus. La veille, pour calmer tes convulsions, les médecins ont augmenté les doses de morphine qui t'ont plongée dans un coma artificiel. Sans être tout à fait consciente, il t'arrive de réagir à une voix, une parole. « Elle ne souffre plus, madame, soyez-en sûre... » m'a dit le médecin. Moi, c'est tout ce qui m'importe, que ton corps se détende, que tu cesses d'avoir mal.

Ce jour-là, nous nous sommes retrouvés dans ta chambre, ton père, Marie, son compagnon Richard, Louise, une de tes amies, mon frère Gérard et un ami. Nous avons fait un cercle autour de ton lit pour t'envoyer nos forces, notre amour, notre tendresse, être encore plus proches de toi. Dans ton lit, tu sembles paisible, les yeux clos. Je m'assieds tout près de toi, caresse ton visage et je pose les mains sur ton ventre sous le drap. Ton père est au bout du lit, les mains appuyées sur tes pieds. De temps à autre, j'entends les chuchotements de Louise qui te parle, le menton tendu vers toi, te remémorant vos jeux d'adolescentes : « Tu t'en souviens, Laurette ? Et ça, tu te souviens ? » Marie et Richard, silencieux, recueillis, attentifs au moindre souffle. Mon frère, inquiet mais plein d'espoir.

Les mains posées sur ton ventre, je concentre vers toi mes pensées les plus tendres, croyant encore et toujours que ma force te sortira de ton coma. Les yeux fermés, je me laisse porter, en fusion totale avec toi. Soudain, j'ai l'étrange sensation que quelque chose se saisit de mes mains. Mes paumes se soulèvent doucement de ton corps, je les plaque à nouveau sur ta peau mais elles continuent à se décoller, puis elles exécutent de légers mouvements de vagues, de droite à gauche. Je ne sens plus mon corps, je me laisse porter par cette douceur incroyable, je suis seule avec toi. Je sens qu'il se passe quelque chose de très particulier que je ne peux expliquer, comme si tu me guidais, me rassurais. Un son très doux m'enveloppe, un murmure léger et lointain comme le bruit de l'eau sur une herbe mousseuse. J'ouvre lentement les paupières et j'ai, à cet instant, une vision si belle, si nette, qu'aujourd'hui encore je pourrais la peindre.

Sous mes mains qui voguent dans l'air apparaît une étendue d'herbe d'un vert printanier. Au-dessus, une bande bleue, un ciel d'été avec de beaux nuages très blancs, très denses, comme dans un tableau de Magritte. Mes mains continuent à caresser des vagues imaginaires. Tout est assourdi, lointain, feutré. Je suis seule au monde avec ma princesse. Et, tout d'un coup, entre l'herbe et le ciel, ton visage apparaît comme une image panoramique, tes cheveux noirs flottent au vent, ton sourire éclate. Tu me fixes, les yeux brillants, ton corps ondulant, laissant derrière lui une jolie traînée blanche. La vision dure quelques secondes, assez pour que je l'imprime pour l'éternité.

Lorsque, très lentement, je relève la tête, ma famille et mes amis sortent un par un de la chambre en parlant sur le souffle comme pour ne pas t'importuner. Devant récupérer Alexis confié à une amie, je demande à Marie de passer une partie de la nuit auprès de toi ; moi, je prendrai le relais vers 5 heures du matin.

Je pars, sereine comme jamais depuis ces longs mois. Cette magnifique vision de toi m'a apaisée. J'ai le sentiment que la maladie s'est envolée, que dans l'échange que je viens d'avoir avec toi, je l'ai faite partir. Un miracle s'est opéré. Je peux m'absenter quelques heures, lorsque je reviendrai, je retrouverai ta belle chevelure, ton sourire, ta beauté. Tu seras guérie.

Dans ma poche, sur mon téléphone portable, des messages clignotent que je n'écoute pas. Je suis dans mes pensées. Je viens juste de retrouver Alexis lorsqu'une sonnerie retentit et me ramène brutalement à la réalité. C'est Marie : « Maman, il faut que tu reviennes... » Hésitante, je murmure : « Laurette ?... c'est fini ? » Marie me répète d'une voix déchirée : « Il faut que tu reviennes. » Alexis qui est près de moi pousse un hurlement : « Non ! Pas ma Laurette ! » Je ne peux plus parler. Retenant mes larmes, je pose ma main sur la tête de mon petit garçon, je ne sais que lui dire, là dans la voiture. Nous restons silencieux jusqu'à l'hôpital. Ma Laurette, je n'ai pas compris ce que tu essayais de me montrer à travers ton visage radieux et ces images lumineuses. Tu as profité de mon absence pour t'envoler, ton dernier souffle, tu l'as offert à ta sœur.

Je ne réalise pas. Ma princesse vient de me quitter. Je me sens étrange, comme si je pénétrais dans une nouvelle dimension. Une partie de moi m'est arrachée, l'autre s'accroche à ton corps sans vie. Dans la chambre, je te regarde, si calme, si lointaine. J'ai encore dans les yeux cette vision exceptionnelle, ce départ que tu m'annonçais et qui m'a échappé.

Alexis retient ses larmes. Pour la première fois de sa petite vie, il est confronté à la mort, celle de sa sœur chérie, de sa « petite maman ». Maladroitement, sans doute, mais les mots viennent ainsi, je lui explique que l'enveloppe de sa sœur était trop fatiguée, trop usée par la maladie, mais que son âme restera à tout jamais dans notre vie, dans notre cœur, qu'elle nous protégera.

Dans ton lit, tu es magnifique, je te parle, te dis que tu as bien mérité cette pause après cette souffrance inhumaine, que tu vas cruellement nous manquer. Malgré cela, je ne peux me résoudre à l'idée de ne plus jamais entendre ton rire, sentir tes baisers sur ma peau, tes bras autour de mon cou, ta présence dans notre maison.

Nous passons la nuit à tes côtés, tu sembles dormir en paix. Je ne veux pas te quitter.

J'aurais voulu arrêter la pendule qui marquait les dernières minutes avant que l'on t'enlève à moi, définitivement, pour te conduire dans une chambre froide. Ce coin sordide de l'hôpital, la morgue. Le jour se lève, les bruits dans les couloirs annoncent une nouvelle journée, d'autres espoirs, d'autres drames mais, toi, tu ne le sauras jamais.

Je vide l'armoire de tous tes vêtements, enlève tes objets personnels, détache les photos et les petits mots accrochés ici et là. Notre vie avec toi s'arrête le 18 mai 2002 à l'hôpital Saint-Louis.

Vivante, près de moi

J'ai rapporté à la maison le sac et les affaires de Laurette. Les premiers jours sans elle sont difficilement descriptibles. Je me sens vide, déboussolée. Après ces onze mois passés à l'hôpital, j'ai perdu tous mes repères. Je tourne en rond dans la maison, on tourne tous en rond à la recherche de Laurette, on n'a pas intégré qu'on l'a perdue, qu'on ne la ramènera pas, qu'on ne la reverra plus. Ce à quoi on se raccroche, la seule chose qui compte et qu'on se répète, c'est qu'à présent elle ne souffre plus, elle ne souffrira plus. C'est ce qui nous permet de tenir.

Après le départ de Laurette, je pense en continu à ce qui peut le mieux me guérir de son absence. C'est de croire absolument en sa présence réelle et ininterrompue, être persuadée qu'elle n'est pas sortie de ma vie. Vivante, je veux la rendre vivante près de moi, chaque jour, dans tout mon être.

Chaque matin, au réveil, j'écoute le message d'annonce de son répondeur qui se termine avec son rire. Un bel éclat de rire. C'est la première chose que je fais, comme un rituel, j'en ai besoin, je ne peux pas démarrer la journée sans ce fou rire.

J'allume une petite bougie sous sa photo pour qu'elle soit là, qu'elle scintille. Ensuite, je vais directement dans sa chambre, je touche ses affaires, je respire son odeur. Il m'est impossible de couper du jour au lendemain ce lien si puissant qui nous unissait.

Je me demande comment la vie va pouvoir continuer, comment lui sourire à nouveau alors qu'elle m'a arraché une si grande partie de moi-même. Mon corps, mon cœur ne fonctionnent plus tant l'absence est insupportable, inimaginable. J'essaie d'être forte, de donner le change pour ceux qui me sont proches. Mais je me sens morte même si je fais les gestes de la vie.

Seule, être seule, voilà ce que je veux, ce qui me va. Puisque personne ne peut entrer dans ma peine. Sournoisement, la fuite s'insinue en moi, et j'aime son intrusion dans mon esprit. Je ressens une impression de liberté où souffrir ne regarde que moi. Oui, souffrir, pleurer, avoir envie de mourir, longer le vide monstrueux que ma Laurette a laissé.

Certains soirs, je me replie sur mon chagrin, dans sa chambre, devant la cheminée, et je reste là, la tête vide. Inaccessible. Je m'isole, juste avec ma respiration et des images qui me traversent. Ces moments, sans doute pénibles pour mon entourage, me sont indispensables pour refaire surface. Je ne peux pas brusquer les choses, si je veux comprendre comment dépasser cet état, retrouver le sens de la vie.

Par réflexe et pour ne pas m'écrouler, j'essaie d'être active pour mes enfants, ma famille. Je voudrais montrer l'exemple mais j'en suis incapable. Le matin, quand j'emmène Alexis à l'école, je traverse les champs sur les petites routes de campagne, je me veux forte près de lui, mais sur le chemin du retour, seule, je pleure dans la voiture sur toutes les images qui sont associées à Laurette. Tous les lieux de vie deviennent des lieux de souvenirs dans lesquels je continue à la faire exister.

Je guette le moindre indice qui m'indique que Laurette me parle, ou me montre quelque chose ; ces signes, je les trouve partout. À deux reprises, dans ma chambre, je revois l'image que Laurette m'a laissée à son départ, son visage qui me sourit dans un décor rempli de lumière. Cette vision me rend heureuse : là où elle se trouve, je sais qu'elle est en paix.

Pourtant, je suis comme anesthésiée, un zombie hors circuit. Les rares fois où, à l'invitation de mes amis, je me force à faire acte de présence dans des soirées, tout me paraît inutile, dérisoire. Mes pensées sont comme paralysées, mon ventre me fait mal, mon sourire se fige. Je me demande ce que je fais là ; les bruits, les odeurs m'agressent, les gens deviennent gênants.

Après ces longs mois d'égarement et d'hébétude, le vrai manque s'installe. Rien ne s'est apaisé. Je ne supporte que le silence de la campagne autour de ma maison, et la musique classique qui est un canal vers ma Laurette.

La seule chose qui me tire de ma nuit, c'est l'Association Laurette Fugain, que j'ai créée, ce combat qu'elle voulait mener en sortant de l'hôpital. Je m'y plonge à corps perdu, tel un automate. À tel point que je n'ai pas le sentiment d'avoir à faire « mon deuil » – expression que je déteste – puisque je rentre tout de suite en activité. Et tant pis pour ceux qui pensent que l'association est une « béquille ». Pour moi, c'est une obligation avec un leitmotiv : plus jamais un malade ne mourra faute de donneur. C'est devenu une obsession : que d'autres gagnent là où Laurette a perdu.

Certains disent qu'on peut donner son cœur sans jamais le perdre. On peut même se donner de tout cœur sans rien perdre de ce que l'on est. En donnant mon cœur à son combat, l'association qui porte son nom, Laurette a donné un nouveau sens à ma vie.

De temps en temps, je me plonge dans des témoignages reçus, je lis et relis des histoires qui ressemblent à la mienne, je retrouve chaque fois les mêmes mots qui tentent d'expliquer la douleur. J'entends la voix de parents qui ne se sont jamais remis du départ de leur enfant, qui sont restés dans le noir, loin de tout, et n'ont plus jamais regardé le soleil. Parfois, aussi, je lis la sagesse de ceux qui ont laissé le temps faire son ouvrage d'apaisement. Là, je me braque et me rebelle. Comment puis-je espérer retrouver la sérénité, moi qui pense ne plus jamais pouvoir sourire ?

Dans ces correspondances avec d'autres mamans ayant perdu leur enfant, je m'aperçois qu'inconsciemment je leur apporte des solutions que je n'applique pas moi-même. Elles ont pu s'identifier et voir plus clair en elles, me disent-elles. Je n'ai pourtant jamais voulu être un exemple mais c'est important pour moi de savoir que j'ai pu leur apporter un peu d'éclaircissement. C'est aussi à travers elles et l'association que se fait ma reconstruction. J'ai besoin d'être dans cet univers.

La souffrance, c'est comme un puits sans fond, chacun met le temps qu'il peut pour remonter à sa surface. La souffrance est unique et personnelle. On est à la dérive, on a beau essayer de se rapprocher les uns des autres pour supporter la douleur ensemble, elle se vit dans la solitude. Avec son tempérament et sa personnalité, chacun trouve en lui son carburant pour ne pas sombrer, sa dose d'énergie pour se reconstruire. Il faut regrouper les pièces du puzzle explosé.

On me dit souvent que dans « la vie après », il y a des étapes à passer, à dépasser : le chagrin, la colère, l'abnégation, le manque. La reconstruction, enfin. Je n'ai pas le sentiment de les avoir toutes franchies, en tout cas peut-être pas dans le bon ordre. Il y a des jours avec et des jours sans, comme on dit. Des avis de tempête qui m'empêchent de tenir debout. Ces jours-là, je reste en boule « au fond du panier des tristesses », comme dit le poète, à me poser sans cesse des questions qui restent toujours sans réponse. La reconstruction n'est pas une progression linéaire et constante, il y a des impasses, des culs-de-sac, des accidents de parcours. Des demi-tours et parfois de sacrées pannes.

Je ne sais pas ce qu'est la reconstruction. Pour moi, c'est de continuer à faire vivre Laurette dans mon quotidien. C'est ma solution, une solution que je n'ai pas voulue, qui s'est imposée à moi. Doucement, le temps cicatrise la déchirure, la blessure. Il la referme sans en effacer la marque, le bourrelet. Jusqu'à la fin de mes jours, elle restera.

Après une période où j'avais complètement perdu confiance en moi suite à la disparition de mes parents et la fuite de mon mari, où l'incompréhension se mêlait à la culpabilité, j'ai retrouvé la force de ne pas sombrer pour mes enfants, Marie et Alexis. En eux, j'ai puisé un nouvel équilibre de vie. Je me suis ressourcée à leurs rires, à l'incroyable force de leur jeunesse. La nature aussi m'a été d'un grand secours, le chant des oiseaux autour de ma maison, le bruit de la rivière, les biches qui passaient au loin… Je sais également que mon optimisme résolu, mon côté « battant » m'a beaucoup aidée. Jamais je ne m'en serai sortie sans ses véritables dons que j'ai eus à ma naissance et par mon éducation.

Au fil des jours, la douleur a pris une autre couleur. Chaque seconde s'est alimentée d'une lumière qu'il m'a fallu apprendre à apprivoiser. Maman brisée, j'ai dû tout réapprendre, redécouvrir la vie, pas à pas, comme un enfant qui vient au monde, un nourrisson qui a besoin d'être bercé, nourri par des paroles attentives et aimantes.

Après des mois d'immobilisme, j'ai retrouvé mon corps, le mouvement et l'espace. Le plaisir de marcher longuement, de courir, de danser sur de la musique, d'aller m'habiller – en fuyant les couleurs sombres –, de rallumer mon œil qui s'était éteint. J'ai pu me regarder dans le miroir que j'avais fui si longtemps.

Ma princesse enfuie a été le révélateur de cette douce reconversion vers le bonheur, elle m'offre cette lumière qui me guide, jour après jour. Même si la tempête a tout dévasté au point que je me sente parfois trébucher, je veux croire que la vie continue. Que son rire dans ma mémoire soulagera à tout jamais mon cœur meurtri. Alors, peut-être, mon sourire redeviendra sourire, mon cœur réapprendra à aimer…

À nouveau, je regarde les oiseaux qui m'apportent des messages, je ramasse dans la nature ces petits cœurs, feuilles, pierres, bouts de bois que je trouve sur mon chemin au hasard de mes balades et qui me font sourire. Tous ces signes sont autant de cadeaux.

Malgré ces longs mois de souffrance qui m'ont marquée au fer rouge et bien que je me sente souvent seule sur la route à espérer je ne sais quoi, il y a cette force immense qui me fait avancer, qui me maintient debout, cette petite musique qui m'ouvre le chemin. C'est un énorme besoin d'aimer, une énergie incroyable, une folie en moi qui danse et me déploie. La route est devant, elle ressemble à ce fil tendu entre deux points, la naissance et la mort. Certains diront « le paradis ».

Sur cette photo que j'adore, Laurette serre son petit frère dans ses bras. Elle savait si bien le protéger. Je regarde le poster où elle rit, lumineuse. Sa jeunesse comme une claque à l'objectif. C'était un an avant, à peine… Combien d'heures ai-je passé à contempler ces photos qui peuplent les pièces de notre maison pour qu'elle soit toujours avec nous ?

La vie est comme un long train, on y est tous montés depuis plus ou moins longtemps et on sait que l'on devra en descendre un jour. Le voyage est ainsi, plein de défis, de rêves, d'espoirs et d'adieux. Certains le quittent avant les autres et nous laissent le souvenir de leur courage, de leur amour, de leur amitié et de leur affection.

Laurette, ma princesse, tu es descendue trop tôt.

Aujourd'hui, dans ce grand train de la vie, je regarde les sourires de Marie et d'Alexis, d'Elliot et de Sam, mes petits-enfants, de ma famille, de mes amis, de ceux qui se battent là où je me suis battue : tous me donnent la force d'avancer. Le paysage défile sous mes yeux et lorsque, à nouveau, je suis triste, ma princesse, ton regard, ton énergie viennent me cueillir pour poursuivre le chemin.

Merci, ma Laurette, merci. Grâce à toi, le mot départ prend aujourd'hui un autre sens.

Merci à

Marie et Alexis, mes enfants, qui ont eu la patience de m'attendre.

Elliot et Sam, qui remplissent d'amour mon cœur de Habanita.

Mes parents, ma famille, pour leur amour et leur soutien indéfectible.

Mes ami(e)s de toujours, ils se reconnaîtront.

À Christelle, ma « Packset » mon amie, ma sœur.

Mazez mon ami touareg qui m'a fait découvrir l'Afrique, le plus beau des pays.

Tous les ami(e)s de Laurette.

Les médecins et infirmières qui ont veillé sur ma Princesse.

Albert Haddad
Emmanuel Raffoux
Gérard Socié

Bertha
Morgane
Patricia
Sophie
Catherine.

Merci à Sophie Charnavel mon éditrice.

Claude Mendibil qui m'a encouragée, écoutée et dirigée.

Pierre, merci !

Merci à toute mon équipe qui depuis dix ans m'accompagne, me porte, m'encourage à poursuivre le plus grand des combats, celui de Laurette, l'association qui porte aujourd'hui son nom et qui lutte contre la leucémie.

À toi ma Laurette qui pendant vingt-deux ans a rempli mon cœur de maman de tant d'amour et de complicité.

J'ai aimé partager des rires, des mots, des regards, des espoirs, des silences, des craintes…

Grâce à toi, je vois mieux ce qui est à voir, je sens mieux ce qui est essentiel.

Ta vie demeure en moi à tout jamais.

Laurette Fugain, l'association qui lutte contre la leucémie, se bat pour mieux faire connaître l'importance des Dons de Vie, pour inciter chacun d'entre nous à passer à l'action, c'est-à-dire à devenir donneurs.

Parce qu'en agissant, chacun d'entre nous peut apporter de l'espoir aux personnes qui se battent chaque jour contre la maladie.

Parce que la déficience en dons ne doit plus être un obstacle à la guérison des malades.

Et enfin parce que les traitements administrés aux patients doivent évoluer, être toujours plus efficaces.

Cet engagement prend la forme des trois missions suivantes :

– Soutenir la recherche médicale sur les leucémies et les maladies du sang (sang, plaquettes, sang de cordon ombilical, plasma, moelle osseuse et organes).
– Mobiliser autour des Dons de Vie.
– Aider les patients et les familles.

www.laurettefugain.org

Composition et mise en page

NORD COMPO
multimédia

Cet ouvrage a été imprimé
en août 2012 par

CPI
FIRMIN-DIDOT

27650 Mesnil-sur-l'Estrée
N° d'édition : L.01ELIN000274.N001
N °d impression : 114062
Dépôt légal : septembre 2012

Imprimé en France